新潮文庫

新潮社版

11874

目次

注解・編者解説　斎藤理生

放浪・雪の夜

織田作之助傑作集

放浪

一

大阪は二ツ《ふた》井戸《いど》「まからんや」呉服店の番頭は現糞《げんくそ》*の悪い男や、言うちゃ悪いが人殺しやと、在所のお婆《ばば》は順平に言い聴かせた。

――「まからんや」は月に二度、疵《きず》ものやしみつきや、それから何じゃかや一杯呉服物を一反《いったん》風呂敷《ふろしき》に入れ、南海電車に乗り、岸和田で降りて二里の道あるいて六貫村へ着物《べべ》売りに来ると、きまって現糞悪く雨が降って、雨男である。三年前にも来て雨を降らせた。よりによって順平のお母が産気づいて、例《いつ》もは自転車に乗って来るべき産婆《さんば》が雨降っているからとて傘さして高下駄はいてとぼとぼと辛気《しんき》臭かった。それで手《て》違《ちご》うて順平は生れたけれど、母親はとられた。兄の文吉は月たらず故《ゆえ》きつい難産であったけれど、その時ばかりは天気運が良くて……。

聴いて順平は何とも感じなかった。そんな年でもなく、寝床にはいって癖で足の親指と隣の指をこすり合わせていると、きまってこむら返りして痛く、またうっとりとした。度重なる内、下腹が引きつるような痛みに驚いたが、お婆は脱腸の気だとは勘づかなかった。寝いると小便をした。お婆は粗相を押えるために夜もおちおち寝ず、濡《ぬ》れていると敲《たた》き起し、のう順平よ、よう聴きなはれや。そして意地悪い快感で声も震え、わりゃ継子《ままこ》やぞ。

泉北郡《せんぼく》六貫村よろずや雑貨店の当主高峰康太郎はお婆の娘おむらと五年連れ添い、文吉、順平と二人の子までなしたる仲であったが、おむらが産で死ぬと、是倖《これさいわ》いと後妻を入れた。是倖いとはひょっとすると後妻のおその方で、康太郎は評判の温和《おとな》しい男で財産も少しはあった。兄の文吉は康太郎の姉聟《あねむこ》の金造に養子に貰《もら》われたから良いが、弟の順平は乳飲子《ちのみご》で可哀想《かわいそう》だとお婆が引き取り、ミルクで育てている。お婆が死ねば順平は行きどころが無いゆえ継母《ままはは》のいる家へ帰らねばならず、今にして寝小便を癒《なお》して置かねば所詮《しょせん》いじめられる。後妻には連子があり、おまけに康太郎の子供も産んで、男の子だ。

……お婆はひそかに康太郎を恨んでいたのであろうか。順平さえ娘の腹に宿らなんだら、「まからんや」が雨さえ降らせなんだらと思い、一途《いちず》に年のせいではなかった。言うまじきことを言い聴かせるという残酷めいた喜びに打負けるのが度重なって、次第に効果はあった。継子だとはどんな味か知らぬが、順平は七つの頃から何となく情けない気持が身に沁《し》みた。お婆の素振りが変になり、みるみるしなびて、死んで、順平は父の所に戻された。

ひがんでいるという言葉がやがて順平の身辺を取巻いた。一つ違いの義弟《おとうと》と二つ違いの義姉《あね》がいて、その義姉が器量よしだと子供心にも判《わか》った。義姉は母の躾《しつけ》がよかったのか、村の小学校で、文吉や順平の成績が芳《かんば》しくないのは可哀想だと面と向って同情顔した。兄の文吉はもう十一であるから何とか言いかえしてくれるべきだのに、いつもげらげら笑っていた。眼尻《めじり》というより眼全体が斜めに下っていて、笑えば愛嬌よく、また泣き笑いにも見られた。背が順平よりも低く、顔色も悪かった。頼りない兄であったが、順平には頼るべきたった一人の人だったから、学校がひけると、文吉の後に随《つ》いて金造の家へ行くことにした。

金造は蜜柑《みかん》山を持ち、慾張りと言われた。男の子が無く、義理で養子に入れたが、岸和田の工場で働かせている娘が子供をもうけ、それが男の子であったから、いきなり気が変り、文吉はこき使われた。牛小屋の掃除をした。蜜柑をむしった。肥料を汲《く》んだ。薪《まき》を割った。子守をした。その他いろいろ働いた。順平は文吉の手助けをした。兄よ！　わりゃ教場で糞したとな。弟よ、わりゃ寝小便止《や》めとけよ。そんなことを言いかわして喜んでいた。

康太郎の眼はまだ黒かったが、しかしこの父はもう普通の人ではなかった。悪性の病をわずらって悪臭を放ち、それを消すために安香水の匂《にお》いをプンプンさせていたが、そんな頭の働かせ方がむしろ不思議だとされていた。寝ていると、壁に活動写真がうつるそうであった。ある日、浪花節《なにわぶし》*語りが店の前に来て語っているから見て来いと言い、順平が行こうとすると、継母は呶鳴《どな》りつけて、われも気違いか。そう言って継母はにがにがし気であった。その日から衰弱はげしく、大阪生玉《いくたま》前町の料理仕出し屋丸亀《まるがめ》に嫁いでいる妹のおみよが駆けつけると一瞬正気になり、間もなく康太郎は息を引きとった。

焼香順のことでおみよ叔母は継母のおそでと口喧嘩《げんか》した。それではなんぼ何でも文吉や順平が可哀想やおまへんかと叔母は言い、気晴しに紅葉を見るのだとて二人を連れて近くの牛滝山《うしたきやま》へ行った。滝の前の茶店で大福餅《もち》を食べさせながらおみよ叔母は、叔母はんの香奠《こうでん》はどこの誰よりも一番ぎょうさんやよってお前達は肩身が広いと言い聴かせ、そしてぽんと胸をたたいて襟を突き上げた。

十歳の順平はおみよ叔母に連れられて大阪へ行った。村から岸和田の駅まで二里の途《みち》は途中に池があった。大きな池なので吃驚《びっくり》した。順平は国定教科書の「作太郎は父に連れられて峠を……」という文句を何となく思い出したが、後の文句がどうしても頭に泛《うか》んで来なかった。見送るといって随いて来た文吉は、順平よ、わりゃ叔母さんの荷物持たんかいやとたしなめた。順平は信玄袋を担《かつ》いでいたが、左の肩が空いていたのだ。文吉の両肩には荷物があった。叔母はしかし、蜜柑の小さな籠《かご》を持っているだけで、それは金造が土産に呉れたもの、何倍にもなってかえる見込がついていた。

岸和田の駅から引っ返す文吉が、直《じ》きに日が暮れて一人歩きは怖いこっちゃろと叔母は同情して五十銭呉れると、文吉は、金は要らぬ、金造伯父がわしの貯金帳こしらえてくれていると言って受取らず、帰って行った。そんなことがあるものか、文吉は金造に欺《だま》されている、今に思い知る時があるやろと、電車が動き出して叔母は順平に言った。はじめて乗る電車にまごついて、きょろきょろしている順平は、碌々《ろくろく》耳にはいらなかった。電車が難波《なんば》に着くと、心にちょっとした張りがついた。大阪へ行ったらしっかりせんと田舎者やと笑われるぞと、兄らしくいましめてくれた文吉の言葉を想《おも》い出したのだ。

叔母の家に着いた。眩《まばゆ》い電灯の光の下でさまざまな人に引き合わされたが、耳の奥がじーんと鳴り、人の顔がすーッと遠ざかって小さくなったり、いきなりでっかく見えたり、想いに反して呆然《ぼうぜん》としていた。しっかりしよと下腹に力をいれると差し込んで来て、我慢するのが大変だった。香奠返しや土産物を整理していた叔母が、順ちゃんよ、お前の学校行きの道具はと訊《き》くと、すかさず、ここにあら。信玄袋から取り出して見せ、はじめて些《いささ》か得意であった。然《しか》るに「ここにあら」がおかしいと嗤《わら》われて、それは叔母の娘で、尋常一年生だから自分より一つ年下の美津子さんだとあとで知った。美津子は虱《しらみ》を湧《わ》かしていてポリポリ頭を掻いていたが、その手が吃驚《びっくり》するほど白かった。

遅い夕飯が出された。刺身などが出されたから間誤《まご》ついて下を向いたまま黙々と食べ終り、漬物の醤油《しょうゆ》の余りを嘗《な》めていると、叔母は、お前は今日から丸亀の坊んちゃ*よってそんなけちんぼな真似《まね》せいでもええと言い、そして女中の方を向いてわざとらしい泪《なみだ》を泛べた。酒を飲んでいた叔父が二こと三こと喋《しゃべ》ると叔母は、猫の子よりましだんがナと言った。ふんと叔父はうなずいて、えらい瘦《や》せとをるが、こいでもこの年になりよるまで二石《こく》ぐらい米は喰ろとるやろと言った。

さっぱりした着物を着せられたが、養子とは兄の文吉のようなものだと思っていた身に、何かしっくりしない気持がした。買喰《かいぐ》いの銭を与えられると、不思議に思った。田舎の家は雑貨屋で、棒ねじ、*犬の糞《くそ》、どんぐりなどの駄菓子を商っているのに、手も出せなかったのだ。一と六の日は駒《こま》ヶ池《いけ》の夜店があり、丸亀の前にも艶歌師《えんかし》*が立ったり、アイスクリン屋が店を張ったりした。二銭五厘《りん》ずつ貰って美津子と夜店に行く時は、帯の中に銅貨を巻き込んで、都会の子供らしい見栄を張った。しかし、筍《たけのこ》を逆さにした形のアイスクリンの器をせんべいとは知らず、中身を嘗《な》めているうちに器が破けてハッとし、弁償しなければならぬと蒼《あお》くなって嗤われるなど、いくら眼をキョロキョロさせていても、やはり以後堅く戒めるべき事が随分多かった。

ある日、銭湯へ行くとて家を出た。道分ってんのかとの叔母の声を聞き流して、分ってまんがナ。流暢《りゅうちょう》に出た大阪弁にはずみづけられてどんどん駆け出し、勢よく飛込んでみると、おやッ！　明るいところから急に変った暗さの中にも、大分容子《ようす》が違うとやがて気が付いて、わいは……、わいは……、あと声が出ず、いきなり引きかえしたが、そこは銭湯の隣の果物屋の奥座敷で、中風《ちゅうふう》*で寝ているお爺がきょとんとした顔であと見送っていた。表へ出ると、丁度使いから帰って来た滅法背の高いそこの小僧に、何ぞ用だっかと問われ、いきなり風呂銭に持っていた一銭銅貨を投げ出し、物も言わずに蜜柑を一つ摑《つか》んで逃げ出した。こともあろうにそれは一個三銭の蜜柑で、その時のせわしない容子がおかしいと、ちょくちょく丸亀の料理場へ果物を届けに来るその小僧があとで板場（料理人のこと）や女中に笑いながら話し、それが叔父叔母の耳にはいった。お前、えらいぼろい事*したいうやないか。叔母にその事を言われると、順平はぺたりと畳に手をついて、もう二度と致しまへん。うなだれ、眼に涙さえ泛べた。滑稽《おちょけ》話の積りであった叔母は呆気《あっけ》にとられ、そんな順平が血のつながるだけにいっそいじらしく、また不気味でもあったので、何してんねんや、えらいかしこまって。そう言って、大袈裟《おおげさ》に笑い声を立てた。叱《しか》られているのではなかったのかと、ほっとすると、順平は媚《こ》びた笑いを黄色い顔に一杯浮べて、果物屋《あかもん》のお爺が坊《ぼ》ん坊《ぼ》んは何処《どこ》さんの子供衆《し》や、学校何年やと訊いたなどと俄《にわ》かに饒舌《じょうぜつ》になった。が、果物屋のお爺というの、唖《おし》であり、間もなく息を引きとった。

尋常五年になった。誰に教えられるともなく始めた寝る前の「お休み」がすっかり身についていた。色が黒いとて茶断ちしている叔母に面と向って色が白いとお世辞を言うことも覚えた。また、しょっちゅう料理場でうろうろしていて、叔父からあれ取れこれ取ってくれとちょっとした用事をいいつけられるのを待つという風であった。気をくばって家の容子を見ている内に、板場の腕を仕込んで行末は美津子の聟にし身代《しんだい》も譲ってもよいという叔父叔母の肚《はら》の中が読み取れていたからである。

叔父は生れ故郷の四日市から大阪へ流れて来た時の所持金が僅《わず》か十六銭、下寺町《したでら》の坂で立ちん坊をして荷車の後押しをしたのを振出しに、土方、沖仲仕《おきなかし》＊、飯屋の下廻り、板場、夜泣きうどん屋＊、関東煮《かんとだき》＊の屋台などさまざまな職業を経て、今日、生国魂《いくたま》神社前に料理仕出し屋の一戸を構え、自分でも苦労人やと言いふらしているだけに、順平を仕込むのにも、一人前の板場になるには先《ま》ず水を使うことから始めねばならぬと、寒中に氷の張ったバケツで皿洗いをさせ、また二度や三度指を切るのも承知の上で、大根をむかせてけん（刺身のつま）の切り方を教えた。庖丁《ほうちょう》が狂って手を切ると、先ず、けんが赤うなってるぜと言われた。手の痛みはどないやとも訊いてくれないのを、十三の年では可哀想だと女子衆《おなごし》の囁《ささや》きが耳にはいるままに、やはり養子は実の子と違うのかと改めて情けない気持になった。

叔父叔母はしかし、順平をわざわざ継子扱いにはしなかった。そんな暇もないといった顔だった。奇体《けったい》な子供だと思っても、深く心に止めなかった。商売柄、婚礼料理、町内の運動会の弁当、念仏講*の精進料理などの註文《ちゅうもん》が命だったから、近所の評判が大事だった。生国魂神社の夏祭には、良家の坊ん坊ん並みに御輿《みこし》担ぎの揃《そろ》いの法被《はっぴ》もこしらえて呉れた。そんな時には、美津子の聟になれるという希望に燃えて、美津子を見る眼が貪欲《どんよく》な光を放ち、坊ん坊んみたいに甘えてやろ、大根を切るとき庖丁振り舞わして立廻りの真似もしてみたろ、お菜の苦情言うてみたろ、叔父叔母はどんな顔するやろと思うのだったが、順平は実行しかねた。その頃、もう人に勘づかれた筈《はず》だが、矢張り誰にも知られたくない一つの秘密、脱腸がそれと分るくらい醜くたれ下っていることに片輪者のような負目《ひけめ》を感じ、これあるがために自分の一生は駄目だと何か諦《あきら》めていた。想い出すたびに、ぎゃあーと腹の底から唸《うな》り声が出た。ぽかぽかぺんぺんうらうらうらと変な独言《ひとりごと》も呟《つぶや》いた。

ある日、美津子が行水をした。白い身体《からだ》がすくっと立ちあがった。あっちィ行きィ。順平は身の置き場の無いような恥かしい気持になった。夜思い出すと、急に、ぽかぽかぺんぺんぺんうらうらうら。念仏のように唱えた。美津子にはっきり嫌われたと蒼い顔で唱えた。近所のカフェから流行歌が聞えて来た。何がなし郷愁をそそられ、文吉のことなども想い出し泣いたろ、そう思うと、するする涙がこぼれて来て存分に泣いた。二度と見ない決心だったが、あくる日、美津子が行水していると、そわそわした。そんな順平を仕込んだのは板場の木下である。

板場の木下は、東京で牛乳配達、新聞配達、料理屋の帳場などしながら苦学していたが、大震災に遇い、大阪へ逃げて来たと言った。汚い身装《みな》りで雇われて来た日、一緒に銭湯へ行ったが、木下が小さい巾着《きんちゃく》を覗《のぞ》いて一枚一枚小銭を探し出すのを見て同情した。震災のとき火の手を逃れて隅田川に飛び込んで泳いだ、袴《はかま》をはいた女学生も並んで泳いでいたが、身につけているものが邪魔になって到頭溺死《とうとうできし》しちゃったという木下の話を聞くと、順平は訳もなく惹《ひ》きつけられ、好きになった。大阪も随分揺れたことだろうなと、長い髪の毛にシャボンをつけながら木下が問うと、えらい揺れたぜと順平は言い、こまごま説明したが、その日揺れ出した途端まだ学校から退《ひ》けて来ない美津子のことに気がつくと、悲壮な表情を装《よそお》いながら学校へ駆けつけ、地震怖かったやろ、そう言って美津子の手を握ったら、なんや、阿呆《あほ》らしい、地震みたいなもん、ちょっとも怖いことあーらへんわ、そして握られた手はそのままだったが。奇体《けったい》な順ちゃん、甚平さん(助平のこと)と言われて随分情けなかったなどとは、さすがに言わなかった。

女学生の袴が水の上にぽっかりひらいて……という木下の話は順平の大人を眼覚ました。弁護士の試験を受けるために早稲田の講義録を取っているという木下は、道で年頃の女に会うときまって尻振りダンス*をやった。順平も尻を振って見せ、げらげら笑い、そして素早くあたりを見廻した。

ある時、気がついてみると、こともあろうに女中部屋にたたずんでいた。あくる日、千日前《せんにちまえ》で「海女《あま》の実演」という見世物小屋にはいり、海女の白い足や晒《さらし》を巻いた胸のふくらみをじっと見つめていた。そしてまた、ちがった日には、「ろくろ首」の疲れたような女の顔にうっとりとなっていた。十六になっていた。二皮目《ふたかわめ》だから今に女泣かせの良い男になると木下に無責任な褒め方をされて、もう女学生になっていた美津子の鏡台からレートクリーム*を盗み出し顔や手につけた。匂いを勘づかれぬように、人の傍に寄らぬことにした。が、知れて、美津子の嘲笑《ちょうしょう》を買ったと思った。二皮目だと己惚《うぬぼ》れて鏡を覗くと、兄の文吉に似ていた。眼が斜めに下っているところ、おでこで鼻の低いところ、顔幅が広くて顎《あご》のすぼんだところ、そっくりであった。ひとの顔を注意してみると、皆自分よりましな顔をしていた。硫黄《いおう》の匂いする美顔水をつけて化粧してみても追っつかないと思い諦めて、やがて十九になった。数多くある負目《ひけめ》の上に容貌《ようぼう》のことで、いよいよ美津子に嫌われるという想いが強くなった。

ただ一途にこれのみと頼りにしている板場の腕が、この調子で行けば結構丸亀の料理場を支えて行けるほどになったのを、叔父叔母は喜び、当人もその気でひたすらへり下って身をいれて板場をやっている忠実めいた態度が然し美津子にはエスプリがないと思われて嫌に思っていたのだった。容貌は第二でその頃学校の往きかえりに何となく物を言うようになった関西大学専門部の某生徒など、随分妙な顔をしていた。しかし、この生徒はエスプリというような言葉を心得ていて、美津子は得るところ少くなかった。$\sqrt{3}$《ルートサン》と封をした手紙をやりとりし、美津子の胸のふくらみが急に目立って来たと順平にも判った。うかうかと夜歩きを美津子はして、某生徒に胸を押えられ、ガタガタ醜悪に震えた。生国魂神社境内の夜の空気にカチカチと歯の音が冴《さ》えるのであった。やがて、思いが余って、捨てたらいややしと美津子は乾燥した声で言い、捨てられた。

日が経《た》ち、妊娠していると親にも判った。女学校の卒業式をもう済ませていることで、両親は赤新聞の種にならないで良かったと安堵《あんど》した。ある夜更《よふ》け美津子の寝室の前に佇《たたず》んでいたと言われて、嫌疑は順平にかかった。順平は何故《なぜ》か否定する気にもならなかったが、しかし、美津子を見る目が恨みを呑《の》んだ。雨の夜、ふらふらと美津子の寝顔に近づいたが、やはり無暴だった。美津子の眼は白く冴えて、怖《おそろ》しく、狂暴な血が一度にひいた。

丸亀夫婦は美津子から相手は順平でないと告げられると、あわてて、頗《すこぶ》る改って順平を長火鉢の前へ呼び寄せ、不束《ふつつか》な娘やけど、貰ってくれと言った。順平はハッと両手をついて、ありがとうございますと、かねてこの事あるを予期していた如《ごと》き挨拶《あいさつ》であった。見れば、畳の上にハラハラと涙をこぼし眼をこすりもしないで、芝居がかった容子であるから、丸亀夫婦も舞台に立ったような思入れを暫時《ざんじ》した。一杯行こうと叔父の差し出す盃《さかずき》を順平はかしこまって戴《いただ》き、呑み乾《ほ》して返す。それだけの動作の間にも、しーんとした空気が張っていた。その空気が破れたかと思うと、順平は、阿呆の自分にもこれだけは言わして欲しい言葉、けれど美津子さんは御承諾のことでっかと、律義《りちぎ》めいた問い方をした。尼になる気持で……などと言うたら口を縫い込むぞと言い聴かされていた美津子は、いけしゃあしゃあと、わてとあんたは元から許嫁《いいなずけ》やないのと言った。両親《ふたおや》はさすがに顔をしかめたが、順平はだらしなくニコニコして胸を張り、想いの叶《かな》った嬉《うれ》しさがありありと態度に出た。いやらしいほど機嫌を誰彼にもとった。阿呆ほど強いもんはないと、叔母はさすがに炯眼《けいがん》だった。

婚礼の日が急がれた。美津子の腹が目立たぬ内にと急がれたのだ。暦を調べると、良い日は皆目なかったので、迷った挙句、仏滅の十五日を月の中の日で仲が良いとてそれに決められた。婚礼の日六貫村の文吉は朝早くから金造の家を出て、柿の枝を肩に担いで二里の道歩いて、岸和田から南海電車に乗った。難波の終点に着いたのは正午頃だったが、大阪の町ははじめてのこと故、小一里もない生国魂神社前の丸亀の料理場に姿を現わしたのはもう黄昏時《たそがれどき》であった。

その日の婚礼料理に使うにらみ鯛《だい》*を焼いていた順平が振り向くと、文吉がエヘラエヘラ笑って突っ立っていた。十年振りの兄だが少しも変っていないので直《す》ぐ分って、兄よ、わりゃ来てくれたんかと順平は団扇《うちわ》を持ったまま傍へ寄った。白い料理着を着ている順平の姿が文吉には大変立派に見え、背も伸びたと思えたので、そのことを言った。順平は料理場用の高下駄をはいているので高く見えたのだった。二十二歳の文吉は四尺七寸*しかなかった。順平は九寸ぐらいあった。順平は柿をむいて見せた。皮がくるくると離れ、漆喰《しっくい》に届いたので文吉は感心し、褒めた。

その夜、婚礼の席がおひらきになる頃、文吉は腹が痛み出した。膳《ぜん》のものを残らず食い、酒も飲んだからだった。かねがね蛔虫《かいちゅう》を湧かしていたのである。便所に立とうとすると、借着の紋附の裾《すそ》が長すぎて、足にからまった。倒れて、そのまま、痛い痛いとのた打ちまわった。別室に運ばれ、医者を迎えた。腸から絞り出して、夜着を汚した。臭気の中で順平は看護した。やっと落ちついて文吉が寝いると、順平は寝室へ行った。夜も更けていて、もう美津子は寝込んでいた。だらしなく手を投げ出していた。ふと気が付いてみると、阿呆んだら。突き飛ばされていた。

あくる朝、文吉の腹痛はけろりと癒った。早《はよ》う帰らんと金造に叱られると言ったので、順平は難波まで送って行った。源生寺坂《げんしょうじざか》を降りて黒門市場《くろもんいちば》を抜け、千日前へ行き出雲屋《いずもや》へはいった。また腹痛になるとことだと思ったが、やはり田舎で大根や葉っぱばかり食べている文吉にうまいものを食べさせてやりたいと、順平は思ったのだ。二円ほど小遣いを持っていたので、まむしや鮒《ふな》の刺身を註文した。一つには、出雲屋の料理はまむしと鮒の刺身ときも吸《すい》のほかはまずいが、さすが名代だけあって、このまむしのタレや鮒の刺身のすみそだけは他処《よそ》の店では真似が出来ぬなど、板場らしい物の言振りをしたかったのだ。文吉はぺちゃくちゃと音をさせて食べながら、おそで（継母）の連子の浜子さんは高等科を卒業して今は大阪の大学病院で看護婦をしているそうでえらい出世であるが、順平さんのお嫁さんは浜子さんより別嬪《べっぴん》さんである、俺は夜着の中へ糞して情けない兄であるが、かんにんしてくれと言った。聴けば、金造は強慾で文吉を下男のように扱い、それで貯金帳を作ってやっているというのも嘘《うそ》らしく、その証拠に、この間も村雨羊羹《むらさめようかん》*を買うとて十銭盗んだら、折檻《せっかん》されて顔がはれたということだ。そんな兄と別れて帰る途々《みちみち》、順平は、たとえ美津子に素気《そっけ》なくされ続けても、我慢して丸亀の跡を継ぎ、文吉を迎えに行かねばならぬと思った。癖で興奮して、出世しようと反り身になって歩き、下腹に力をいれると、いつもより差込み方がひどかった。

名ばかりの亭主で、むなしく、日々が過ぎた。一寸の虫にも五分の魂やないか、いっそ冷淡に構えて焦《じ》らしてやる方が良いやろと、ことを察した板場の木下が忠告してくれたが、そこまでの意地も思案も泛ばなかった。わざと順平の子だと言いならして、某生徒の子供が美津子の腹から出た。好奇心で近寄ったが、順平は産室に入れてもらえなかった。しかし、産婆は心得て順平に産れたての子を渡した。抱かされて覗いてみると、鼻の低いところなど自分に似ているのだ。本当の父親も低かったのだが。

近所の手前もあり、いいつけられて風呂へ抱いて行ったりしている内に、何故か赤ん坊への愛情が湧いて来た。しかし赤ん坊は間もなく死んだ。風呂の湯が耳にはいった為だと医者が言った。それで、わざと順平が入れたのであろうという忌《い》まわしい言葉が囁かれた。ある日、便所に隠れてこっそり泣いていると、木下がはいって来て、今まで言おう言おうと思っていたのだが……とはじめてしんみり慰めてくれた。そうして木下は、僕はもうこんな欺瞞《ぎまん》的な家には居らぬ決心したと言った。木下は、四十にはまだ大分間があるというものの、髪の毛も薄く、弁護士には前途遼遠《りょうえん》だった。性根を入れていないから、板場の腕もたいしたものにはならず、実は何かと嫌気がさしていたのだ。馴染《なじ》みの女給が近ごろ東京へ行った由《よし》きいたので、後を追うて行きたいと思っていた。その女給に通うために丸亀に月給の前借《まえがり》が四ヶ月分あるが、踏み倒す魂胆であった。

その夜、二人でカフェへ行った。傍へ来た女の安香水の匂いに思いがけなく死んだ父のことを思い出し、しんみりしている順平の容子を何と思ったか、木下は耳に口を寄せて来て、この女子《おなご》は金で自由になる、世話したげよか。順平は吃驚して、金は出しまっさかい、木下はんあんた口説きなはれ、あんたに譲りまっさ。いつか、そんな男になっていた。脱腸をはじめ、数えれば切りのない多くの負目《ひけめ》が、皮膚のようにへばりついていたのだ。

二

文吉は夜なかに起されると、大八車に筍を積んだ。真暗がりの田舎道を、提灯《ちょうちん》つけて岸和田まで牽《ひ》いて行った。轍《わだち》の音が心細く腹に響いた。次第に空の色が薄れて、岸和田の青物市場に着いた時は、もう朝であった。筍を渡すと、三十円呉れた。腹巻の底へしっかり入れて、ちょいちょい押えてみんことにゃと金造に言われたことを思い出し、そのようにした。ふと、これだけの金があれば大阪へ行って、まむしや鮒の刺身が食えると思うと、足が震えた。空の車をガラガラ牽《ひ》いて岸和田の駅まで来ると、電車の音がした。車を駅前の電柱にしばりつけて、大阪までの切符を買い、プラットフォームに出た。電車が来るまで少し間があった。そわそわして決心が鈍って来るようで、何度も便所へ行きたくなった。便所から出て来ると電車が来たので慌《あわ》てて乗った。動き出してうとうと眠った。車掌に揺り動かされて眼を覚すと、難波ァ、難波終点でございまァーす。早う着いたなァと嬉しい気持で構内をちょこちょこ走りし、日《ひ》射《ざ》しの明るい南海道を真直ぐ出雲屋の表へ駆けつけると、まだ店が開いていなかった。千日前は朝で、活動小屋の石だたみがまだ濡れていた。きょろきょろしながら活動写真の絵看板を見上げて歩いた。頸筋《くびすじ》が痛くなった。道頓堀《どうとんぼり》の方へ渡るゴーストップ*で駐在さんにきびしい注意を受けた。道頓堀から戎橋《えびすばし》を渡り心斎橋《しんさいばし》筋を歩いた。一軒一軒飾窓を覗きまわったので疲れ、引きかえして戎橋の上で佇んでいると、橋の下を水上警察のモータボートが走って行った。後から下肥《しもごえ》*を積んだ船が通った。ふと六貫村のことが聯想《れんそう》され、金造の声がきこえた。わりゃ、伊勢乞食《こじき》やぞ、杭《くい》（食い）にかかったらなんぼでも離れくさらん。にわかに空腹を感じて、出雲屋へ行こうと歩き出したが方角が分らなかった。人に訊くにも誰に訊いて良いか見当つかず、何となく心細い気持になった。中座《なかざ》*の前で浮かぬ顔をして絵看板を見上げていると、活動の半額券を買わんかと男が寄って来た。半額券を買うとは何の事か訳が知れなかったから、答えるすべもなかったが、是侍いと、ちょっくら物を訊ねますが、出雲屋は。この向いやと男は怒った様な調子で言った。振り向くと、なるほど看板が掛っている。が、そこは順平に連れてもらった店と違うようだ。出雲屋が何軒もあるとは思えなかったから、狐《きつね》につままれたと思った。しかし、鰻《うなぎ》を焼く匂いにはげしく誘われて、ままよとはいり、餓鬼のように食べた。勘定を払って出ると、まだ二十七円と少しあった。中座の隣に蓄音器屋があった。蓄音器屋の隣に食物屋があった。蓄音器屋と食物屋の間に、狭苦しい路地があった。そこを抜けるとお寺の境内のようであった。左へ出ると、楽天地*が見えた。あそこが千日前だと分った嬉しさで足早に歩いた。楽天地の向いの活動小屋で喧《やかま》しくベルが鳴っていたので、何か慌てて切符を買った。まだ出し物が始っていなかったから、拍子抜けがし、緞帳《どんちょう》を穴の明くほど見つめていた。客の数も増え、いよいよ始った。ラムネを飲み、フライビンズ*をかじり、写真が佳境にはいって来ると、よう、よう！　ええぞ！　とわめいて四辺《あたり》の人に叱られた。美しい女が猿ぐつわをはめられる場面が出ると、だしぬけに、女への慾望が起った。小屋を出しなに勘定してみたら、まだ二十六円八十銭あった。大阪には遊廓《ゆうかく》があるといつか聴いたことを想い出した。そこでは女が親切にしてくれるということだ。えへらえへら笑いながら、姫買いをする所はどこかと道通る人に訊ねると、早熟《ませ》た小せがれやナ、年なんぼやねンと相手にされなかった。二十三だと言うと、相手は本当に出来ないといった顔だったが、それでも、自動車に乗れと親切に言ってくれた。生れてはじめての自動車で飛田《とびた》遊廓の大門《おおもん》前まで行った。二十六円十六銭。廓の中をうろうろしていると、摑まえられ、するすると引き上げられた。ぼうっとしている内に十円とられて、十六円十六銭。妓《おんな》の部屋で、盆踊りの歌をうたうと、良《え》え声やワ、もう一ペン歌いなはれナ。褒められて一層声張り上げると、あちこちの部屋で、客や妓が笑った。ねえ、ちょっと、わてお寿司《すし》食べたいワ、何ぞ食べへん？　食べましょうよ。擦り寄られ、よっしゃ。二人前取り寄せて、十一円十六銭。食べている内に、お時間でっせと言いに来た。帰ったら嫌やし、もっと居てえナ。わざと鼻声で、言われると、よう起きなかった。生れてはじめて親切にされるという喜びに骨までうずいた。又線香*つけて、最後の十円札の姿も消えた。妓はしかしいぎたなく眠るのだった。おいと声を掛けて起す元気もない。ふと金造の顔が浮び、おびえた。帰ることになり、階段を降りて来ると、大きな鏡に、妓と並んだ姿がうつった。ひねしなびて四尺七寸の小さな体が、一層縮まる想いがした。送り出されて、もう外は夜であった。廓《くるわ》の中が真昼のように明るく、柳が風に揺れていた。大門通を、ひょこひょこ歩いた。五十銭で書生下駄*を買った。一円六十銭。鼻緒がきつくて足が痛んだがそれでもカラカラと音は良かった。一遍被《かぶ》ってみたいと思っていた鳥打帽子*を買った。おでこが隠れて、新しい布の匂いがプンプンした。胸すかし*を飲んだ。三杯まで飲んだが、あと咽喉《のど》へ通らなかった。一円十銭。うどん屋へはいり、狐うどんとあんかけうどんをとった。どちらも半分食べ残した。九十二銭。新世界を歩いていたが、絵看板を見たいともはいってみたいとも思わなかった。薬屋で猫××*を買い天王寺公園にはいり、ガス燈の下のベンチに腰掛けていた。十銭白銅四枚と一銭銅貨二枚握った手が、びっしょり汗をかいていた。順平に一眼会いたいと思った。が、三十円使い込んだ顔が何で会わさりょうかと思った。岸和田の駅で置き捨てた車はどうなっているか。提灯に火をいれねばなるまい。金造なんか怖くないと思った。ガス燈の光が冴えて夜が更けた。動物園の虎《とら》の吼声《こうせい》が聞えた。叢《くさむら》の中にはいり、猫××を飲んだ。空が眼の前に覆《おお》いかぶさって来て、口から口から白い煙を吹き出し、そして永い間のた打ち廻っていた。

三

夜が明けて、文吉は天王寺市民病院へ担ぎ込まれた。雑魚場《ざこば》から帰ったままの恰好《かっこう》で順平が駆けつけた時は、むろん遅かった。かすかに煙を吹き出していたようだったと看護婦から聴いて、順平は声をあげて泣いた。遺書めいたものもなかったが、腹巻の中にいつぞや出した古手紙が皺《しわ》くちゃになってはいっていたため、順平に知らせがあり、せめて死顔でも見ることが出来たとは、やはり兄弟のえにしだと言われて順平は、どんな事情か判らぬが、よくよく思いつめる前に一度訪ねてくれるなり、手紙くれるなりしてくれれば、何とか救う道もあったものをと何度も何度も繰り返して愚痴った。病院の食堂で玉子丼を顔を突っ込むようにして食べていると、涙が落ちて、何がなし金造への怒りが胸を締めつけて来た。

が、村での葬式を済ませた時、ふと気が付いてみると、やはり、金造には恨みがましい言葉は一言も言わなかったようだった。くどく持ち出された三十円の金を、弁償いたしますと大人しく出て、すごすごと大阪へ戻って来ると丁度その日は婚礼料理の註文があって目出度《めでた》い目出度いと立ち騒いでいる家へ料理を運び、更《おそ》くまで居残ってそこの台所で吸物《すいもの》の味加減をなおしたり酒の燗《かん》の手伝いをしたりした挙句、祝儀《しゅうぎ》袋を貰って外へ出ると皎々《こうこう》たる月夜だった。下寺町から生国魂神社への坂道は人通りもなく、登って行く高下駄の音、犬の遠吠え……そんな夜更けの町の寂しさに、ふと郷愁を感じ、兄よ、わりゃ死んだナ。振舞酒の酔いも手伝って、いきなり引き返し、坂道を降りて道頓堀へ出ると、足は芝居裏の遊廓へ向いた。殆《ほとん》ど表戸を閉めている中に一軒だけ、遣手婆《やりてばばあ》が軒先で居眠りしている家を見つけ、登席《あが》った。客商売に似合わぬ汚い部屋でぽつねんと待っていると、おおけにと妓がはいって来た。

むせるような臭気が鼻をつくと、順平には、この妓をと、嘘のように思われた。しかし、本能的に女に拒まれるという怖《おそ》れから、肩にさわるのも躊躇《ちゅうちょ》され、まごまごしている内に、妓は眠ってしまった。いびきを聴いていると、美津子の傍でむなしく情けない想いをした日々のことが聯想された。

朝、丸亀へ帰る途々、叔父叔母に叱られるという気持で心が暗かったが、ふと丸亀から逐電《ちくでん》しようと心を決めると、ほっとした。家へ帰り、どないしてたんや、家あけてという声を聞き流して、あちこちで貰う祝儀をひそかに貯《た》めて二百円ほどになっている金を取り出し、着替えした。飛び出すんやぞ、二度と帰らへんのやぞという顔で叔父叔母や美津子を睨《にら》みつけたが、察してはくれなかったようだ。それと気付いて引き止めてくれるなり、優しい言葉を掛けてくれるなりしてくれたら思い止まりたかったが、肚《はら》の中を読んでくれないから随分張合がなく、暫《しばら》くぐずついていたが、結局、着物を着替えたからには飛び出すより仕方ない、そんな気持でしょんぼり家を出た。

あとで、叔母は悪い奴《やつ》にそそのかされて家出しよりましてんと言いふらした。家出という言葉が好きであった。叔父は、身代譲ったろうと思《おも》てたのに、阿呆んだら奴《め》がと、これは本音らしかった。美津子は、当分外出もはばかられるようで、何かいやな気がして、ふくれていた。また、順平に飛び出されてみると体裁も悪いが、しかし、ほんの少し心淋しい気持も持った。しつこく迫っていた順平に、いつかは許してもよいという気が或《あるい》いは心の底にあったのではないかと思われて、しかし之《これ》は余りに滑稽《こっけい》な空想だと直ぐ打ち消した。

順平は千日前金刀比羅《ことひら》裏の安宿に泊った。どういう気持で丸亀を飛び出したのか自分でも納得出来ず、所詮は狂言めいたものかも知れなかった。紺絣《こんがすり》の着物を買い、良家の坊ん坊んみたいにぶらぶら何の当てもなく遊びまわった。昼は千日前や道頓堀の活動小屋へ行った。夜は宿の近くの喫茶バー「リリアン」で遊んだ。リリアンで五円、十円と見る見る金の消えて行くことに身を切られるような想いをしながら、それでも、高峰さん高峰さんと姓を呼ばれるのが嬉しくて、女給たちのたかるままになっていた。

ある夜、わざと澄まし雑煮を註文し、一口飲んでみて、こんな下手な味つけで食えるかいや、吸物というもんはナ、出し昆布の揚げ加減で味いうもんが決るんやぜと浅はかな智慧《ちえ》を振りまいていると、髪の毛の長い男がいきなり傍へ寄って来て、あんさんとは今日こんお初にござんす、野郎若輩《じゃくはい》ながら軒下三寸を借り受けましての仁義失礼さんにござんすと、場違いの仁義でわざとらしいはったりを掛けて来た。順平が真蒼《まっさお》になってふるえていると、女給がいきなり、高峰さん煙草《たばこ》買いましょう、そう言って順平の雑魚場《ざこば》行きのでかい財布を取り出して、あけた。男は覗いて見て、にわかに打って変ってえらい大きな財布でんナと顔じゅう皺だらけに笑い出し、まるで酔っぱらったようにぐにゃぐにゃにゃした。男はオイチョカブ*の北田と言い、千日前界隈《かいわい》で顔の売れたでん公であった。

オイチョカブの北田にそそのかされて、その夜新世界の或る家で四五人のでん公といい*

賭博《とばく》をした。インケツ、ニゾ、サンタ、シスン、ゴケ、ロッポー、ナキネ、オイチョ、カブ、ニゲなどと読み方も教わり、気の無い張り方をすると、「質屋の外に荷が降り」とカブが出来、金になった。生れてはじめてほのぼのとして勝利感を覚え、何かしら自信に胸の血が温《あたた》まった。が、続けて張っている内に結局はあり金全部とられてしまい、むろんインチキだった。けれど、そうと知っても北田になじる気は起らなかった。あくる日、北田は兼又《かねまた》*でシチューと半しま*を食わせてくれた。おおけに御馳走《ごっと》さんと頭を下げる順平を、北田はさすがに哀れに思ったか、どや、一丁女を世話したろか、と言ってくれた。リリアンの小鈴に肩入れしてけつかんのやろと図星を指されてぽうっと赧《あか》くなり一途に北田が頼しかったが、肩入れはしてるんやけどナ、わいは女にもてへんよって、兄貴、お前わいの代りに小鈴をものにしてくれよ。そういう態度はいつか木下に言った時と同じだったが、北田は既に小鈴をものにしているだけに、かえって気味が悪かった。

オイチョカブの北田は金がなくなると本職にかえった。夜更けの盛り場を選んで彼の売る絵は、こっそり開いて見ると下手な西洋の美人写真だったり、義士の討入りだったりする。絶対にインチキとは違うよ、一見胸がときめいてなどと、中腰になってわざと何かを怖れるようなそわそわした態度で早口に喋り立て、仁《じん》が寄って来ると*、先ず金を出すのがサクラの順平だった。絵心のある北田は画を引きうつして売ることもある。そんな時はその筋の眼は一層きびしい。サクラの順平もしばしば危い橋を渡る想いに冷《ひや》っとしたが、それだけにまるで凶器の世界にはいった様な気持で歩き振りも違って来た。

気の変り易《やす》い北田は売屋《ばいや》をやることもあった。天満《てんま》京阪裏の古着屋で一円二十銭出して大阪××新聞の法被を着込み、売るものはサンデー毎日や週刊朝日の月遅れ、または大阪パック*の表紙の発行日を紙ペーパーでこすり消したもの、三冊十五銭で如何《いか》にも安いと郊外の住宅を戸別訪問して泣きたんで*売り歩く。かと思うと、キング、講談倶楽部《クラブ》、富士、主婦の友、講談雑誌の月遅れ新本五冊とりまぜて五十銭、これは主に戎橋通の昼夜銀行*の前で夜更けて女給の帰りを当て込むのだ。仕入先は難波の元屋で、そこで屑値《くずね》で買い集めた古本を剝《は》がして、連絡もなく乱雑に重ねて厚みをつけ尤《もっと》もらしい表紙をつけ、縁を切り揃えて、月遅れの新本が出来上る。中身は飛び飛びの頁《ページ》で読まれたものでないから、その場で読めぬようあらかじめセロファンで包んで置くと、如何にも新本だ。順平はサクラになったり、時には真打になったり、夜更けの商売で、顔色も凄《すご》く蒼白んだ。儲《もう》けの何割かをきちんきちんと呉れるオイチョカブの北田を順平は几帳面《きちょうめん》な男だと思い、ふと女心めいたなつかしさを覚えていた。

ある日、北田は賭博の元手も無し売屋《ばいや》も飽いたとて、高峰どこぞ無心の当てはないやろか。と言ったその言葉の裏は、丸亀へ無心に行けだとは順平にも判ったが、そればっかりはと拝んでいる内に、ふと義姉の浜子のことを頭に泛べた。阪大病院で看護婦をしていると、死んだ文吉が言っていた。訪ねて行くと、背丈も伸びて綺麗《きれい》な一人前の女になっている浜子は、順平と知って瞬間あらとなつかしい声をあげたが、どう見てもまっとうな暮しをしているとは見えぬ順平の恰好を素早く見とってしまうと、にわかに何気ない顔をつくろい、どこぞお悪いんですの。患者に物言うように寄って来て、そして目交《めまぜ》*で病院の外へ誘い出した。玉江橋の畔《ほとり》で、北田に教わったとおり、訳は憚《はばか》るが実は今は丸亀を飛び出して無一文、朝から何も食べていないと無心すると、赤い財布からおずおずと五円札出してくれた。死んだ文吉のことなどちょっと立話した後、浜子は、短気を出したら損やし、丸亀へ戻って出世して六貫村へ錦《にしき》を飾って帰らんとあかんしと意見した。順平はそうや、そうやと思うと、急に泣いたろという気持がこみ上げて来てぼろぼろと涙をこぼし、姉やん、出世しまっせ、今の暮しから足を洗《あろ》うて真面目《まじめ》にやりまっさと言わなくても良いことまで言っていると、無性に興奮して来て拳《こぶし》をかため体を震わせ、うつ向いていた顔をきっとあげると、汚い川水がかすんだ眼にうつった。浜子が小走りに病院の方へ去ってしまうと、どこからかオイチヨカブの北田が現われて来て、高峰お前なかなか味をやるやないか、泣きたんがあない巧《うま》いこと行くテ相当なわるやぞと褒めてくれたが、順平はきょとんとしていた。その金は直ぐ賭博に負けて取られてしまった。

ある日、美津子が近々聟を迎えるという噂《うわさ》を聴いた。翌日、それとなく近所へ容子を探りに行くと本当らしかった。その足で阪大病院へ行った。泣きたんで行けという北田の忠告を俟《ま》つまでもなく、意見されると、存分に涙が出た。五円貰った。その内一円八十銭で銘酒一本買ってお祝、高峰順平と書いて丸亀へ届けさせ、残りの金を張ると、阿呆に目が出ると愛想をつかされるほど目が出た。

北田と山分けし、見送られて梅田の駅から東京行きの汽車に乗った。美津子が聟をとると聞いては大阪の土地がまるで怖いもののように思われたのと、一つには出世しなければならぬという想いにせき立てられたのだ。東京には木下がいる筈で、丸亀にいる頃、一度遊びに来いとハガキを貰ったことがあった。

東京駅に着き、半日掛って漸《ようや》く荒川放水路近くの木下の住いを探し当てた。弁護士になっているだろうと思ったのに、其処《そこ》は見るからに貧民街で、木下は夜になると玉ノ井*へ出掛けて焼鳥の屋台店を出しているのだった。木下もやがて四十で、弁護士になることは内心諦めているらしく、彼の売る一本二銭の焼鳥は、ねぎが八分で、もつが二分、酒、ポートワイン、泡盛、ウイスキーなど、どこの屋台よりも薄かった。木下は毎夜緻密《ちみつ》に儲けの勘定をし、儲けの四割で暮しを賄《まかな》い、他の四割は絶対に手をつけぬ積立貯金にし、残りの二割を箱にいれ、たまるとそれで女を買うのだった。

木下が女と遊んでいる間、順平は一人で屋台を切り廻さねばならなかった。どぶと消毒薬の臭気が異様に漂うていて、夜が更けると大阪では聞き馴れぬあんまの笛が物悲しく、月の冴えた晩人通りがまばらになると殺気が漲《みなぎ》っているようだった。大阪のでん公と比べものにならぬほど歯切れの良い土地者が暖簾《のれん》をくぐると、どぎまぎした。兄《あん》ちゃんは上方《かみがた》だねと言われると、へえ、そうでねんと揉手《もみで》をし、串《くし》の勘定も間違い勝ちだった。それでも臓物の買出しから、牛丼の御飯の炊出《たきだ》し、鉢洗い、その他気のつく限りのことを、遊んでいろという木下の言葉も耳にはいらぬ振りして小まめに働いていたが、ふと気がついてみると、木下は自分の居候《いそうろう》していることを嫌っているようであった。遠廻しに、君はこんなことをしなくても良い立派な腕を持っているじゃないかと木下は言い、どこか良い働き口を探して出て行ってくれという木下の肚の中は順平にも読み取れた。木下は順平が来てからの米の減り方に身を切られるような気持がしていたのだ。けれども順平はどんな苦労も厭《いと》いはしないが、いまはあの魚の腸の匂いがしみこんだ料理場の空気というものは、何としてもいやだった。丸亀の料理場を想い出すからであった。そんな心の底に、美津子のことがあった。

しかし、結局は居辛《いづら》くて、浅草の寿司屋へ住込みで雇われた。やらせて見ると一人前の腕を持っているが、二十三とは本当に出来ないほど頼りない男だと見られて、それだけに使い易いからと追廻し*という資格であった。あがりだよ。へえ。さびを擦りな。へえ。皿を洗いな。よろしおま。目の廻るほど追いまわされた。わさびを擦っていると、涙が出て来て、いつの間にかそれが本当の涙になりシクシク泣いた。出世する気で東京へ来たというものの、末の見込が立とう筈もなかった。

ある夜、下腹部に急激な痛みが来て、我慢し切れなく、休ませて貰い天井の低い二階の雇人部屋で寝転んでいる内に、体が飛び上るほどの痛さになり、痛アい！　痛アい！　と呶鳴《どな》った。声で吃驚して上って来た女中が土色になった顔を見ると、あわてて医者を呼びに行った。脱腸の悪化で、手術ということになった。十日余り寝た切りで静養して、やっと起き上れるようになった時、はじめて主人が、身寄りの者はないのかと訊《たず》ねた。大阪にありますと答えると、大阪までの汽車賃にしろと十円呉れた。押しいただき、出世したらきっと御恩返しは致しますと、例によって涙を流し、きっとした顔に覚悟の色も見せて、そして、大阪行きの汽車に乗った。

夕方、梅田の駅に着きその足で「リリアン」へ行った。女給の顔触れも変っていて、小鈴は居なかった。一人だけ顔馴染みの女が小鈴は別府へ駈落《かけお》ちしたと言った。相手は表具屋の息子で、それ、あんたも知ってるやろ、タンチー*一杯でねばって、その代りチップは三円も呉れてた人や。気がつけば、自分も今はタンチー一杯註文しているだけだ。一本だけと酒を取り、果物《フルーツ》をおごってやって、オイチョカブの北田のことを訊くと、こともあろうに北田は小鈴の後を追うて別府へ行ったらしい。勘定払って外へ出ると、もう二十銭しかなかった。夜の町をうろうろ歩きまわり、戎橋の梅ケ枝で狐うどんを食べ、バット*を買うと、一銭余った。夜が更けると、もう冬近い風が身に沁《し》みて、鼻が痛んだ。暖いところを求めて難波の駅から地下鉄の方へ降りて行き、南海高島屋地階の鉄扉の前にうずくまっていたが、やがてごろりと横になり、いつか寝込んでしまった。

朝、生国魂神社の鳥居のかげで暫く突っ立っていたが、やがて足は田蓑橋《たみのばし》の阪大病院へ向った。当てもなく生国魂まで行ったために空腹は一層はげしく、一里の道は遠かった。途々、何故丸亀へ無心に行かなかったのかと思案したが、理由は納得出来なかった。病院へ訪ねて行くと、浜子は今度は眼に泪さえ泛べて、声も震えた。薄給から金をしぼり取られて行くことへの悲しさと怒りからであったが、しかし、そうとばかり言い切れないほど順平は見窄《みすぼ》らしい恰好をしていた。言うも甲斐《かい》ない意見だったが、やはり、私に頼らんとやって行く甲斐性を出してくれへんのかとくどくど意見し、七円恵んでくれた。懐《ふところ》からバットの箱を出し、その中に金を入れて、しまいこみながら、涙を出し、また、にこにこと笑った。浜子と別れるとあまい気持があとに残り、もっともっと意見して欲しい気持だった。玉江橋の近くの飯屋へはいって、牛丼を註文した。さすが大阪の牛丼は本物の牛肉を使っていると思った。木下の屋台店で売っていた牛丼は繊維《すじ》が多く、色もどす赤い馬肉だった。食べながら、別府へ行けば千に一つ小鈴かオイチョカブの北田に会えるかも知れぬと、ふと思った。

天保山《てんぽうざん》の大阪商船待合所で別府までの切符を買うと、八十銭残ったので、二十銭で餡《あん》パンを買って船に乗った。船の中で十五銭毛布代を取られて情けない気がしたが、食事が出た時は嬉しかった。餡パンで別府まで腹をもたす積りだった。小豆島《しょうどしま》沖合の霧で船足が遅れて、別府湾にはいったのはもう夜だった。山の麓《ふもと》の灯が次第に迫って来て、突堤でモリナガキャラメルのネオンサイン塔が点滅した。

船が横づけになり、桟橋にぱっと灯がつくと、あッ！　順平の眼に思わず涙がにじんだ。旅館の法被を羽織り提灯を持ったオイチョカブの北田が、例の凄みを帯びた眼でじっとこちらを睨んでいたのだ。兄貴！　兄貴！　とわめきながら船を降りた。北田は暫く呆気にとられて物も言えなかったが、順平が、兄貴わいが別府へ来るのんよう知ってたナと言うと、阿呆んだら奴《め》、わいはお前らを出迎えに来たんやないぞ、客を引きに来たんやと、四辺《あたり》をはばかる小声で、それでも流石《さすが》に鋭く言った。

聞けば、北田は今は温泉旅館の客引きをして居り、小鈴も同じ旅館の女中、いわば二人は共稼ぎの本当の夫婦になっているのだという。だんだん聞くと、北田はかねてから小鈴と深い仲で、その内に小鈴は孕《はら》んで、無論相手は北田であったが、北田は一旦《いったん》言い逃れる積りで、どこの馬の骨の種か分るもんかと突っ放したところ、こともあろうに小鈴はリリアンへ通っていた表具屋の息子と駈落ちしたので、さてはやっぱり男がいたのかと胸は煮えくり返り、行先は別府らしいと耳にはさんだその足で来てみると、いた。温泉宿でしんみりやっているところを押えて因縁つけて別れさせたことは別れさせたが、小鈴はそのとき――どない言いやがったと思う？　と、北田はいきなり順平に訊いたが、答えるすべもなくぽかんとしていると、北田は直ぐ話を続けて――わては子供が可哀想やから駈落ちしたんや。どこの馬の骨か分らんようなでん公の種を宿して、認知もしてもらへんで、子供に肩身の狭い想いをさせるより、表具屋の息子がちょっと間アが抜けてるのを倖い、しつこく持ちかけて逐電し、表具屋の子やと否応《いやおう》は言わせず、晴れて夫婦になれば、お腹の子もなんぼう倖《しあわ》せや分らへん。そんな肚で逐電したのを因縁つけて、オイチョの北さん、あんたどない色つけてくれる気や。そんな不貞《ふて》くされに負ける自分ではなかったが、父性愛というんやろか、それとも、今更惚《ほ》れ直したんやろか、気が折れて、仕込んで来た売屋《ばいや》の元も切れ、宿賃も嵩《かさ》んで来たままに小鈴はそこで女中に雇われ、自分は馴々しく人に物言える腕を頼りにそこの客引きになることに話合いしたその日から法被着て桟橋に立つと、船から降りて来た若い二個《ふたり》連れの女の方へわざと凭《もた》れかかるように寄り添うて、鞄《かばん》を取り、ひっそりした離れで、はばかりも近うございます、錠前つきの家族風呂もございますと連れ込んで、チップも入れて三円の儲けになった。金を貯めて、小鈴とやがて産れる子供と三人で地道に暮す積りやと北田は言い、そして、高峰、お前も温泉場の料理屋へ板場にはいり、給金を貯めて、せめて海岸通に焼鳥屋の屋台を張るぐらいの甲斐性者になれと意見してくれた。

その夜は北田が身銭を切って自分の宿へ泊めてくれることになった。食事のとき小鈴が給仕してくれたが、かつて北田に小鈴に肩入れしているとて世話してやろかと冷やかされたことも忘れてしまい、オイチョさんと夫婦にならはったそうでお目出度《めでと》うとお世辞を言った。

翌日、北田は流川通《ながれかわどおり》の都亭という小料理屋へ世話してくれた。都亭の主人から、大阪の会席料理屋で修業し、浅草の寿司屋にも暫くいたそうだが、家《うち》は御覧の通り腰掛け店で会席など改った料理はやらず、今のところ季節柄河豚《ふぐ》料理一点張りだが、河豚《てっ》*は知ってるのかと訊かれると、順平は、知りまへんとはどうしても口に出なかった。北田の手前もあった。板場の腕だけがたった一つの誇りだったのだ。そうか、知ってるか、そりゃ有難いと主人は言ったが、しかし結局は、当分の間だけだがと追廻しに使われ、かえってほっとした。

一《ひと》月ほど経った或る日、朝っぱらから四人連れの客が来て、河豚刺身とちりを註文した。二人いる板場の内、一人は四五日前暇をとり、一人は前の晩カンバンになってからどこかへ遊びに行ってまだ帰って来ず、追廻しの順平がひとり料理場を掃除しているところだった。主人に相談すると、お前出来るだろうと言われ、へえ出来まっせとこんどは自信のある声で言った。一《ひと》月の間に板場のやり口をちゃんと見覚えていたから、訳もなかった。腕を認めて貰える機会だと、庖丁さばきも鮮かで、酢も吟味した。

夜、警察の者が来て、都亭の主人を拘引して行き、間もなく順平にも呼出しが来た。ぶるぶる震えて行くと、案の条朝の客が河豚料理に中毒して、四人の内三人までは命だけ喰い止めたが、一人は死んだという。主人は一先《ひとま》ず帰され、順平は留置された。だらんと着物を拡げて、首を突き出し、じじむさい恰好で板の上に坐《すわ》っている日が何日も続くと、もう泣く元気もなかった。寒かろうとて北田が毛布を差入れしてくれた。

十日許《ばか》り経った昼頃、紋附を着た立派な服装の人がぶっ倒れるように留置場へはいって来た。口髭《くちひげ》を生やし、黙々として考えに耽《ふけ》っている姿が如何にも威厳のある感じだったから、こんな偉い人でも留置されるのかと些か心が慰まった。ふと、この人は選挙違反だろうと思った。鄭重《ていちょう》に挨拶して毛布を差し出し、使って下さいと言うと、じろりと横目で睨み、黙って受取った。あとで調べのために呼び出された時、係の刑事に訊くと、あれは山菓子盗りだと言った。葬式があれば知人を装うて葬儀場や告別式場に行き、いい加減な名刺一枚で、会葬御礼のパスや商品切手を貰う常習犯で、被害は数千円に達しているということだった。なんや阿呆らしいと思ったが、しかし毛布を取り戻す勇気は出なかった。中毒で人一人殺したのだから、最悪の場合は死刑だとふと思い込むと、順平はもう一心不乱に南無阿弥陀仏《なむあみだぶつ》、南無阿弥陀仏と呟いていた。そんな順平を山菓子盗りは哀れにも笑止千万にも思い、河豚料理で人を殺したぐらいでそうなってたまるものか、悪く行って過失致死罪……という前例も余り聞かぬから、結局はお前の主人が営業停止を喰らうぐらいが関の山だろうと慰めてくれ、今はこの人が何よりの頼りだった。

都亭の主人はしかし営業停止にならなかった。そんな前例を作れば、ことは都亭一軒のみならず温泉場の料理屋全体が汚名を蒙《こうむ》ることになり、ひいてはここで河豚を食うなと喧伝され、市の繁栄にも影響するところが多いと都亭の主人は唱えて、料理店組合を動かした。そして、問題は都亭の主人の責任と言えば無論言えるが、しかし真《しん》のそして直接の原因はルンペン崩れの追廻しの順平にあることは余りにも明白だ、そんな怪しい渡り者に河豚を料理させたというのも、河豚料理が出来るという嘘を真《ま》に受けただけであって、真に受けたのは不注意というよりも寧《むし》ろ詐欺《さぎ》にかかったという可《べ》きだ。実際都亭は詐欺漢のためにたとえ一時でも店の信用を汚《けが》されて、いわば泥棒に追い銭、泣面《なきつら》に蜂《はち》、むろん再びこの様な不祥事をくりかえさぬよう刑罰を以てすべきは当然ながら、それならば泣面を罰すべきか、蜂を罰すべきか、問題は温泉場全体のことだと、必死になって策動した。オイチョカブの北田は何をッと一時は腹の虫があばれたが、しかし彼も今は土地での気受けもよく、それに小鈴のお産も遠いことではなかった。泣きたいんの手で順平の無罪を頼み歩いたが、尻はまくらなかった。*

間もなく順平は送局され、一年三ヶ月の判決を下された。情状酌量すべき所無いでもないが、都亭の主人を欺いて社会にとって危険極まる人物となり、ために貴重な一つの生命を奪ったことは罪に値するという訳だった。一年三ヶ月と聴いて、涙を流し、ぺこんと頭を下げた。

徳島の刑務所へ送られた。ここでは河豚料理をさせる訳ではないからと、賄場で働かされた。板場の腕がこんな所で役に立つかと妙な気がした。賄いの仕事は楽であったが、煮ているものを絶対口に入れてはいけぬと言われたことを守るのは辛かった。ある日、我慢が出来ずに、到頭禁を犯したところを見つけられ、懲罰のため、仙台の刑務所へ転送されることになった。

護送の途中、汽車で大阪駅を通った。編笠《あみがさ》＊の中から車窓の外を覗くと、いつの間に建ったのか駅前に大きな劇場が二つも並んでいた。護送の巡査が駅で餡パンを買ってくれた。何ヶ月振りの餡気のものかと、ちぎる手が震えた。

懲罰のためというだけあって、仙台刑務所での作業は辛かった。土を運んだり木を組んだり、仕事の目的は分らなかったが、毎日同じような労働が続いた。顔色も変った。馴れぬことだから、始終泡を喰っていた。朝仕事に出る時は浜子のことが頭に泛んだ。夕方仕事を終えて帰る時は美津子、食事の時は小鈴の笑い顔を想った。夜寝ると彼女たちの夢を見た。セーラー服の美津子を背中に負うているかと思うと、いつの間にかそれは浜子に変って居り、看護婦服の浜子を感じたかと思うと、今度は小鈴の肩の柔《やわらか》さだった。

一年経ち、紀元節の大赦《たいしゃ》＊で二日早く刑を終えると読み上げられた時、泣いて喜んだ。

刑務所を出る時、大阪で働くと言うと、大阪までの汽車賃と弁当代、ほかに労働の報酬だと二十一円戴《いただ》いた。仙台の町で十四円出して、人絹《じんけん》*の大島の古着、帯、シャツ、足袋、下駄など身のまわりのものを買った。知らぬ間に物価の上っているのに驚いた。物を買う時、紙袋の中から金を取り出して、見ては入れ、また取り出し、手渡す時、一枚一枚たしかめて、何か考え込み、考え込み、やがて納得して渡し、釣銭を貰う時も、袋に入れては取り出してみて調べ、漸く納得して入れるという癖がついた。また道を歩きながら、ふと方角が分らなくなり、今来た道と行く道との区別がつかず、暫く町角に突っ立っているのだった。

仙台の駅から汽車に乗った。汽車弁はうまかった。東京駅で乗り換える時、途中下車して町の容子など見てみたいと思ったが、何かせきたてられる想いで直ぐ大阪行きの汽車に乗り、着くと夜だった。電力節約のためとは知らず、ネオンや外燈の消されている夜の大阪の暗さは勝手の違う感じがした。何はともあれ千日前に行き、木村屋の五銭喫茶でコーヒとジャムトースト*を食べると十一銭とられた。コーヒが一銭高くなったとは気付かず、勘定場で釣銭を貰う時、何度も思案して大変手間どった。大阪劇場*の地下室で無料の乙女ジャズバンドを聴き、それから生国魂神社前へ行った。夜が更けるまで佇んでいた辛抱のおかげで、やっと美津子の姿を見つけることが出来た。

美津子は風呂へ行くらしく、風呂敷に包んだものは金盥《かなだらい》だと夜目《よめ》にも分ったが、遠ざかって行く美津子を追う目が急に涙をにじませると、もう何も見えなかった。泣いているこのわいを一ぺん見てくれと心に叫んだ甲斐あってか、美津子はふと振り向いたが、かねがね彼女は近眼だった。

その夜、千日前金刀比羅裏の第一三笠館で一泊二十銭の割部屋に寝て、朝眼が覚めると、あっと飛び起きたが、刑務所でないと分り、まだあといくらでも眠れると思えばぞくぞくするほど嬉しく、別府通いの汽船の窓でちらり見かわす顔と顔……と別府音頭*を口ずさんだ。二十銭宿の定《きま》りで、朝九時になると蒲団《ふとん》をあげて泊り客を追い出す。九時に宿を出て十一銭の朝飯を食べ、電車で田蓑橋まで行った。橋を渡るのももどかしく、阪大病院へ駆けつけると浜子はいなかった。結婚したと聞かされ、外来患者用のベンチに腰をおろしたまま暫くは動けなかった。今日は無心ではない、ただ顔を一目見たかっただけやと呟き呟きして玉江橋まで歩いて行った。橋の上から川の流れを見ていると、何の生き甲斐もない情けない気持がした。ふと懐の金を想い出し、そうや、まだ使える金があるんやったと、紙袋を取り出し、永い間掛って勘定してみると、六円五十二銭あった。何に使おうかと思案した。良い思案も泛ばぬので、もう一度勘定してみることにし、紙袋を懐から取り出した途端、あっ！　川へ落してしまった。眼先が真暗になったような気持の中で、ただ一筋、交番へ届けるという希望があった。歩き出して、紙袋をすべり落した右の手を眺めた。醜い体の中で、その手だけが血色よく肉も盛り上って、板場の修業に冴えた美しさだった。そうや、この手がある内はわいは食べて行けるんやったと、気がついて、蒼い顔がかすかに紅《あか》みを帯びた。交番へ行く道に迷うて、立ち止った途端、ふと方角を失い、頭の中がじーんと熱っぽく鳴った。

順平は、かつて父親の康太郎がしていたように、首をかしげて、いつまでも突っ立っていた。

雪の夜

大晦日《おおみそか》に雪が降った。朝から降りだして、大阪から船の著《つ》く頃にはしとしと牡丹《ぼたん》雪だった。夜になってもやまなかった。

毎年多くて二度、それも寒《かん》にはいってから降るのが普通なのだ。いったいが温い土地である。こんなことは珍しいと、温泉宿の女中は客に語った。往来のはげしい流川《ながれかわ》通《どおり》でさえ一寸も積りました。大晦日にこれでは露天の商人《あきんど》がかわいそうだと、女中は赤い手をこすった。入湯客《にゅうとう》はいずれも温泉場の正月をすごしに来て良い身分である。せめて降りやんでくれたらと、客を湯殿へ案内したついでに帳場の窓から流川通を覗《のぞ》いてみて、若い女中は来年の暦を買いそこねてしまった。

毎年大晦日の晩、給金をもらってから運勢づきの暦を買いにでる。が、今夜は例年《いつも》の暦屋も出ていない。雪は重く、降りやまなかった。窓を閉めて、おお、寒《さ》む。なんとなく諦《あきら》めた顔になった。注連縄《しめなわ》屋も蜜柑《みかん》屋も出ていなかった。似顔絵描《か》き、粘土彫刻屋は今夜はどうしているだろうか。

しかし、さすがに流川通である。雪の下は都会めかしたアスファルトで、その上を昼間は走る亀《かめ》ノ井《い》バスの女車掌が言うとおり「別府の道頓堀《どうとんぼり》でございます」から、土産物屋、洋品屋、飲食店など殆《ほと》んど軒並みに皎々《こうこう》と明るかった。

その明りがあるから、蠟燭《ろうそく》も電池も要らぬ。カフェ・ピリケンの前にひとり、易者が出ていた。今夜も出ていた。見台《けんだい》の横に番傘をしばりつけ、それで雪を避けている筈《はず》だが、黒いマントはしかし真っ白で、眉毛《まゆげ》まで情けなく濡《ぬ》れ下っていた。雪達磨《ゆきだるま》のようにじっと動かず、眼ばかりきょろつかせて、あぶれた顔だった。人通りも少く、こんな時にいつまでも店を張っているのは、余程《よほど》の辛抱がいる。が、今日はただの日ではないと、しょんぼり雪に吹きつけられていた。大晦日なのだ。

だが、ピリケンの三階にある舞踏場でも休みなしに蓄音機を鳴らしていた。が、通にひとけの少いせいか、かえってひっそりと聴えた。ここにも客はなかったのである。一時間ほど前、土地の旅館の息子がぞろりとお召《めし》*の着流しで来て、白い絹の襟巻をしたまま踊って行ったきり、誰も来なかった。覗きもしなかった。女中部屋でもよいからと、頭を下げた客もあるほどおびただしく正月の入湯客が流れ込んで来たと耳にはいっているのに、こんな筈はないと、囁《ささや》きあうのも浅ましい顔で、三人の踊子はがたがたふるえていた。

ひと頃上海《シャンハイ》*くずれもいて十五人の踊子が、だんだんに減り、いまの三人は土地の者ばかりである。ことしの始め、マネージャが無理に説き伏せて踊子に仕込んだのだが、折角《せっかく》体が柔くなったところで、三人は転業を考えだしている。阪神の踊子が工場へはいったと、新聞に写真入りである。私たちは何にしようかと、今夜の相談は切実だが、しかしかえって力がない。いっそ易者に見てもらおうか。

易者はふっと首を動かせた。視線の中へ、自動車がのろのろと徐行して来た。旅館では河豚《ふぐ》を出さぬ習慣だから、客はわざわざ料亭まで足を運ぶ、その三町もない道を贅沢《ぜいたく》な自動車《くるま》だった。ピリケンの横丁へ折れて行った。

間もなく、その料亭へよばれた女をのせて、人力車が三台横丁へはいった。女たちは塗りの台に花模様の向革《むこ》*をつけた高下駄をはいて、島田の髪が凍《い》てそうに見え、蛇の目の傘が膝《ひざ》の横に立っていた。

二時間経《た》って、客とその傘で出て来た。同勢五人、うち四人は女だが、一人は裾《すそ》が短かく、たぶん大阪からの遠出で、客が連れて来たのであろう。客は河豚で温まり、てかてかした頰をして、丹前《たんぜん》*の上になにも羽織っていなかった。鼻が大きい。

その顔を見るなり、易者はあくびが止った。みるみる皮膚が痛み、真蒼《まっさお》な痙攣《けいれん》が来た。向うでも気づいて、びっくりした顔だった。睨《にら》みつけたまま通りすぎようとしたらしいが、思い直したのか、寄って来て、

「久し振りやないか」

硬ばった声だった。

「まあ、知ったはりまんのん？」

同じ傘の中の女は土地の者だが、臨機応変の大阪弁も使う。すると、客は、

「そや、昔の友達や」

——と知られて女の手前はばかるようなそんな安サラリーマンではない、この声にはまるみがあった。そんな今の身分かと、咄嗟《とっさ》に見てとって、易者は一層自分を恥じ、鉛のようにさびしく黙っていた。

「おい、坂田君、僕や、松本やがな」

忘れていたんかと、肩を敲《たた》かれそうになったのを、易者はびくっと身を退けて、やっと、

「五年振りやな」

小さく言った。

忘れている筈はない。忘れたかったぐらいであると、松本の顔を見上げた。習慣でしぜん客の人相を見る姿勢に似たが、これが自分を苦しめて来た男の顔かと、心は安らかである筈もなかった。眼の玉が濡れたように薄茶色を帯びて、眉毛の生尻《はえじり》が青々

と毛深く、いかにも西洋人めいた生々しい逞《たくま》しさは、五年前と変っていない。眼尻の皺《しわ》もなにかいやらしかった。ああ瞳《ひとみ》は無事だった筈がないと、その頃思わせたのも皆この顔の印象から来ていた。

五年前だった。今は本名の照枝だが、当時は勤先の名で、瞳といっていた。道頓堀の赤玉＊にいた。随分通ったものである、というのも阿呆《あほ》くさいほど今更めく。といって、もともと遊び好きだった訳でもなかったのだ。

親の代からの印刷業で、日がな一日油とインキに染って、こつこつ活字を拾うことだけを仕事にして、ミルクホール＊一軒覗きもしなかった。二十九の年に似合わぬ、坂田はんは堅造《かたぞう》だ、変骨だといわれていた。両親がなく、だから早く嫁をと世話しかける人があっても、ぷんと怒った顔をして、皮膚の色が薄汚く蒼《あお》かった。それが、赤玉から頼まれてクリスマスの会員券を印刷したのが、そこへ足を踏入れる動機となってしまったのである。

銀色の紐《ひも》を通した一組七枚重ねの、葉形カードに仕上げて、キャバレエの事務所へ届けに行くと、一組分買え、いやなら勘定から差引くからと、無理矢理に買わされてしまった。帰って雇人に呉《く》れてやり、お前行けと言うと、われわれの行くところではないと辞退したので、折角七円も出したものを近所の子供の玩具《おもちゃ》にするのはもったいない、赤玉のクリスマスいうてもまさか逆立ちで歩けと言わんやろ、なに構うもんかと、当日髭《ひげ》をあたり大島*の仕立下ろしを着るなど、少しはめかしこんで、自身出向いた。下味原町《しもあじはら》から電車に乗り、千日前《せんにちまえ》で降りると、赤玉のムーラン・ルージュが見えた。あたりの空を赤くして、ぐるぐるまわっているのを、地獄の鬼の舌みたいやと、怖《おそ》れて見上げ、二つある入口のどちらからはいったものかと、暫《しば》くうろうろしていると、突如としてなかから楽隊が鳴ったので、びっくりした拍子に、そわそわと飛び込み、色のついた酒をのまされて、酔った。

会員券《カード》だからおあいそ（勘定書）も出されぬのを良いことに、チップも置かずに帰った。暫くは腑抜《ふぬ》けたようになって、その時の面白さを想《おも》いだしていた。もともと会員券を買わされた時に捨てたつもりの金だったからただで遊んだような気持からでもあったが、実はその時の持ちの瞳のもてなしが忘れられなかったのだ。会員券《カード》にマネージャの認印があったから、女たちが押売したのとちがって、大事にすべき客なのだろうと、瞳はかなりつとめたのである。あとで、チップもない客だと、塩をまく真似《まね》をされたとは知らず、己惚《うぬぼ》れも手伝って、坂田はたまりかねて大晦《おおつごもり》の晩、集金を済ませた足でいそいそと出掛けた。

それが病みつきで、なんということか、明けて元旦《がんたん》から松の内の間一日も欠《かか》さず、悲しいくらい入りびたりだった。身を切られる想いに後悔もされたが、しかし、もうチップを置かぬような野暮《やぼ》な客ではなかった。商業学校＊へ四年までいったと、うなずける固ぐるしい物の言い方だったが、しかし、だんだんに阿呆のようにさばけて、たちまち瞳をナンバーワンにしてやった。そして二月経《ふたつき》ったが、手一つ握るのも躊躇《ちゅうちょ》されるの気の弱さだった。手相見てやろかと、それがやっとのことだった。手相にはかねがね趣味をもっていて、たまに当るようなこともあった。

瞳の手は案外に荒れてザラザラしていたが、坂田は肩の柔かさを想像していた。眉毛が濃く、奥眼だったが、白眼までも黒く見えた。耳の肉がうすく、根まで透いていた。背が高く、きりっと草履をはいて、足袋の恰好《かっこう》がよかった。傍へ来られると、坂田はどきんどきんと胸が高まって、郵便局の貯金をすっかりおろしていることなど、忘れたかった。印刷を請負うのにも、近頃は前金をとり、不意の活字は同業者のところへ借りに走っていた。仕事も粗雑で、当然註文《ちゅうもん》が少なかった。

それでも、せがまれるままに随分ものも買ってやった。なお二百円の金を無理算段して、神経痛だという瞳を温泉へ連れて行った。十日経って大阪へ帰った。瞳を勝山《かつやま》通《どおり》のアパートまで送って行き、アパートの入口でお帰りと言われて、すごすご帰る道々、うどんをたべ、殆んど一文無しになって、下味原の家まで歩いて帰った。二人の雇人は薄暗い電燈の下で、浮かぬ顔をして公設市場の広告チラシの活字を拾っていた。赤玉から遠のこうと、なんとなく決心した。

しかし、三日経ってまた赤玉へ行くと、瞳は居《お》らず、訊《き》けば、今日松竹座ァ*へ行くいうたはりましたと、みなまできかず、道頓堀を急ぎ足に抜けて、松竹座へはいり、探した。二階にいた。松本と並んで坐《すわ》っていた。松本の顔はしばしば赤玉に現われていたから、見知っていた。瞳に通っていた客だから、名前まで知っていた。眉毛から眼のあたりへかけて妙に逞しい松本の顔は、かねがね重く胸に迫っていたが、いま瞳と並んで坐っているところを見ると、二人はあやしいと、疑う余地もなく頭に来た。二階へ駆けあがって二人の瞳を撲《なぐ》ってやろうと、咄嗟に思ったが、実行出来なかった。そして、こそこそとそこを出てしまった。

翌日、瞳に詰め寄ると、古くからの客ゆえ誘われれば断り切れぬ義理がある。たまに活動《かつどう》*写真ぐらいは交際さしたりィなと、突っ放すような返事だった。取りつく島もない気持――が一層瞳へひきつけられる結果になり、ひいては印刷機械を売り飛ばした。あちこちでの不義理もだんだんに多く、赤玉での勘定に足を出すことも、たび重なった。唇の両端のつりあがった瞳の顔から押して、こんなに落ちぶれてしまっては、もはや嫌われるのは当り前だとしょんぼり諦めかけたところ、女心はわからぬものだ。

坂田はんをこんな落目にさせたのは、もとはといえば皆わてからやと、かえって同情してくれて、そしていろいろあった挙句、わてかてもとをただせばうどん屋の娘やねん。女の方から言い出して、一緒に大阪の土地をはなれることになった。運良く未《ま》だ手をつけていなかった無尽《むじん》*や保険の金が千円ばかりあった。掛けては置くものだと、それをもって世間狭い大阪をあとに、ともあれ東京へ行く、その途中、熱海《あたみ》で瞳は妊娠していると、打ち明けた。あんたの子だと言われるまでもなく、文句なしにそのつもりで、きくなり喜んだが、何度もそれを繰りかえして言われると、ふと松本の子ではないかと疑った。そして、子供は流産したが、この疑いだけは永年育って来て、貧乏ぐらしよりも辛《つら》かった……。

そんなことがあってみれば、松本の顔が忘れられる筈もない。げんに眼の前にして、虚心で居れるわけもない。坂田は怖いものを見るように、気弱く眼をそらした。

それが昔赤玉で見た坂田の表情にそっくりだと、松本もいきなり当時を生々しく想い出して、

「そうか。もう五年になるかな。早いもんやな」

そして、早口に、

「あれはどうしたんや、あれは」

瞳のことだ——と察して、坂田はそのためのこの落ちぶれ方やと、殆んど口に出かかったが、

「へえ。仲良くやってまっせ。照枝のことでっしゃろ」

楽しい二人の仲だと、辛うじて胸を張った。これは自分にも言い聴かせた。照枝がよう尽してくれるよって、その日その日をすごしかねる今の暮しも苦にならんのや。まあ、照枝は結局僕のもんやったやおまへんか。松本はん。——と、そんな気負った気持が松本に通じたのか、

「さよか。そらええ按配《あんばい》や」

と、松本は連れの女にぐっと体をもたせかけて、

「立話もなんとやらや。どや、一緒に行かへんか。いま珈琲《コーヒー》のみに行こ言うて出て来たところやねん」

「へえ、でも」

坂田は即座に応じ切れなかった。夕方から立って、十時を過ぎたいままで、客はたった三人である。見料《けんりょう》一人三十銭、三人分で……と細かく計算するのも浅ましいが、

合計九十銭の現金では大晦日は越せない、と思えば、何が降ってもそこを動かない覚悟だった。家には一銭の現金もない筈だ。いろんな払いも滞っている。だから、珈琲どころではないのだ。おまけに、それだけではない。顔を見ているだけでも辛い松本と、どうして一緒に行けようか。

渋っているのを見て、

「ねえ、お行きやすな」

雪の降る道端で永い立話をされていては、かなわないと、口をそろえて女たちもすすめた。

「はあ、そんなら」

と、もう断り切れず、ちょっと待って下さい、いま店を畳みますからと、こそこそと見台を畳んで、小脇《こわき》にかかえ、

「お待《ま》ッ遠《とお》さん」

そして、

「珈琲ならどこがよろしおまっしゃろ。別府《ここ》じゃろくな店もおまへんが、まあ『ブラジル』やったら、ちょっとはましでっしゃろか」

土地の女の顔を見て、通らしく言った。そんな自分が哀れだった。

キャラメルの広告塔の出ている海の方へ、流川通を下って行った。道を折れ、薄暗い電燈のともっている市営浴場の前を通る時、松本はふと言った。

「こんなところにいるとは知らなんだな」

東京へ行った由噂《よしうわさ》にきいてはいたが、まさか別府で落ちぶれているとは知らなんだ——と、そんな言葉のうらを坂田は湯気のにおいと一緒に胸に落した。そのあたり雪明りもなく、なぜか道は暗かった。

照枝と二人、はじめて別府へ来た晩のことが想い出されるのだった。船を降りた足で、いきなり貸間探しだった。旅館の客引きの手をしょんぼり振り切って、行李《こうり》を一時預けにすると、寄りそうて歩く道は、しぜん明るい道を避けた。良いところだとはきいてはいたが、夜逃げ同然にはるばる東京から流れて来れば、やはり裏通の暗さは身にしみるのだった。湯気のにおいもなにか見知らぬ土地めいた。東京から何里と勘定も出来ぬほど永い旅で、疲れた照枝は口を利《き》く元気もなかった。胸を病んでいて、あこがれの別府の土地を見てから死にたいと、女らしい口癖だった。温泉にはいれば、あるいは病気も癒《なお》るかも知れないと、その願いをかなえてやりたいにも先《ま》ず旅費の工面からしてかからねばならぬ東京での暮しだったのだ……。

熱海で二日、そして東京へ出たが、一通り見物もしてしまうと、もうなにもすることはなく、いつまでも宿屋ぐらしもしていられないと、言い出したのは照枝の方で、坂田はびっくりしたのだ。お腹《なか》の子供のこともあることやし、金のなくならぬうちに早《は》よ地道な商売をしようと照枝は言い、坂田は伏し拝んだ。いろいろ考えて、照枝も今まで水商売だったから、やはりこんども水商売の方がうまにあうと坂田はあやしげな易判断をした。

そして、同じやるなら、今まで東京になかった目新しい商売をやって儲《もう》けようと、きつねうどん専門のうどん屋を始めることになった。東京のけつねうどんは不味《まず》うてたべられへん、大阪のほんまのけつねうどんをたべさしたるねんと、坂田は言い、照枝も両親が猪飼野《いかいの》でうどん屋をしていたから、随分乗気になった。照枝は東京の子供たちの歯切れの良い言葉がいかにも利潑《りはつ》な子供らしく聴えて以来、お腹の子供はぜひ東京育ちにするのだと夢をえがき、銭勘定も目立ってけちくさくなった。下着類も案外汚れたのを平気で着て、これはもともとの気性だったが、なにか坂田は安心し、且《か》つにわかに松本に対する嫉妬《しっと》も感じた。

学生街なら、たいして老舗《しにせ》がついていなくても繁昌《はんじょう》するだろうと、あちこち学生街を歩きまわった結果、一高*が移転したあとすっかりはやらなくなって、永い間売りに出ていた本郷森川町の飯屋の権利を買って、うどん屋を開業した。

はじめはかなり客もあったが、しかし、おいでやす、なにしまひょ、けつねでっか、おうどんでっかという坂田の大阪弁をきいて、客は変な顔をした。たいていは学生で、なかには大阪から来ている者もいたのだが、彼等は、まいどおおけにという坂田の言葉でこそこそと逃げるように出て行くのだった。そばが無いときいて、じゃ又来らあ。そんな客もあった。だんだんはやらなくなった。

照枝はつわりに苦しんで、店へ出なかった。坂田は馴《な》れぬ手つきで、うどんの玉を湯がいたり、雇《やとい》の少女が出前に出た留守には、客の前へ運んで行ったりした。やがて、照枝は流産した。それが切っ掛けで腹膜になり、大学病院へ入院した。手術後ぶらぶらしているうちに、胸へ来た。医者代が嵩《かさ》む一方、店は次第にさびれて行った。まるで嘘《うそ》のように客が来なかった。このままでは食い込むばかりだと、それがおそろしくなり、たまりかねてひそかに店を売りに出した。が、買手がつかず、そのまま半年、その気もなく毎日店をあけていた。やっと買手がついたが、恥しいほどやすい値をつけられた。

それでも、売って、その金を医者への借金払いに使い、学生専門の下宿へ移って、坂田は大道易者になった。かねがね八卦《はっけ》には趣味をもっていたが、まさか本業にしようとは思いも掛けて居らず、講習所で免状を貰《もら》い、はじめて町へ出る晩はさすがに印刷機械の油のにおいを想った。道行く人の顔がはっきり見えぬほど恥しかったが、それでも下宿で寝ている照枝のことを想うと、業々しくかっと眼をひらいて、手、手相はいかがです。松本に似た男を見ると、あわただしく首をふった。けれども、松本のことは照枝にきかず、照枝も言わず、照枝がほころびた真綿の飛び出た尻当てを腰にぶら下げているのを見て、坂田は松本のことなど忘れねばならぬと思った。照枝の病気は容易に癒《なお》らなかった。坂田は毎夜傍に寝て、ふと松本のことでカッとのぼせて来る頭を冷い枕《まくら》で冷やしていた。照枝は別府へ行って死にたいと口癖だった……。

そうして一年経ち、別府へ流れて来たのである。いま想い出してもぞっとする。著《つ》いた時、十円の金もなかったのだ。早く横になれるところをと焦《あせ》っても、旅館はおろか貸間を探すのにも先ず安いところをという、そんな情ない境遇を悲しんでごたごたした裏通を野良《のら》猫のように身を縮めて、身を寄せて、さまよい続けていたのだった。やはり冬の、寒い夜だったと、坂田は想いだして鼻をすすった。いきなりあたりが明るくなり、ブラジルの前まで来た。入口の門燈の灯りで水洟《みずばな》が光った。

「ここでんねん」

松本の横顔に声を掛けて、坂田は今晩はと、扉を押した。そして、

「えらい済んまへんが、珈琲六人前淹《い》れたっとくなはれ」

ぞろぞろと随《つ》いてはいって来た女たちに何を飲むかともきかず、さっさと註文して、籐《とう》椅《い》子《す》に収まりかえってしまった。

松本はあきれた。まるで、自分が宰領しているような調子ではないかと、思わず坂田の顔を見た。律気《りちぎ》らしく野暮にこぢんまりと引きしまった顔だが、案外に睫《まつ》毛《げ》が長く、くっきりした二重瞼《ふたえまぶた》を上品に覆《おお》って、これがカフェ遊びだけで、それもあっという間に財産をつぶしてしまった男の顔かという眼でみれば、なるほどそれらしかった。一皿十円も二十円もする果物《フルーツ》の皿をずらりと卓に並べるのが毎晩のことで、何をする男かと、あやしまぬものはなかったのである。松本自身鉄工所の一人息子で、べつにけちくさい遊び方をした覚えもなく、金づかいが荒いと散々父親にこごとをいわれていたくらいだったが、しかし当時はよくよくのことが無い限り、果物《フルーツ》など値の張るものはとらなかったものだった。

やがて珈琲が運ばれて来たが、坂田は二口か三口啜《すす》っただけで、あとは見向きもし

てたてなかった。雪の道を二町も歩いて来たのである。たしなむべき女たちでさえ音をたて一滴も残さず飲み乾《ほ》している。それを、おそらく宵から雪に吹かれて立ち詰めだった坂田が未練も見せずに飲み残すとはどうしたことか。珈琲というものは、二口、三口啜ってあと残すものだという、誰かにきいた田舎者じみた野暮な伊達《だて》をいまだに忘れぬ心意気からだろうと思い当ると、松本は感心するより、むしろあきれてしまった。そんな坂田が一層落ちぶれて見えもし、哀れだった。

それにしても落ちぶれたものである。可哀そうなのは、苦労をともにしている瞳のことだと、松本は忘れていた女の顔を、坂田のずんぐりした首に想い出した。

ちょっと見には、つんとしてなにかかげの濃い冷い感じのある顔だったが、結局は疳高《かんだか》い声が間抜けてきこえるただの女だった。坂田のような男に随《つ》いて苦労するようなところも、いまにして思えば、あった。

あれはどないしてる？　どないにして暮して来たのかと、松本はふと口に出かかるほどだったが、大阪から連れて来た女の手前ははばかった。坂田も無口だった。だから、わざわざ伴って珈琲を飲みに来たものの、たいした話もなかった。それでも松本は、大阪は変ったぜ、地下鉄*出来たん知ってるな。そんなら、赤玉のムーラン・ルージュが廻らんようになったんは知らんやろなどと、黙っているわけにもいかず、喋《しゃべ》っていた。そうでっか、わてもいっぺん大阪へ帰りたいと思てまんねんと、坂田も話を合わせていたが、一向に調子が乗らなかった。なんとなくお互い気まずかった。女たちは賑《にぎや》かに退屈していた。松本は坂田を伴って来たことを後悔した。が、それ以上に、坂田は随いて来たことを、はじめから後悔していたのだ。もぞもぞと腰を浮かせていたが、やがて思い切って、坂田は立ち上った。

「お先きに失礼します」

伝票を摑《つか》んでいた。

「あ、そらいかん」

松本はあわてて手を押えたが、坂田は振り切って、

「これはわてに払わせとくなはれ」

と、言った。そして、勘定場《カウンター》の方へふらふらと行き、黒い皮の大きな財布から十銭白銅十枚出した。一枚多いというのを、むっとした顔で、

「チップや」

それで、その夜の収入はすっかり消えてしまった。

「そんなら、いずれまた」

もう一度松本に挨拶《あいさつ》し、それからそこのお内儀《かみ》に、

「えらいおやかまっさんでした。済んまへん」

　と悲しいほどていねいにお辞儀して、坂田は出て行った。松本は追いかけて、

「君さっき大阪へ帰りたい言うてたな。大阪で働くいう気いがあるのんやったら、僕とこでなにしてもええぜ。遠慮なしに言うてや」

　と言って、傘の中の手へこっそり名刺を握らせた。女の前を避けてそうしたのは、坂田に恥をかかすまいという心使いからだと、松本は咄嗟に自分を甘やかして、わざと雪で顔を濡らせていた。が、実は坂田を伴って来たのは、女たちの前で坂田を肴《さかな》に自分の出世を誇りたい気持からであった。一時はひっそくしかけていた鉄工所も事変*以来殷賑《いんしん》を極めて、いまはこんな身分だと、坂田を苛《いじ》めてやりたかったのである。が、さすがにそれが出来ぬほど、坂田はみじめに見えた。照枝だって貧乏暮しでやつれているだろう。

「なんぞ役に立つことがあったら、さして貰おうか。あしたでも亀ノ井ホテル*へ訪ねて来たらどないや」

　しかし、坂田は松本の顔をちらりと恨めしそうに見て、

「……」

　しょんぼり黒い背中で去って行った。

松本は寒々とした想いで、喫茶店のなかへ戻った。

「あの男は……」

どこに住んでいるのかなどと、根掘りそこのお内儀にきくと、なんでもここから一里半、市内電車の終点から未だ五町＊もある遠方の人で、ゆで玉子屋の二階に奥さんと二人で住んでいるらしい。その奥さんというのが病気だから、その日その日に追われて、昼間は温泉場の飲食店をまわって空壜《あきびん》を買い集め、夜は八卦見に出ているのだと言った。

「うちへも集めに来なさるわ」

おかしいことに、半年に一度か二度珈琲を飲んで行くが、そのたび必ずこんな純喫茶だのに、置かなくても良いチップを置いて行くのだと、マダムはゆっくり笑った。

「いくら返しても、受け取りなさらんので困りますわ」

「どもならんな。そら、あんたに気があんねやろ」

と、松本は笑って、かたわらの女の肩を敲《たた》きながら、あの男のやりそうなこっちゃと、顔じゅう皺だらけだったが、眼だけ笑えなかった。チップを置いて、威張って出て行ったわけでもあるまい。壜を集めに来るからには、いわば坂田にとってそこは得意先なのだ。壜を買ったついでに珈琲をのんで帰るのも一応は遠慮しなければならぬところである。それを今夜のように、大勢引具して客となって来るのには、随分気を使ったことであろうと、店を出て行きしな、坂田がお内儀にしたていねいな挨拶が思い出されるのだった。

もう松本は気が滅入《めい》ってしまった。女たちと連立ってお茶を飲みに来ている気が、少しも浮ついて来なかった。昼は屑屋《くずや》、夜は易者で、どちらももとの掛からぬぼろい商売だと言ってみたところで、いずれは一銭二銭の細かい勘定の商売だ。おまけに瞳は病気だというではないか。いまさき投げ出して行った金も、大晦日の身を切るような金ではなかったかと、坂田の黒い後姿が眼に浮びあがって、なにか熱かった。

背中をまるめ、マントの襟を立てて、坂田は海岸通を黒く歩いていた。海にも雪が降り、海から風が吹きつけた。引きかえしてもう一度流川通に立つ元気もいまはなかった。やっぱり照枝と松本はなんぞあったんやと、永年想いまどうて来たいまわしい考えが、松本の顔を見たいま、疑う余地もなくはっきりしていた。しかし、なぜか腹を立てたり、泣いたり、わめいたりする精も張りもなく、不思議に遠い想いだった。ひしひしと身近かに来るのは、ただ今夜を越す才覚だった。

喫茶店で一円投げ出して、いま無一文だった。家に現金のある筈もない。階下のゆで玉子屋もきょうこの頃商売にならず、だから滞っている部屋代を矢のような催促だった。たまりかねて、暮の用意にとちびちび貯《た》めていた金をそっくり、ほんの少しだがと、今朝渡したのである。毎年ゆで玉子屋の三人いる子供に五十銭宛《ずつ》くれてやるお年玉も、ことしは駄目かも知れない。いまは昔のような贅沢《ぜいたく》なところはなくなっているが、それでも照枝はそんなことをきちんとしたい気性である。毎日寝たきりで、思いつめていては、そんなことも一層気になるだろう。別府で死にたいと駄々をこねて来たものの、三年経ったいまは大阪で死にたいと、無理を言う。自分のような男に、たとえ病気のからだとは言え、よく辛抱してついて来てくれたと思えば、なんとかして大阪へ帰らせてやりたい。知った大阪の土地で易者は恥しいが、それも照枝のためなら辛抱する、自分もまた帰りたい土地なのだと、思い立って見ても、先立つものは旅費である。二人分二十円足らずのその金が、纏《まとま》ってたまったためしもなかったのだ。

赤玉のムーラン・ルージュがなくなったと、きけば一層大阪がなつかしい。頼って来いといった松本の言葉を、ふっと無気力に想い出した。凍えた両手に息を吹きかける拍子に、その気もなく松本の名刺を見た。ごおうッと音がして、電車が追いかけて来た。そして通り過ぎた。瞬間雪の上を光が走って、消えた。質屋はまだあいているだろうか。坂田は道を急いだ。

やっと電車の終点まで来た。車掌らしい人が二三人焚火《たきび》をしているのが、黒く蠢《うごめ》いて見えた。その方をちらりと見て、坂田は足跡もないひっそりした細い雪の道を折れて行った。足の先が濡れて、ひりひりと痛んだ。坂田は無意識に名刺を千切った。五町行き、ゆで玉子屋の二階が見えた。陰気くさく雨戸がしまっていたが、隙間《すきま》から明りが洩《も》れて、屋根の雪を照らしていた。まだ眼を覚している照枝を坂田は想った。松本の手垢《てあか》がついていると思えぬほど、痩《や》せた体なのだ。坂田はなにかほっとして、いつものように身をかがめてゆで玉子屋の表戸に手をかけた。

馬地獄

東より順に大江橋、渡辺橋、田簑《たみの》橋、そして玉江《たまえ》橋まで来ると、橋の感じがにわかに見すぼらしい。橋のたもとに、ずり落ちたような感じに薄汚い大衆喫茶店兼飯屋がある。その地下室はもとどこかの事務所らしかったが、久しく人の姿を見うけない。それが妙に陰気くさいのだ。また、大学病院の建物も橋のたもとの附属建築物だけは、置き忘れられたようにうら淋《さび》しい。薄汚《うすよご》れている。入口の階段に患者が灰色にうずくまったりしている。そんなことが一層この橋の感じをしょんぼりさせているのだろう。川口界隈《かいわい》の煤煙《ばいえん》にくすんだ空の色が、重くこの橋の上に垂れている。川の水も濁っている。

ともかく、陰気だ。ひとつには、この橋を年中日に何度となく渡らねばならぬことが、左様に感じさせるのだろう。橋の近くにある倉庫会社に勤めていて、朝夕の出退時間はむろん、仕事が外交ゆえ、何度も会社と訪問先の間を往復する。その都度せかせかとこの橋を渡らねばならなかった。近頃は、弓形になった橋の傾斜が苦痛でならない。疲れているのだ。一つ会社に十何年間かこつこつと勤め、しかも地位があがらず、依然として平社員のままでいる人にあり勝ちな疲労が最近彼にもやって来たのだ。一息に渡り切ってしまうことはせず、欄干にぼんやり凭《もた》れて意味もなく休息していることが屢々《しばしば》だった。橋の上を通る男女や荷馬車を、浮かぬ顔して見ているのだ。近くに倉庫の多いせいか、実によく荷馬車が通る。たいていは馬の肢《あし》が折れるかと思うくらい、重い荷を積んでいるのだが、傾斜があるゆえ、馬にはこの橋が鬼門なのだ。鞭《むち》でたたかれながら弾みをつけて渡り切ろうとしても、中程に来ると、轍《わだち》が空まわりする。馬はずるずる後退しそうになる。石畳の上に爪《つめ》立てた蹄《ひづめ》のうらがきらりと光って、口の泡が白い。瘦《や》せた肩に湯気が立つ。ピシピシと敲《たた》かれ、悲鳴をあげ、空を嚙《か》みながら、やっと渡ることができる。それまでの苦労は実に大変だ。彼は見ていて胸が痛む。轍の音がしばらく耳を離れないのだ。

雨降りや雨上りの時は、蹄がすべる。いきなり、四つ肢をばたばたさせる。おむつをきらう赤ん坊のようだ。仲仕が鞭でしばく。起き上ろうとする馬のもがきはいたましい。毛並に疲労の色が濃い。そんな光景を立ち去らずにあくまで見て胸を痛めているのは、彼には近頃自虐《じぎゃく》めいた習慣になっていた。惻隠《そくいん》*の情もじかに胸に落ちこむのだ。以前はちらと見て、通り過ぎていたのだ。

ある日、そんな風にやっとの努力で渡って行った轍の音をききながら、ほっとして欄干《らんかん》をはなれようとすると、一人の男が寄って来た。貧乏たらしく薄汚い。哀れな声で、針中野まで行くにはどう行けばよいのかと、紀州訛《なまり》できいた。渡辺橋から市電*で阿倍野《あべの》まで行き、そこから大鉄《だいてつ》電車*で――と説明しかけると、いや、歩いて行くつもりだと言う。そら、君、無茶だよ。だって、ここから針中野まで何里……あるかもわからぬ遠さにあきれていると、実は、私は和歌山の者ですが、知人を頼って西宮まで訪ねて行きましたところ、針中野というところへ移転したとかで、西宮までの電車賃はありましたが、あと一文もなく、朝から何も食べず、空腹をかかえて西宮からやっとここまで歩いてやって来ました、あと何里ぐらいありますか。半分泣き声だった。

思わず、君、失礼だけれどこれを電車賃にしたまえと、よれよれの五十銭札を男の手に握らせた。けっしてそれはあり余る金ではなかったが、惻隠の情はまだ温く尾をひいていたのだ。男はぺこぺこ頭を下げ、頭を下げ、立ち去った。すりきれた草履の足音もない哀れな後姿だった。

それから三日経《た》った夕方、れいのように欄干に凭れて、汚い川水をながめていると、うしろから声をかけられた。もし、もし、ちょっとお伺いしますがのし、針中野ちゅうたらここから……、振り向いて、あっ君はこの間の――男は足音高く逃げて行った。

その方向から荷馬車が来た。馬がいなないた。彼はもうその男のことを忘れ、びっくりしたような苦痛の表情を馬の顔に見ていた。

俗臭

大阪の金満家木村権右衛門の名は近県にも知られたと見え、和歌山県有田《ありだ》郡湯浅の魚問屋丸福こと児子《にご》勘吉は長男が産れると、待っていましたとばかり、権右衛門と名をつけた。ところが勘吉はこともあろうにその年から放蕩《ほうとう》をはじめ、二十数年間に身代《しんだい》をすっかりすりつぶして仕舞い、おまけに死んだ時は相当な借金があった。無論打ち、飲む、買うの仕たい放題で、死ぬ三日前も魚島時《うおじまどき》*の一漁そっくりの賭《かけ》で負けたというから、勘吉も死んでみると、なかなかに幸福な男であった。

しかし、さすがに息を引きとる時は、もう二十五歳になっていた権右衛門を枕元《まくらもと》ににじり寄らせて、俺も親の財産をすっからかんにし、おまけにお前に借金を背負わすほどの仕たい放題をして来たから、この世に想《おも》い残すことはないが、たった一つ気にかかるのは日頃のお前の行状だ。今まで意見めいた口も利《き》かなかったし、またする柄でもなかったが、俺が死んだあとは喧嘩《けんか》、女出いり、賭事は綺麗《きれい》さっぱりやめてくれ。お前も児子《にご》家の家長で、弟妹《ていまい》寄せて六人の面倒も見なくてはならぬ。奮発して、たとえ一万円*の金にしろ腕一手で儲《もう》けて立派に児子家を再興してくれ、それまでは好きな道もよけて通り、なお他人に印貸すな。と、言って聴かせた。権右衛門は白い繃帯をまいた手を握りこぶしして膝《ひざ》の上にのせ、うつむいて物も言わず聴いていたが、ふと顔を上げると、勘吉の顔はみるみる土色になって行った。

権右衛門は父の葬式を済ませると、順に、市治郎、まつ枝、伝三郎、千恵《え》造、三亀《みき》雄《お》、たみ子の弟妹を集め、御者《おんしゃ》らはみな思い思い飯の食べられるとこを探して行かえ。俺は俺で銭儲けの道を考えら。そうして、僅《わず》かの金を与えられて散りぢりに湯浅をあとにして行ったのを見届け、丸福と裏に刻んだ算盤《そろばん》をもって借金取の応待をし、あちこち居酒屋の女と別れの挨拶《あいさつ》をして、湯浅を出て行った。大正二年六月のことだった。

大阪へ出て千日前の安宿に泊り、職を探している内に所持金を費《つか》い果してしまった。歩き疲れて道頓堀《どうとんぼり》太左衛門橋の上に来た。湯浅を出てから丁度十日目、その日は朝から何も食べていない。道頓堀川の泥水に両側の青楼《せいろう》*の灯が漸《ようや》くうつる黄昏《たそがれ》どきのわびしさを頼りなく腹に感じて、ぼんやり橋にもたれかかっていると、柔《やわらか》く肩を敲《たた》いたものがある。振りかえってあッ！　咄嗟《とっさ》に逃げようとした。逃げるんかのし、あんたは。紀州訛《なまり》だが、いや、そのために一層妙になまめいて、忘れもせぬそれは、湯浅を出るときお互い別れを告げるのに随分手間のかかった居酒屋の花子だ。

あの時、一緒に連れてくれ言うたのにのし、どない思て連れてくれなかっちゃんならと、花子は並んで歩き出すと言った。後を追うて大阪へ来た、探すのに苦労した、今は法善寺の小料理屋にいる、誘惑が多いが、あんたに実《じつ》をつくして身固くしている。収入《みい》りは悪くないから、二人で暮せぬことはない。あんたが働かんでも私が養ってあげる。――ふんふんと聞いていたが、いきなりパッと駆け出した。道頓堀の雑鬧《ざっとう》をおしのけ、戎橋《えびすばし》を渡って逃げた。今の自分に花子は助け舟だが、太左衛門橋の上で土左《どざ》衛門《えもん》*みたいに助けてもらって男が立とうか、土左衛門なら浮びもするが、俺は一生浮び上れなくなるのだ。権さん、権さんと呼ぶ声に未練を感じたが、俺は一万円の金をこしらえるのだと、スリのように未練を切って雑鬧の中を逃げた。(これらは権右衛門が後年しばしば人に話した時の表現による。)

その夜、無料宿泊所もなかったから、天王寺公園のベンチで、花子のことを悲しく悩ましく想い出しながら一夜を明し、夜が明けると、川口の沖仲仕に雇われた。紀州沖はどこかと海の彼方《かなた》を見つめては歯を喰いしばり、黙々として骨身惜しまず働いている姿を変っていると思ったか、主人が訊《たず》ねて、もとは魚問屋の坊《ぼ》ん坊《ぼ》んだと分ると、可哀想《かわいそう》だと帳場に使ってくれた。魚問屋時代の漁師相手の早書き、早算の帖面《ちょうめん》付けの経験が間に合い、重宝がられた。言うこと成すこと壺《つぼ》にはまり、おまけに煙草《たばこ》一本吸うでなし、いつかお前《ま》はんはいつまでも帖面付けする人でないと見込まれた。如何《いか》にも自分はこんなことをしている気はない。月々きまった安月給に甘んじていて出世の見込があろうか、商売《あきない》をするんだと暇をとった。

一《ひと》月分の給料十円を資本に冷やしあめ*の露天商人となった。下寺町の坂の真中に荷車を出し、エー冷《ひ》やこうて甘いのが一杯五厘《りん》と、不気味な声で呶鳴《どな》った。最初の一日は寄って来た客が百十三人、中で二杯、三杯のんだ客もあって、正味一円二十銭の売上げで日が暮れ、一升ばかり品物が残って夏のこととて腐敗した。氷三貫目の損であった。翌日から夜店にも出て三十銭の儲けがあるようになった。十日ほど経《た》った頃だろうか、千日前*のお午《うま》の夜店で、夜店はずれの薄暗い場所に、しかもカーバイト*代を節約《しまつ》した一層暗い店を張っていると、おっさん一杯くれと若い男が前に立った。聞き覚えのある疳高《かんだか》いかすれ声に、おやッと、暗がりにすかして見ると果して弟の伝三郎であった。赤ん坊の時鼻が高くなるようにと父親が暇さえあれば鼻梁《びりょう》をつまみあげていたので、目立って節の高くなっている伝三郎の鼻のあたりをなつかしげに見た。伝三郎も兄と知って、兄《にい》やんと二十二の年に似合わぬ心細い声をあげて、泪《なみだ》さえ泛《うか》べた。聞いてみると、大阪へ来ると直《す》ぐ板屋橋の寿司屋の出前持ちになったが、耳が遠くて得意先からの電話がよく聞きとれぬから商売の邪魔だと、今朝暇を出され、一日中千日前、新世界界隈《かいわい》の口入屋《くちいれや》*を覗《のぞ》き廻って、水商売の追廻しの口を探していたが見つからず、途方に暮れていたところだという。話している内に道頓堀の芝居小屋のハネ*になり、丁度そこは朝日座*の楽屋裏だったもの故《ゆえ》、七、八人いっときに客が寄って来たのを機会《しお》に、暫く客の絶間がなかった。伝三郎もぽかんと見ても居《お》れず、おっさん一杯と言われると、低声《こごえ》でヘイと返事し、兄の手つきを見習ってコップにあめを盛った。

翌日から二人で店を張るようになった。儲けが少いし、二人掛りでする程でもないと、冷やしあめの荷車、道具を売り払った金で、夏向きの扇子を松屋町筋《まっちゃまちすじ》の問屋から仕入れ、それを並べて夜店を張った。品物がら、若い女の客が少からず、殊《こと》に溝ノ側、お午《うま》など色町近くの夜店では十六歳から女を追いかけた見栄坊《みえぼう》のことゆえ伝三郎は顔がさすとて恥かしがり、明らかに夜店出しを嫌う風であった、のをたしなめて、追廻しや板場なんかに雇われて人に頭の上らぬ奉公勤めするより、よしんば夜店出しにもせよ自分の腕一本で独立商売《ひとりあきない》をする方がなんぼうましか、人間他人《ひと》に使われる様な根性で出世出来るかと言いきかせた。持論である。

半月も経った頃だったろうか、上塩《うえしお》町の一六《いちろく》の夜店*の時だった。人の出盛る頃に運悪い夕立が来て、売物の扇子を濡《ぬ》らしてはと慌《あわ》てて仕舞い込み、大風呂敷《おおぶろしき》を背負ったまま、或《あ》るしもたやの軒先に雨宿りした。ところが、家の中からおまつや、表に誰やいたはるぜ、見といぜと女中にいいつける声がきこえ、出て来た若い女中の顔を見た途端、思いがけず、あッ！　叫び声が出て、それは妹のまつ枝だった。伝三郎は嬉《うれ》しそうに、姉さんえらい良《え》えとこに奉公しちゃるんやのうと、家の構えを見廻して、他《た》愛《わい》なかった。立話をしている内、うちらから疳高い呼び声が来て、まつ枝は慌ててすっ込んでしまった。伝三郎と二人で二階を借りていた玉造《たまつくり》のうどん屋へ帰る途々《みちみち》、権右衛門は、夜店出しの兄弟を持っていると知れれば、まつ枝もわが主人に肩身も狭かろう、夜店出しなどするものでないと、俄雨《にわかあめ》に祟《たた》られた想いも手伝って、しんみりと考えた。

その時の想いが動機で間もなく夜店出しをやめてしまった。一つには、同業の者を観察して、つくづく嫌気がさしていた。鯛焼饅頭屋《たいやきまんじゅうや》は二十年、鯛焼を焼いている。一銭天婦羅《てんぷら》屋は十五年、牛蒡《ごぼう》、蓮根《れんこん》、蒟蒻《こんにゃく》、三ツ葉の天婦羅を揚げている。鯛焼が自分か、自分が鯛焼か、天婦羅が自分か、自分が天婦羅か分らぬぐらい、火種や油の加減を見るのに魂が乗り移り動きがとれなくなってしまっているほどの根気のよさより、左様に一生うだつの上りそうにない彼等の不甲斐《ふがい》なさが先《ま》ず眼につき、呆《あき》れていたのだ。八月の下旬だった。夏ものの扇子がもう売れる筈もなかった。売れ残りの扇子を問屋へ返しに行くと、季節も変ったし、日めくりを売ってはどうかとすすめられたが、断った。そんなら、新案コンロはどないや。弁さえ立てば良《え》え儲けになりまっせ。断った。人間見切りが肝心です、あかんと思ったら綺麗すっぱり足を洗うのがわしの……持論にもとづいたのだ。

うどん屋の二階を引き払って、一泊十五銭の千日前の安宿に移った。うどん屋の二階に居れば、階下《した》の商売が商売ゆえ、たまに親子丼《どん》、ならまだ良いが、酒もとる。借りの利くのを良いことにして量を過すのがいけないと思ったのだ。現《げん》にそこを引き払うとき、払った金が所持金の大半で、残ったのは回漕店《かいそう》をやめるとき貰《もら》った十円にも足らぬ金だった。二人の口を糊《のり》して来たとはいえ、結局冷やしあめ屋と扇子屋をやっただけ無駄になったわけだ。伝三郎はこれを機会に上本町《うえほんまち》六丁目の寿司屋へ住込みで雇われたので、料理着と高下駄を買えと三円ばかり持たしてやった。それで所持金は五円なにがしとなった。

伝三郎を寿司屋へ送って行った帰り、寺町の無量寺《むりょうじ》の前を通ると、門の入口に二列に人が並んでいた。ひょいと中を覗くと、その列がずっと本堂まで続いている。葬式らしい飾物もなし、説教だろうか、何にしても沢山の「仁《じん》を寄せた」ものだと訊《き》いてみると、今日は灸《きゅう》の日だっせ。二、三《フミ》、四、六《ヨム》、七の日《ナ》が灸の日で、その日は無量寺の書入れどきだとのことだった。途端に想い出したのは、同じ宿にごろごろしている婆《ばあ》さんのことだ。どこで嗅《か》ぎつけて来るのか、今日はどこそこでどんな博奕《ばくち》があるかちゃんと知っているらしく毎日出掛ける。一度誘われて断ったが、その時何かの拍子に、婆さんはもと灸婆をしていたと聞いた。宿に帰ると、早速婆さんを摑《つか》まえて、物は相談だが、実はお前はんを見込《ま》んで頼みがある。

翌日、二人で河内の狭山《さやま》に出掛けた。お寺に掛け合って断られたので、商人宿の一番広い部屋を二つ借り受け、襖《ふすま》を外しぶっ通して会場に使うことにした。それから「仁《じん》寄せ」に掛った。村のあちこちに「日本一の名霊灸！　人助け。どんな病気もなおして見せる。△△旅館にて奉仕する！」と張り出し、散髪屋、雑貨屋など人の集まるところの家族にはあらかじめ無料ですえてやり、仁の集るのを待った。宣伝が利いたのか、面白いほど流行《はや》った。仁が来ると、権右衛門が机のうしろで住所姓名、年齢、病名など帖面に控えるのだが、それが曰《いわ》くありげで、なかなか馬鹿《ばか》に出来ぬ思いつきだった。婆さんは便所に立つ暇もないとこぼしたので、儲けの分配が四分六《しぶろく》の約束だったのを、五分五分にしてやった。狭山で四日過し、こんな目のまわる様な仕事は年寄りには無茶や、元手が出来たから博奕をしに大阪へ帰りたいという婆さんを拝み倒して紀州湯崎《ゆざき》温泉へ行った。温泉場のことゆえ病人も多く、流行りそうな気配が見えたので、一回二十銭を二十五銭に値上げしたが、それでも結構仁が来た。前後一週間の間に、五円の資本《もと》が山分けしてなお八倍になり、もうこの婆さんさえしっかり摑《つか》まえて置けば一財産出来ると、腰が抜けそうにだるいと言う婆さんの足腰を湯殿の中で揉《も》んでやったり、晩には酒の一本も振舞ってやったりして鄭重《ていちょう》に扱っていたが、湯崎へ来てから丁度五日目、ほんまに腰が抜けてしもたと寝込んだ。按摩《あんま》を雇ったり、見よう見真似《みまね》で灸をすえてやったりしたが追っ付かず、医者に診せると、神経痛だ。ゆっくり温泉に浸って養生するがよかろうとのことで、まる三日間看病をしてやったが、実は到頭中風になっていた婆さんの腰が立ち直りそうにもなかった。宿や医者への支払いも嵩《かさ》んで来て、下手すると無一文になる惧《おそ》れがあると、遂《つい》に婆さんを置き逃げすることに決めた。人間見切りが肝心。

湯崎から田辺に渡り、そこから汽船で大阪へ舞い戻った。船の中で芸者三人連れて大尽《だいじん》ぶっている中年の男を見つけ、失礼ですが、あんさんは何御商売したはりますのですかと訊くと、男は哄笑《こうしょう》一番、しかし連れの芸者にはばかるのか声をひそめて、もと紙屑屋《かみくずや》をしとったが、今はこないに出世しましてん。大阪に戻ると、早速紙屑屋をはじめた。

所持金三十円の内半分出して家賃五円、敷金三つの平屋を日本橋筋《にっぽんばし》五丁目の路地裏に借りた。請印《うけはん》*は伝三郎が働いている寿司屋の主人に泣きついて、渋々承知してもらった。日本橋筋五丁目には五会《ごかい》があった。五会は古釘《ふるくぎ》の折れたのでも売っているといわれる古物屋の集団で、何かにつけて便利だった。新米の間は古新聞、ボロ布の類《たぐい》を専門にしていたゆえ、ぼろい儲けもなかったが、その代り損もなかった。馴《な》れて来るとつい掘出物をとの慾《よく》が出て、そんな時は五会の連中に嗤《わら》われた。紙屑屋をはじめてから三月《みつき》程たった或る日、切れた電球千個を一個一銭の十円で電燈会社から買い取り、五会の古電球屋に持って行くと、児子《にご》はん、あんたは商売下手や。廃球は一個二厘が相当やと言うのだった。古井という電球屋はしかし、暫《しばら》く廃球を仔細《しさい》に調べてから、お前《ま》はんの事やから、まあ一銭で買《こ》うたげまっさと言ってくれた。ほッとしながらも、二厘の相場のものを一銭とはと不審に思い、その後用事のあるなしにつけ、古井の店に出入りしている内に、分った。

廃球の中に「ヒッツキ」というのがある。線がまるっきり切れてしまわず、ただ片一方だけ外れているだけのものなら、加減すると巧《うま》く外れた場所にヒッツき、灯をいれると密着して少くとも四、五日は保《も》つので、それを新品として安く売りつけるのだ。「白金《はっきん》つき」というのがある。電球の中には耐熱用に少量だが白金を使用しているのがある。つぶしてバルのガラスと口金の真鍮《しんちゅう》をとったあと、白金を分離するのだ。白金は一匁《もんめ》二十六円もし、「白金つき」一万個で二匁八分見当のものがとれるのだ。「市電もの」というのがある。市電のマークのついた廃球のことで、需要家は多く市の電燈会社から電球を借りているのだが、切れただけならそれを持って行けば新品と引き換えてくれるけれど、割れた場合は一個につき五十銭弁償しなければならぬ。ところが、そんな時例えば古井の店で「市電もの」を一個十銭で買って、切れましたんやと電燈会社へ持参して新品と引き換えてもらうとすれば、差引き四十銭の得だ。買《こ》うたと言わんといとくれやっしゃと、言われたことさえ守れば良い訳だ。「ヒッツキ」「白金つき」「市電もの」の沢山まじっている廃球ならば、だから一個一銭の割でも結構儲かるわけだ。――と知って、翌日から廃球専門の屑屋となった。

大八車を挽《ひ》いて、廃球たまってまへんかと電燈会社や工場を廻った。昔は会社や工場では廃球の処分に困り、火のついたものだから危険だと地面を掘って埋めていたのだが、だんだん廃球屋が顔を出すので会社側も慾《よく》が出たのか、無茶な値を吹っ掛けられた。けれども一個二厘の相場はめったに崩さず、その中から「ヒッツキ」と「市電もの」を選り出して古井に一個三銭で売りつけた。「白金もの」はそのまま古井に売るのは芸がなさすぎると、自宅で分解することにしたのだが、どうあっても古井は分解の方法を教えぬという。結局芝居裏の色町へ招待して口を割らせたが、古井が人の金を良いことにして破目を外したので大枚四十円の金が掛った。線香代の嵩《かさ》んで行くのを身を削られる想いで気にし、挙句は、古井はん、もう良《え》え加減に切り上げよやおまへんかと強い声も出て、あわや喧嘩騒ぎにもなりかけたが、とにかく聴くだけのものは聴いた。

廃球屋も「白金もの」に手をつけ出してみると、思ったよりぼろく、一年経たずの間に現金、品物合わせて五百円の金が出来た。ところが、ある日古井が故買の嫌疑で検挙され、続いて権右衛門にも呼出しがあった。古井の「市電もの」売買に関してではなかろうかと蒼《あお》くなった。いま前科がつくようではこの先の出世にさしさわりが出来ると、瞬間体が顫《ふる》えたが、しかし待て。こんな気の弱いことで人間金儲けが出来るかと度胸をきめて、何喰わぬ顔で、そしてわざとペコペコ頭を下げて警察へ出頭してみると、自転車の鑑札と税金に就いてきびしい注意を受けただけだった。ほッとし、以後税金は納めることにした。自転車はその頃雇った小僧の春松が使うものだった。

春松は遊びが好きで困り者だったが、しかし白金分離の仕事は随分鮮かだった。先ず電球のガラス棒をコークス*の火で焼き、赤くなったのを挽臼《ひきうす》で挽き砕いて、粉にする。それを木製の椀《わん》に入れて、盥《たらい》の中でゆっくりゆっくり揺り動かして椀掛けすると、白金は重いので椀の底に沈み、粉だけが盥の水の中に逃げる。その手加減がむずかしくて、ちょいと手元が狂えば大切な白金が逃げるのだ。春松の椀掛けの手つき、腰つきは、見ていて頭の底がかゆくなるほど微妙を極め、しかも逃げた粉を何度も何度も椀の中へ入れ直して、まるで女が蚤《のみ》を探すほどの熱心さだと権右衛門は喜んだ。なお春松は十六の年に似合わず炊事も上手だった。鰯《いわし》の煮つけをするにも、紫蘇《しそ》と土生姜《つちしょうが》を入れ、酢と醬油《しょうゆ》のほかは水も砂糖も使わず、少しも生臭味の出ないように煮るこつを心得ているといった風で、やもめ暮しに重宝だった。が、ある日、春松は雨の土砂降りの中を廃球買いに出歩いたのが原因《もと》で、感冒を引き、肺炎になった。三十九度の熱が三日も下らず、派出看護婦を雇った。二十二、三の滅法背の高い、骨張った女だった。女手のないところへ機敏に立ち廻ってくれるので、何となく頼《たの》もしく、また情も移るのだ。何かの拍子に白い看護服の裾《すそ》から浅黒い脛《すね》が見えた。それが切っ掛けでありきたりの関係に陥った。女は政江といい、淀《よど》で産れ、つい最近まで京都の医大で看護婦をしていたと語った。

一万円つくるまでは女には眼もくれず、娶《めと》るまいと決めていたのだが、そのような関係になってしまっては決心も崩れた。結婚することにした。一人身《ひとりみ》よりちゃんと妻を持っている方が世間の信用もあるだろうと、これが自分への口実になった。春松の恢復《かいふく》を待って、政江を一旦《いったん》淀の実家に戻らせ、改めて古井を仲介人にして縁組の交渉をした。もと魚問屋の児子《にご》家の家長に相応《ふさわ》しく、野合的な結婚を避けたのだ。人間冠婚葬祭を軽んずるようで出世が出来るかと、かねがね父親からも言い聴かされていた。けれども、さすがに結婚費用に就いては頭を悩ました。所持金は六百円ほどあったが、それには手をつけたくなかった。だから、結婚記念に一儲けせずんば止《や》まぬと、腕を組んで一晩考え抜き、朝方漸く危い橋を渡る覚悟がついた。

その頃、玉造《たまつくり》に小っぽけな電球工場を持っている松尾という男に、口金代百円ばかり貸していて、抵当に新品の電球三千個とってあった。百円の金も払えぬだけあって、松尾は如何《いか》にも意気地ない男だった。自分の姓が松尾というところから製品にマツヲランプというマークをつけていたが、本物のマツヲランプは一流品で、町工場のランプが一個十銭とすれば、少くとも一個三十五銭の価値があったから、当然マツヲランプから松尾に抗議が申し込まれた。それを松尾は突っぱなせぬどころか、商標偽造で訴えられる心配までしていたのだ。マツヲランプとマークするからには最初から腹をくくっていた筈だのに、所詮《しょせん》は金儲け出来ぬ男だと、権右衛門は松尾をおどかしたり、そそのかしたりした挙句、有金全部はたいて松尾の製品を殆《ほとん》ど買い占め、名目を抵当物件とした。松尾は訴訟を起されて負け、マツヲランプから製品を押えに来たが、権右衛門の抵当物件ゆえ手を触れるわけには行かなかった。行かないようにあらかじめ権右衛門は計画し、松尾が呆れるほど押し強くねばった。放って置けば「マツヲランプ」の粗悪品が市場を横行してマツヲの信用にかかわると、結局困り抜いたマツヲ側は抵当物件を本物のマツヲランプ並の値で買い取らされてしまった。権右衛門は七百円ばかり儲かった。高津四番丁に新居を構え、身分に過ぎた結婚式が節分の夜挙行された。

その夜、権右衛門はいきなり政江の前へ両手をついて、縁あってといいながら、わしのような者のところへよく来てくれたと言い、そしてきっと顔をあげ、わしはどんなことがあっても一万円作る、お前《ま》はんもどうか一つきばってやってくれ。そう言うと、政江も俄《にわ》かに芝居がかって、ぺたりと両手をつき、よく言ってくれました、及ばずながら本望遂げられるよう努めますとかすれた声で言った。権右衛門が結婚費用を一儲けした話を寝物語に聴かせると、政江は権右衛門の四角い、耳の大きな顔をつくづくと見て、頼しかった。翌日、二人が食べた昼食は麦飯に塩鰯一匹だった。*大阪では節分の日に麦飯と塩鰯を食べるのが行事だが、婚礼の日が節分だったから、つまり一日延ばして売れ残りの安鰯で行事を済ませた訳だ。けれども、この行事は児子《にご》家ではその日だけに止《とど》まらず、その後日課となり、むろん政江の計らいだった。そんな政江を権右衛門は多とし、自身も煙草一つのまなかった。

夫婦がかりで家業に精出し、切りつめ切りつめて無駄な金を使わなかったから、二年経つと三千円の貯金が出来た。一つには廃球の儲けが折れて曲る以上であったからだったが、権右衛門は間もなく廃球屋をやめてしまった。人間見切りが肝心。「ヒッツキ」や「市電もの」は危険だし、「白金つき」もそろそろ電球の白金使用分量が少くなるだろうと見越したからだ。果して、間もなく電球には白金に代るべき金属が使用されることになった。先見の明とも言うべきだった。権右衛門は廃球買いのために出入りしていた電燈会社から、古電線、古レール、不用発電所機械類などを払い下げてもらい、つぶして銅、鉄、真鍮《しんちゅう》などを故銅鉄商へ売り渡した。古電線から古銅をとるためには被覆物を焼き払うのだが、あちこちの空地を借りて行った。ある日、もうもうたる煙を見て、消防が駆けつけて来た。警察からも注意があった。権右衛門は金儲けのためにやってるんでっさかいと、強く言い張った。廃物回収などという言葉は想いつかず、想いついたところでひとは知らず権右衛門には何の意味もあり得なかった。ただもう金儲けだと空の彼方《かなた》に飛び去って行く黒煙をけむい顔もせず、見上げていた。払下げの見積入札に際しては会社の用度課長に思い切った贈物をした。同業見積者が増えて来ると、「談合」の手をつくって、落札値の協定をした。談合とりの口銭でもなかなか馬鹿にならず、金は増える一方であった。

落札した品物の引取りには春松を同行した。春松は落札品の看貫《かんかん》*の時、会社側の人の眼をかすめて、看貫台の鉄盤の下に小さな玉を押し込むのが役目だった。その玉一つで、百貫目のものが八十貫しか掛らず、春松の役目は重大だったから、彼も大いに身をいれて玉の装置に掛った。ある時、監視人があやしんで、看貫台の上に乗って見ようとした。自分の体重ならごまかしは利かぬ筈だ。春松は慌てて玉を抜こうとした。途端に監視人はひらりと台の上に飛び乗ったので春松の手は挟まれてしまった。おまけに、続いて三、四十貫の被覆線が積み上げられ、あッ、春松の顔はみるみる蒼ざめた。権右衛門は努めてさりげない顔で、春松の袂《たもと》から煙草を取り出し、馴れぬ手つきで火をつけてスッパスッパと吸い出した。まだ一万円には三千円ほど足らぬのだ。

欧洲大戦*の影響で銅、鉄、地金《じがね》類の相場が鰻上《うなぎのぼ》りに暴騰《ぼうとう》した。一万円にこだわっていたのが阿呆らしい程に金が出来、ある日、計算してみると二万円を越していた。いつ一万円の峠を越したのか分らぬほど瞬《また》く間の銭儲けで、さすがに嬉しさを禁じ得なかったが、権右衛門は渋い顔をして、十万円こしらえようと政江に言い、むろん政江に異議はあろう筈はなかった。相変らず塩鰯の昼食だったが、権右衛門は月に一度ぐらいは気晴しに千日前へ出掛けて「十銭屋」へはいった。「十銭屋」とは木戸銭十銭の安来節《やすぎぶし》*小屋で、ある日、千日前の「宝亭」で紋日《もんび》*の客に押されて安来節を聴いている時、咽喉《のど》が乾いたので、ラムネを飲もうと思い、売子を呼ぼうとして人ごみの中をぐいぐい押し分けていると、誰かの足を踏みつけた。こら、気ィつけェ、不注意者《よんぼり》*！えらい済んまへんと謝ったが、容易にきいてくれず、二度も三度も謝った。相手は職人風の男でその日暮しを出ないと見えた。どんと胸を突かれた拍子に二万円のことが頭に泛んだ。が、それは直ぐ消えて、こんどは職人の聯想《れんそう》からか弟妹のことが想い出された。市治郎は和歌山で馬力《ばりき》挽き*をしており、まつ枝は女中奉公を止《よ》して天王寺区の上塩町の牛角細工職人と結婚し、伝三郎は相変らずの寿司屋の板場、千恵造は代用教員、三亀雄は株屋の外交員、たみ子は女中奉公だった。

一万円つくるのに追われてろくろく弟妹の面倒も見てやらなかったのだが、今となってみては知らぬ顔も出来なかった。権右衛門は先ずいちばん下のたみ子を和歌山の薬屋の番頭へ嫁入りさせ、ついで市治郎、伝三郎、三亀雄の三人をそれぞれ古鉄商人にしてやった。千恵造だけは一風変っていて別に金儲けをしたい肚《はら》も持って居らず、字のよう書くもんはどだい仕様がなかったが、これは帳場に雇うことにした。古鉄商人といってもはじめの内は取引きもろくろく出来なかったから、入札名義だけを貰ってやって「談合とり」の口銭で結構食って行けるようにしてやった。だんだんに得意先を分けてやると、皆それ相当の暮しが出来た。彼等は権右衛門に金を借りて、見積入札をした。政江は貸金の利子を取るように権右衛門にすすめた。いくら何でも弟から日歩《ひぶ》何銭の利子も取れなかったから、結局それぞれの見積りは権右衛門と共同事業のていにして、儲けの何割かを納めさせた。これが却《かえ》ってぼろいのだ。伝三郎などは見栄坊で自分の儲振《もうけぶ》りを誇張して言う傾向があり、随分損な勘定だった。可哀《かわい》そうに夜もろくろく寝ずに真黒けになって伝三郎は働くのだが、そんなことでなかなか金がたまらなかった。嬉しまぎれの浪費のせいもあった。あいつは馬鹿正直だと権右衛門は思うのだが、伝三郎の儲けの申告はそのまま受けいれた。三亀雄は年がらピーピーの貧乏だという顔をことさら権右衛門や政江の前にさらけ出し、いわば利口だった。

弟たちに商売させてからは居ながらにして金が転がり込んで来た。看貫に使う玉の秘伝も教えてやったことはむろんだ。けれども十万円にはまだ遠かった。内地の古銅、鉄はお前らに任すと弟たちに言い残して、権右衛門は大連《だいれん》へ渡った。むろん政江は高津四番丁に居残って、所謂《いわゆる》利子の勘定にきびしい内助の功を示した。大連を足場に権右衛門は支那大陸を駆けずり廻って支那の古銭を一貫いくらで買い集めた。大連港から苦力《クーリー》*を雇って船荷し、内地へ持ち帰って売り払うと、折れて曲った。北京《ペキン》の万寿山*を見物した時、三重の塔を見て権右衛門はしきりに手帖を出してつぶしで何貫目あるかと計算した。これだけなら見積りすると、いきなり懐手《ふところで》をして指折るのだった。見るもの、さわるもののつぶしの値がつき、われながら浅ましかったが、ふと思えば、もう十万円は出来ていたのだ。

口髭《くちひげ》を生やして一年振りで内地へ戻った。弟たちは千恵造を別として何《いず》れも一《ひと》かどの商人になっており、生馬《いきうま》の眼を抜く辛辣《しんらつ》さもどうやら備えて、まことにどの顔を見てもお互い良く似ていた。電話を引いていないのは伝三郎ぐらいであった。千恵造はどうあっても結婚を承認しがたいような女と変な仲になり、居たたまれずにどこかへ逐電してしまい、風の便りに聞けば朝鮮の京城《けいじょう》*で小さな玉突屋*を経営しながら、ほそぼそ暮しているとのことだった。千恵造の逐電には或いは政江の凜々《りんりん》たる態度が原因していたかも知れなかった。三人の娘が出来て、その娘たちの将来の縁談を想えば、千恵造もこの際世間態をはばかるような結婚は慎むべきであったかも知れぬ。けれども、とにかく千恵造は恋に生きたと自分に言いきかせた。こんな人間の一人ぐらいいることは児子家も大いに誇って良い。誰もすき好んで貧乏はしたくないではないか。ともあれ権右衛門の財産は十万、二十万とだんだんに増えて行き、表札の揮毫《きごう》を請う物好きもいた。

相変らず高津四番丁の家に住んでいたが、そこは家賃二十五円で、娘たちの肩身もあるよってに別荘を作ろうやおまへんかと、政江がそろそろ持ちかけると、権右衛門は、御者は何を寝言ぬかす。家を建てた成金に落ちぶれん奴はないんじゃと呶鳴り、そしてまだ百万円には大分縁が遠いと横向いて言った。政江は産婆《さんば》をしている妹を歯医者と結婚させてやったことを、せめてもの楽しみだと思った。わざとよれよれの着物を着て、三亀雄や伝三郎の妻に見せた。

権右衛門は東京品川沖で沈没した汽船を三十万円で買った。引揚げに成功して解体すれば、ざっと百万円の金が戻って来ると算盤はじいたのだ。これには市治郎、伝三郎、三亀雄にも出資させ、三等車の中で喧《やかま》しい紀州弁を喋《しゃべ》り散らしながら上京した。品川の宿に着くと、彼等は前景気をつけるのだと馬鹿騒ぎをはじめ、挙句は権右衛門に、兄やん、どや、芸者買いに連れもて行こら。権右衛門は、わしは宿で寝てらと断った。翌朝彼等が帰ってみると、権右衛門がいない。宿の女中に訊いてみると、昨晩皆さんがお出掛けのあとでどこかへ御出ましになられましたとのことで、てっきり洲《す》崎《さき》*か玉の井の安女郎屋へ泊り込んでいるらしかった。案の条、眼をしょぼつかせてこそこそ帰って来た。弟たちと遊びに行けば勘定は権右衛門が払わねばならず、それをきらってこっそり値切りの利くところへ泊りに行ったのだと、彼等はにらんだ。ところが、権右衛門はそれもあるが、一つには身を以《もっ》て金の上手な使い方を示すつもりだったのだ。権右衛門は女郎を相手に、いろいろ東京の景気を聞いたと言った。沈没船の引揚げが失敗すれば、もとの無一文だ。その時は東京でうまい金儲けの道を考えねばならぬと、今から心くばりしているなど、所詮彼等にはうかがい知れぬ権右衛門の肚だった。

　引揚作業の人夫監督には市治郎は見るべき腕を示した。和歌山で馬力挽きしていた経験が人夫の人心収攬《しゅうらん》にものを言ったのだ。意外なほど作業は順調に進んで、予期以上の成功だった。百万円こしらえるという権右衛門の本望は達せられた。昭和三年、権右衛門が四十三の時である。

　権右衛門は亡父勘吉の墓を紀州湯浅に建てた。墓供養《くよう》をかねて亡父二十回忌の法事には親戚《しんせき》と称して集《あつま》って来た人間の数が老幼男女とりまぜて四十九人あった。記念写真を撮影し、出来上ったのを見ると、先ず政江が両手を膝の前にぐいと突き出しているのが目立った。そこにはダイヤモンドと覚しき指輪がぼけた光を大きく放っていた。春松は洋服を着込んでいた。これも異色を放った。市治郎、伝三郎、三亀雄の紋服姿は何か浪曲師めいた。権右衛門は前列の真中へ据えられたはずだのに、どういう訳か随分端の方へ片寄って、おまけに太い首をひょいとうしろへ向けていた。

人情噺《ばなし》

年中夜中の三時に起された。風呂《ふろ》の釜《かま》を焚《た》くのだ。毎日毎日釜を焚いて、もうかれこれ三十年になる。

十八の時、和歌山から大阪へ出て来て、下寺町の風呂屋へ雇われた。三右衛門という名が呼びにくいというので、いきなり三平と呼ばれ、下足番をやらされた。女客の下駄を男客の下駄棚にいれたりして、随分まごついた。悲しいと思った。が、直《す》ぐ馴《な》れて、客のない時の欠伸《あくび》のしかたなどもいかにも下足番らしく板について、やがて二十一になった。

その年の春から、風呂の釜を焚かされることになった。夜中の三時に起されてびっくりした眼で釜の下を覗《のぞ》いたときは、さすがに随分情けない気持になったが、これも直ぐ馴れた。あまり日に当らぬので、顔色が無気力に蒼《あお》ざめて、しょっちゅう赤い目をしていたが、鏡を見ても、べつになんの感慨もなかった。そして十年経《た》った。

まる十三年一つ風呂屋に勤めた勘定だが、べつに苦労して辛抱したわけではない。根気がよいとも自分では思わなかった。うかうかと十三年経ってしまったのだ。

しかし、三平は知らず主人夫婦はよう勤めてくれると感心した。給金は安かったが、油を売ることもしなかったのだ。欠伸も目立たなかった。鼾《いびき》も小さかった。けれども、べつに三平を目立って可愛《かわい》がったわけでもない。

たとえば、晩菜に河豚汁《ふぐじる》をたべるときなど、まず三平に食べさせて見て中毒《あた》らぬとわかってから、ほかの者がたべるという風だった。

これにも三平は不平をいわなかった。

「御馳走《ごっと》さんでした」

十八のときと少しもかわらぬ恰好《かっこう》でぺこんと頭を下げ、こそこそと自分の膳《ぜん》をもって立つその様子を見ては、さすがにいじらしく、あれで、もう三十一になるのではないかと、主人夫婦は三平の年に想《おも》い当った。

あの年でこれまで悪所通いをしたためしもないのは、あるいは女ぎらいかも知れぬが、しかし国元の両親がなくなったいまは、いわば自分たち夫婦が親代りだ。だから、たとえ口には出さず、素振りにも見せなくても、年頃という点はのみこんでやらねばならぬ。よしんば嫌いなものにせよ、一応は世話してやらねば可哀相《かわいそう》だと、笑いながら嫁の話をもち掛けると
「……」

ぷっとふくれた顔をした。案の定だと、それきりになった。

三年経った。

三人いる女中のなかで、造作のいかつい顔といい、ごつごつした体つきといい、物言い、声音など、まるで男じみて、てんで誰にも相手にされぬ女中がいた。些《いささ》か斜視のせいか、三平を見る眼がどこか違うと、ふと思ったお内儀《かみ》さんが、

「あの娘《こ》三平にどないでっしゃろ。同じ紀州の生れでっさかい」

主人にいうと、

「なんぼなんでも……」

三平が可哀相だとは、しかし深くも思わなかったから、三平を呼び寄せて、こんどは叱《しか》りつけるような調子で、

「貰《もら》ったらどないや」

三平はちょっと赧《あか》くなったが、直ぐもとの無気力に蒼い顔色になり、ぺたりと両手を畳の上について、

「俺《うら》の体は旦那《だんな》はんに委《まか》せてあるんやさけ、旦那はんのいう通りにします。どなえな女子《おなご》でもわが妻《かか》にしちゃります」

と、まるで泣き出さんばかりだった。

そして、三平と女中は結婚した。

が、婚礼の夜、三平は夜中の三時に起きた。風呂の釜を焚くのだ。花嫁は朝七時に起きた。下足番をするのだ。

三平は朝が早いので、夜十時に寝た。花嫁は夜なかの一時に寝た。仕舞風呂にはいって、ちょっと白粉《おしろい》などつけて、女中部屋に戻って、蒲団《ふとん》を敷いて寝た。三平は隣にある三助*の部屋で三助たちと一緒に寝ていた。三平の遠慮深い鼾をききながら、彼女は横になった。直ぐ寝入った。ひどい歯軋《はぎし》りだった。

その音で三平は眼がさめる。もう三時だ。起きて釜を焚くのだ。四時間経つと花嫁は起きて下足番をした。

三平はしょっちゅう裏の釜の前にいた。花嫁はしょっちゅう表の入口にいた。話し合う機会もなかった。

主人は三平に一戸をもたしてやろうかといったが、三平はきかなかった。

「せめてどこぞ近所で二階借りしィな」

断った。

月に二度の公休日にも、三平はひとりで湯舟を洗っていた。花嫁が盛装した着物の裾《すそ》をからげて、湯殿にはいって来て、

「活動へ行こら、連れもて行こら」

と、すすめたが、

「お主やひとりで行って来やえ」

そこらじゅうごしごしと、たわしでやっていた。

そして十五年経った。夫婦の間に子供も出来なかったが、三平は少し白髪が出来た。五十に近かった。男ざかりも過ぎた。

夫婦の仲はけっして睦《むつ》まじいといえなかったが、べつに喧嘩《けんか》もしなかった。三平はもともと口数が少く、女中もなにか諦《あきら》めていた。雇人たちが一緒に並んで食事のときも、二人は余り口を利《き》かなかった。女中が三平の茶碗《ちゃわん》に飯を盛ってやる所作も夫婦めいては見えなかった。ひとびとは二人が夫婦であることを忘れることがあった。

しかし、三平があくまで正直一途の実直者だということは、誰も疑わなかった。

ある日、急に大金のいることがあって、三平を銀行へ使いに出した。三平のことだから、吩咐《いいつ》けられて銀行から引き出した千円の金を胴巻きのなかにいれ、ときどき上から押えて見ながら、立小便もせずに真直ぐ飛んでかえるだろうと、待っていたが、夕方になっても帰って来なかった。

今直ぐなくては困る金だから、主人も狼狽《ろうばい》し、かつ困ったが、それよりも三平の身の上が案じられた。

まさか持逃げするような男とも思えず、自動車にはねとばされたのではなかろうかと、夕刊を見たが、それらしいものも見当らなかった。六ツの子供がダットサン*にはねとばされた記事だけが、眼に止った。

あるいはどこかの小僧に自転車を打《ぶ》っつけられ、千円の金を巻きつけてある体になんちゅうことをするかと、喧嘩を吹っかけ、挙句は撲《なぐ》って鼻血を出したため交番へひっぱられた……そんな大人気ないことをしたのではないかと、心当りの交番へさがしにやったが、むなしかった。

銀行へ電話すると、宿直の小使が出て、要領が得られなかったが、たしかに金はひき出したらしかった。それに違いは無さそうだった。

夜になっても帰らなかった。

探しに出ていた女中は、しょんぼり夜ふけて帰って来た。

「ああ、なんちゅうことをして呉れちゃんなら。えらいことをしてくれたのし。てっきり、うちの人は持逃げしたに決っちゃるわ。ああ、あの糞《くそ》たれめが。阿呆《あほ》んだらめが……」

女中は取乱して泣いた。主人は、

「三平は持ち逃げするような男やあらへん。心配しィな」

と、慰め、これは半分自分にいいきかせた。

しかし、翌朝になっても三平が帰らないとわかると、主人はもはや三平の持ち逃げを半分信じた。金のこともあったが、しかしあの実直者の三平がそんなことをしでかしたのかと思うのが、一層情けなかった。

人は油断のならぬ者だと、来る客ごとに、番台で愚痴り、愚痴った。

昼過ぎになると、やっと三平が帰って来た。そして千円の金と、銀行の通帳と実印を主人に渡したので、主人はびっくりした。ひとびとも顔を赧くして、びっくりした。

三平の妻は夫婦になってはじめて、三平の体に取りすがって泣いた。

「なんでこないに遅なってん？」

と、主人がきくと、三平はいきなり、

「俺《うら》に暇下さい」

といったので、主人はじめ皆一層びっくりした。

「なんでそないなことをいうのよう？」

三平の妻は思わず、三平の体から離れた。

三平は眼をぱちくちさせながら、こんな意味のことをいった。

――今後もあることだが、どんな正直者でも、われわれのような身分のものに千円の金を持たせるような使《つかい》に出すのは、むごい話だ。

自分はかれこれ三十年ここで使《つこ》うてもらって、いまは五十近い。もう一生ここを動かぬ覚悟であり、葬式もここから出して貰うつもりでいたが、昨日銀行からの帰りに、ふと魔がさしました。

つくづく考えてみると、自分らは一生貧乏で、千円というような大金を手にしたことがない。此《こ》の末もこんな大金が手にはいるのは覚つかない。この金と、銀行の通帳をもって今東京かどこかへ逐電《ちくでん》したら一生気楽に暮せるだろう。

そう思うと、ええもうどうでもなれ、永年の女房も置逃げだと思い、直ぐ梅田の駅へ駆けつけましたが、切符を買おうとする段になって、ふと、主人も自分を実直者だと信じて下すったればこそ、こうやって大事な使いにも出してくれるのだ。その心にそむいては天罰がおそろしい。女房も悲しむだろうと頭に来て、どうにも切符が買えず、帰るなら今のうちだと駅を出て、それでも電車に乗らず歩いて一時間も掛かって心斎橋まで来ました。

橋の上からぼんやり川を見ていると、とにかくこれだけの金があれば、われわれの身分ではもうほかにのぞむこともないと、また悪い心が出て来ました。

そして梅田の駅へ歩いて引きかえし、切符を買おうか、買うまいか、思案に暮て、たたずむ内に夜になりました。

結局、思いまどいながら、待合室で一夜を明し、朝になりました。が、心は決しかね、梅田のあたりうろうろしているうちに、お正午《ひる》のサイレン*がきこえました。腹がにわかに空《す》いて、しょんぼり気がめいり、冥加《みょうが》おそろしい気持になり、とぼとぼ帰って来ました……。

「俺《うら》のような悪い者には暇下さい」

泣きながら三平がいうと、主人はすっかり感心して、むろん暇を出さなかった。

三平の妻は嬉《うれ》しさの余り、そわそわと三平のまわりをうろついて、傍を離れなかった。よそ眼にも睦じく見えたので、はじめて見ることだと、ひとびとは興奮した。が、どちらかというと、三平は鬱々《うつうつ》としてその夜はたのしまず、夜中の三時になると、起きて釜を焚いた。女中は七時に起きて下足の番をした。

少しも以前と変りはなかったから、ひとびとは雀《すずめ》百までだ*といって、嘆息した。

ところが、入浴時間が改正*されて、午後二時より風呂をわかすことになった。三平は夜中の三時に起きたが、なんにもすることがないので、退屈した。間もなく、朝七時に起きることにした。妻と一緒に起きることになったのだ。従って寝る時間も同じだった。

朝七時に起きたが、釜を焚くまでかなり時間があった。妻も下足番をするまでかなり時間があった。随分退屈した二人は、ときどき話し合うようになった。三平は五十一、妻は四十三であった。

いまでは二人はいつ見てもひそひそと語り合っていた。

開浴の時間が来て、外で待っている客が入口の障子をたたいても、女中はあけなかった。両手ともふさがっているのだ。三平の白髪を抜いてやっているのだ。客は随分待たされるのだった。

天衣無縫

みんな私が鼻の上に汗をためて、息を弾ませて、小鳥みたいにちょんちょんとして、つまりいそいそとして、見合に出掛けたと言って嗤《わら》ったけれど、いいえ、そんなことはない。いそいそなんぞ私はしやしなかった。といって、そんな時年頃の娘がわざとらしく言うように、いやいやでたまらなかった、――それは嘘《うそ》だ。恥《はずか》しいことだけど、どういう訳か、その年になるまでついぞ一度も縁談がなかったのだもの、まるでおろおろ小躍りしているはたの人達ほどではなかったにしても、矢張り二十四の年並みに少しは灯のつく想《おも》いに心が温まったことは事実だ。けれど、いそいそだなんて、そんな……、なんということを言う人達だろう。

書くのもいやな言葉だけど、華やかな結婚、そんなものを夢みているわけではなかった。貴公子や騎士の出現、それを待っているわけでもなかった。けれど、私だって世間並みの一人の娘、矢張り何かが訪れて来そうな、思い掛けぬことが起りそうな、それくらいの憧《あこが》れ、といって悪ければ、期待はもっていた。だから、いきなり殺風景な写真を見せられて、うむを言わさず見合しろと吩咐《いいつけ》られて、はいと承知して、いいえ、承知させられて、——それで私がいそいそだなんて、あんまりだ。殺風景だなどと、男のかたの使うような言葉をもちいたが、全くその写真を見た時の私の気持はそれよりほかに現わしようがない。それとも、いっそ惨《みじ》めと言おうか。少しでもそれを考えてくれたら、鼻の上に汗をためて……、そんな蔭口《かげぐち》は利《き》けなかった筈《はず》だ。

その写真の人、つまりあの人は眼鏡を掛けていました。と言ってもひとにはわかるまい。けれど、とにかく私にとっては、あの人は眼鏡を掛けていたのだ。いや、こんな気障《きざ》な言い方は止《よ》そう。……ほんとうに、まだ二十九だというのに、どうしてあんな掛け方をするのだろう。なぜもっとしゃんと……、この頃は相当年輩の人だって随分お洒落《しゃれ》で、太いセルロイドの縁を青年くさく皺《しわ》の上に見せているのに、まるでその人と来たら、わざとではないかとはじめ思った、思いたかったくらい、いまにもずり落ちそうな、ついでに水洟《みずばな》も落ちそうな……泣くとき紐《ひも》でこしらえた輪を薄い耳の肉からはずして、硝子《ガラス》の曇りを太短い親指の先でこすって、はれぼったい瞼《まぶた》をちょっと動かす、そんな仕草まで想像される、——一口に言えば、爺《じじ》むさい掛け方、いいえ、そんないい方では言い足りない。風采《ふうさい》の上らぬ人といってもいろいろあるけれど、本当にどこから見ても風采の上らぬ人ってそう沢山あるものではない、それをあの人ばかりは、誰が見たって、この私の慾眼《よくめ》で見たって、——いや、止そう。私だってちょっとも綺麗じゃない。歯列を矯正したら、まだいくらか見られる、——いいえ、どっちみち私は醜女、お多福、しこめです。だから、あの人だって、私の写真を見て、さぞがっかりしたことだろう。私の故郷の大阪の方言でいえば、おんべこちゃ、*そう思って私はむしろおかしかった。あんまりおかしくて、涙が出て、せっかく縁談にありついたという気持がいっぺんに流されて、ざまあ見ろ。はしたない言葉まで思わず口ずさんで、悲しかった。ほんとうに浮浮した気持なぞありようはなかった。くどいようだけれど、それだのに、いそいそだなんて……。

もっとも、その当日、まるで田舎芝居に出るみたいに、生れてはじめて肌ぬぎになって背中にまでお白粉《しろい》をつけるなど、浅ましいくらい念入りにお化粧したので、もうひとつ、見合はともかく、そんな大袈裟《おおげさ》なお化粧をしたということにさすがに娘らしい少しで約束の時間に遅れそうになり、大急ぎで駆けつけたものだから、それにもうひ興奮もあったものだから、いくらかいそいそしているように、はた眼には見えたのかも知れない。と、こう言い切ってしまっては至極《しごく》あっけないが、いや、そんな風に誤解されたと思っていることにしよう。

とにかく出掛けた。ところが、約束の場所へそれこそ大急ぎで駆けつけてみると、仲人《なこうど》あの人はまだ来ていなかった。別室とでもいうところでひっそり待っていると、さんが顔を出し、実は親御《おやご》さん達はとっくに見えているのだが、本人さんは都合ですこし遅れることになった、というのは、本人さんは仕事の関係上今日は社を休むわけにいかず、平常どおり出勤して、社がひけてからここへやって来るという手筈になっているのだが、急に脱けられぬ仕事が出来たため、それを片づけてからこちらへ来ることになった、よって重重《じゅうじゅう》恐れいるが、もう暫《しばら》く待っていただけないか、それにしても今日は良い按配《あんばい》に結構なお天気でほんとうに……。ぼうっとして顔もよう見なかったなんて恥しいことにはなるまい、いいえ、ネクタイの好みが良いか悪いかまでちゃんと見届けてやるんだなどと、まるで浅ましく肚《はら》の中で眼をきょろつかせて意気込んでいた気持が、いっぺんにすかされたようで、いやだわ、いやだわ、こんなことなら来るんじゃなかった、とわざと二十歳《はたち》前の娘みたいにくねくねとすね、それをはたの者がなだめる、――そんな騒ぎの、しかしどちらかと言えば、ひそびそした時間が過ぎて、やっとあの人が来るまで、ざっと一時間以上待たされた。赤い顔をしてふうふう息を弾ませ、酒を飲んでいると一眼でわかった。仕事があって遅れたなんて、仲人さんの良い加減ないいわけだ、と私は眼を三角にした。

ずっとあとで聞いたことだが、その日社がひけてかねての手筈どおり見合の席へ駆けつけようとしたところを、同僚に一杯やろうかと無理矢理誘われて断り切れず、のこのこ随《つ》いて行っていたのだと言う。見合があるからと断ればよいものを、また、そうするのが当然だのに、変に附合《つきあ》いの良いところを見せたのは、つまりは、見合なんかどうでもよいと思っていたのだろうか。いいえ、私なんかと見合するのが恥しくて、見合に行くと言えなかったのだろうか、と、私は聞いて口惜《くや》しかった。けれど、いくらなんでもそんな風には考えたくなかった。それは私の自尊心が許さない。矢張り、見合は気になっていたのだが、何ごとにつけてもいやと言い切れぬ気の弱い性質ゆえ、まだいくらか時間の余裕があったのを倖《さいわ》い、下手に照れたいいわけをして断るよりは少しだけつきあって、いよいよとなれば途中で席を外して駆けつけようなどと、虫の良いことをのんきに考えながら随いて行ったところ、こんどはその席を外すということがむずかしく、言いそびれ言いそびれている内に、結局ずるずると引っ張られて、到頭不本意に遅刻してしまったのだ、と、そんな風に考えたかった。つまりは、底抜けに気の弱い、そしてのんきな人、けっして私との見合を軽々しく考えたのでも、また、わざと遅刻したのでもない、と、ずっとあとになってからだが、やっとそう考えることにした。すると、いくらか心慰まったけれど、それにしても矢張り、随分頼りない人だという気持には変りはなかった。全く、それを聞かされた時は、なんというう頼りない人かと、大袈裟だが、ぞっとするくらい情なかった。いや、頼りないといいえば、それは何もあとからそんな話をきくまでもなく、既にその見合の席上で簡単にわかってしまったことなのだ。大学では何を専攻なさいましたかと訊《き》くと、はあ、線香でっか？　好きです。それでいっぺんに頼りない人だとわかった、いや、むしろ滑稽《こっけい》、誰も笑わず、けれどみんなびっくりした。なぜだか気の毒で、私は思わず父御さんの顔を見た。律気《りちぎ》そうなその顔に猛烈な獅子鼻《ししばな》がきびしくのっかっていた。そしてまた、それとそっくりの鼻が息子さんのあの人の黒い顔にも野暮ったく、威厳もなくくっついているのだった。見て、私はなんということもなしに憂鬱《ゆううつ》になり、こんな人と結婚するものかという気持がますます強くなった。それでもう私はあと口も利かず、陰気な唇をじっと噛《か》み続けたまま、そして見合は終った。

その時の私の態度と来たら、まるではたの人がはらはらしたくらい、それ以上の不機嫌さはまたとなかったから、もう私は嫌われたも同然だ、とむしろサバサバする気持だったが、暫くして来た返事は意外にも、気に入ったとのことで、すっかり驚いた。こちらからもすぐ返事して、異存はありません、と簡単に目出度《めでた》く、――ああ、恥しいことだ。考える暇もなしに途端にそんな風に心を決めて、飛びつくように返事して、想えばまことはしたない。あんな人とは結婚するものか、とかたく心に決め、はたの人にも言いふらしていたくらいだのに、まるで掌《てのひら》をかえすように、――浅ましい。ほんとうに私は焦《あせ》っていたのだろうか。もしそうなら、一層恥しいことだ。いいえ、そんなことはない。焦りは致しません。ただ、私は人に好かれたかった、自分に自信をもちたかった、容貌《ようぼう》にさえ己惚《うぬぼ》れたかったのだ。だから、はじめて見合して、ほんとうに何から何まで気に入りましたと言われてみれば、私も女だ。いくらかあの人を見直す気にもなり、ぼそんと笑った時のあの人の、びっくりするほど白い歯を鮮かに想いだし、なんと上品な笑顔だったかと無理に自分に言いきかせて、これあるがために私も救われると、そんな気障な表現を心に描いたのだ。ほんとうに私はそれまで男のかたから好かれたことはなかった。よしんば仲人口にせよ、何から何まで気に入りましたなんて、言われた経験はなかった。そんな風に言われて誰が苦い顔をしよう。私がその時いくらか心ときめいたとしても、はしたないなぞと言わないでほしい。仲人さんのそのお言葉をきいた晩、更《ふ》けてからこっそり寝床で鏡を覗《のぞ》いたからって、嗤《わら》わないでほしいわ。

ところが、何ということだ。あの人が古くからのお友達の中瀬古さんに見合の感想を問われて語ったことには、酔っぱらってしもて、どんな顔の女やったかさっぱりわかれへんなんだ。そやけど、とにかく見合した以上、断るいうことは相手の心を傷《きずつ》けるようなもんや。見合いうたら一生のうちで一度したらええのんと違うやろか。僕はそない思てるねん、そやから、とにかく貰うことにしてん…。それをあとで、その中瀬古さんが私に冗談まぎれにきかせて下すった。私は恥しくて、顔の上に火が走り、それがちょろちょろ心を焼いて、己惚《うぬぼれ》も自信もすっかり跡形もなくなってしまった。すると、中瀬古さんはお饒舌《じょうぜつ》の上にずいぶん屁理窟屋《へりくつや》さんで、……だから、奥さん、あなたは仕合わせですよ。そして言うことには、僕の知ってる男で、嘘じゃない、六十回見合した奴がいます。それというのも、奴《やっこ》さんも奴さんだが、奴さんのおふくろというのが俗に言う物凄《ものすご》い女傑《じょけつ》なんで、あれでもなしこれでもなしとさまざま息子の嫁えらびをした挙句、息子の嫁はもうこれ以外にはない、ととうとう奴さんの勤めている会社の社長の私宅へ日参して、何卒《なにとぞ》お宅のお嬢さんをひとり伜《せがれ》の嫁にいただかせて下さい、と百万遍からたのみ、しまいには洋風の応接間の床の上にぺたりと土下座し、頭をすりつけて、結局ものにしたというんです。もっとも、奴さんがその会社でたった一人の大学出だということも社長のお眼鏡に適《かな》ったらしいんだが、なに、奴さん大学は中途退学で、履歴書をごまかして書いただけの話ですよ。いまじゃ社長の女《じょ》婿《せい》だというんで、その会社の工場長というのに収まってしまい、ついこの間まで若い身空でダットサンを乗り廻していましたがね。ところで奥さん、そんな男に比べると、全く軽部君は……、ほんとうに軽部君にめぐりあわれたということは、なんぼうにも幸福だか、いや、これは僕がいうまでもなく、げんに軽部君の奥さんになっていられるあなたの方がずっとよく御存知の筈だ……。聞きたくなかった。そんなお談義聞きたくなかった。欺《だま》された、欺された、という想いのみが強く、仕合せだとか幸福だとか、そんな中瀬古さんの屁理窟は耳にはいらず、無性に腹が立って、腹が立って……、中瀬古さんにもあの人にも、そして、見合の席で一眼みて好かれたのだと己惚れていた自分にも……。もっとも、あの人に腹を立てたのは何もその時にはじまったわけではない。いわゆる婚約中にも随分腹を立てることが多かった。ほんとうにしょっちゅう腹を立てて、自分でも呆《あき》れたくらい、自分がみじめに見えたくらい、あの人が気の毒になったくらい、けれど、あの人もいけなかった。

婚約してから式を挙げるまで三月、その間何度かあの人と会い、一緒にお芝居へ行ったり、お食事をしたりしたが、そのはじめて二人きりでお会いした日のことはいまも忘れられない。はっきり言えばその反対、忘れたい。文楽*へ連れて行って下さるとのことで、約束の時間に四ツ橋の文楽座の前へ出掛けたところ、あの人はまだ来ず、文楽はもう三日前に千秋楽で、小屋は閉まっていた。ひとけのない小屋の前にしょんぼり佇《たたず》んで、あの人の来るのを待った。約束の時間はとっくに過ぎているのに、眼鏡を掛けたあの人はなかなか顔を見せなかった。誰かが見て嗤《わら》ってやしないだろうか、と思わずそのあたりをきょろきょろ見廻す自分が可哀相《かわいそう》だった。待ち呆《ぼう》けをくっている女の子の姿勢で、ハンドバックからあの人の手紙をだして、読み直していた。その日の時間と場所を書いたほかに、僕は文楽が大好きです。ことに文三《ぶんざ》の人形はあなたにも是非見せたいなどとあり、そのみみずが這《は》うような字で書かれた手紙が改めていやになった。それに、文三とは誰のことだろう。そんな名の人形使いを私は知らない。たぶん文五郎と栄三《えいざ》*をごっちゃにしたのであろう。おまけに文楽が文薬となっており、東京の帝国大学*を出た人にこんな人がざらにいるとすれば、ほんとうにおかしな、いや、由々《ゆゆ》しいことだと私は眼玉をくるくる動かして、腹を立てていた。散散待たせてあの人はのっそりやって来、じつは欠勤した同僚の仕事を代ってやっていたため遅れましてん、と口のなかでもぐもぐ弁解した。一時間待ちましたわ、と本を読むような調子で言うと、はあ、一時間待ちはりましたか。文楽は今日はございませんのよ、と言うと、はあ、文楽は今日はありまへんか。人の口真似《くちまね》ばかりするのだ。御堂筋《みどうすじ》を並んで歩きながら、風がありますから、今日はいくらか寒いですね、と言うと、はあ、寒いでんな、風がありますよってと口のなかでもぐもぐ……、それでなくてさえ充分腹を立てていた私は、川の中へ飛び込んでやろうと思った。そんな私の気持があの人に通じたかどうか、文楽のかわりに連れて行って下すったのは、ほかに行くところもあろうに法善寺の寄席の花月《かげつ》*だった。なにも寄席だからいけないというわけではないが、矢張り婚約中の若い二人がはじめて行くとすれば、音楽会だとか、お芝居だとかシネマだとか、何とか適当なところが考えられそうなもの、それを落語や手品や漫才では、しんみりの仕様もないではないか、とそんなことを考えていると、ちっとも笑えなかった。寄席を出ると大分晩《おそ》かったから、家まで送ってもらったが、駅から八丁の暗いさびしい道を肩を並べて歩きながら、私は強情にひと言も口を利かなかった。じつは恥しいことだが、おなかが空いて、ぺこぺこだったのだ。あの人は私に夕飯を御馳走《ごちそう》するのを忘れていたのだわ。なんて気の利かない、間抜けた人だろう、と一晩中眉《まゆ》を引寄せていた。

しかし、その次会《お》うた時はさすがにこの前の手抜かりに気がついたのか、まず夕飯を御馳走して下すった。あらかじめ考えて置いたのだろう、迷わずにすっと連れて行って下すったのは、冬の夜に適わしい道頓堀のかき船*で、酢がきや雑炊や、フライまでいただいた。ときどき波が来て私たちの坐《すわ》っている床がちょっと揺れたり、川に映っている対岸の灯が湯気曇りした硝子障子越しにながめられたり、ほんとうに許嫁《いいなずけ》二人が会うているというしみじみした気持を味《あじわ》うのにそう苦心は要らなかったほど、思いがけなく心愉《たの》しかったが、いざお勘定という時になって、そんな気持はいっぺんに萎《な》えてしまった。仲居さんが差出したお勘定書を見た途端、あの人は失敗《しも》たと叫んで、白い歯の間からぺろりと舌をだした。そしてみるみる蒼黒《あおぐろ》くなった。中腰のままだった仲居さんは、あの人が財布の中のお金を取り出すのに不自然なほど手間が掛るのを見て、諦《あきら》めてぺたりと坐りこみ、煙草《たばこ》すら吸いかねまい恰好《かっこう》でだらしなく火鉢に手を掛け、じろじろ私の方を見るのだった。なんという無作法な仲居さんだろうか、と私はぷいと横を向いたままでいたが、あ、お勘定が足りないのだ、とすぐ気がついたので、ハンドバックの中から財布を取出して黙ってあの人の前へ押しやり、ああ恥しい、恥しいと半分泣きだしていた。それで、やっとお勘定もお祝儀《しゅうぎ》もすませることが出来たが、もしその時私がそんなに沢山持ち合わせていなかったら、いったいどんなことになっただろう。想ってもぞっとする。そんなこともあろうかと思ったわけではないが、ともかく女の私でさえそうしてちゃんと用意して来ているのに、ほんとうにあの人と来たら、どんな気でいるのだろう。それも貧乏でお金がないというのならともかく、ちゃんとした親御さんもあり、無ければ無いで、外の場合ではないんだし、その旨《むね》言って貰うことも出来た筈だのに……と、もう一月も間がない結婚のことを想って、私は悲しかった。寒い晩だった。

ところが、あとでわかったことだが、矢張りその日の用意にと親御さんから貰っていたのだった。それをあの人は昼間会社で同僚に無心されて断り切れず貸してやったのである。それであといくらも残らなかったが、たぶん間に合うだろうとのんきな胸算用をしながら私をかき船に誘ったということだった。しかし、いくらのんきだとはいえ、さすがに心配で、足りるだろうか、足りなければどうしようかなどと考えながらびくびく食べていると、まるで味なぞわからなかったと言う。なるほどそう言えば、その時私が話しかけても、とんちんかんな返事ばかりしていたのは、いつものこととはいいながら、ひとつにはやはりそのせいでもあったのかも知れない。それにしても、そんな心配をするくらいなら、そしてまた、もしかすると私にも恥をかかすようなことになるとわかっていたのだから、同僚に無心された時、いっそきっぱり断ってしまえばよかりそうなものだ、とそれをきいた時私は思ったが、しかし、野暮なことを私は思ったものだ。ひとは知らず、それはあの人には出来ないことなのだ。気性として出来ないのだ。何も今日明日にはじまったことではない。じつはお友達の中瀬古さんに言わせると、それは京都の高等学校*にいた頃からのあの人の悪い癖なのだそうだ……。

その頃、あの人は人の顔さえ見れば、金貸したろか金貸したろか、とまるで口癖めいて言っていたという。だから、はじめのうちは、こいつ失敬な奴だ、金があると思っていやに見せびらかしてやがるなどと、随分誤解されていたらしい。ところが、事実あの人には五十銭の金もない時がしばしばであった。校内の食堂はむろん、あちこちの飯屋でも随分昼飯代を借りていて、いわばけっして人に金を貸すべき状態ではなかった。それをそんな風に金貸したろかと言いふらし、また頼まれると、めったにいやとはいわず、即座によっしゃと安請合《やすうけあい》するのは、たぶん底抜けのお人よしだったせいもあるだろうが、ひとつには至極のんきなたちで、金策なぞたやすく出来そうに思い込んでしまうからなのである。ところが、それが容易でない。他の人は知らず、ことにあの人にはそれはむしろ絶望的だと言ってもよいくらいなのだ。

頼まれると、いつもよっしゃ、今ないけど直ぐこしらえて来たる、一時間半だけ待ってくれへんか、と言って、教室を飛び出すものの、じつはあの人にはてんで金策の当てがないのだ。こうーっと、なんぞええ当てがないやろか、といろいろ考えていると、頭が痛くなり、しまいには、何が因果で金借りに走りまわらんならんと思うのだが、けれど、頼まれた以上、というのはつまりあの人にとっては請合った以上、金策はもはや義務にひとしい。だから、まず順序として、あいてもあかんでも、親戚《しんせき》で借りることを考えてみる。京都には親戚が二軒、下鴨《しもがも》と鹿ヶ谷《ししたに》にあり、さて学校から歩いて行ってどっちの方が近いかなどとは、この際贅沢《ぜいたく》な考え、じつはどちらへも行きたくない。行けない。両方とも既にしばしば利用して相当借金が嵩《かさ》んでいるのだ。といって、ほかに心当りもなく、自然あの人の足はうかうかと下鴨なら下鴨へ来てしまう。けれど、門をくぐる気はせず、暫く佇んで引きかえし、こんどはもう一方の鹿ヶ谷の方まで行く。かなりの道のりだが、なぜだか市電に乗る気はせず、せかせかと歩くのである。

(そんなあの人の恰好が眼に見えるようだ。高等学校の生徒らしく、お尻《しり》に手拭《てぬぐい》をぶら下げているのだが、それが妙に塩垂れて、たぶん一向に威勢のあがらぬ恰好だったろう。いや、それに違いあるまい。その頃も眼鏡を、そう、きっと掛けていたことだろう。今と同じ爺むさい掛け方で……。)

やがて、あの人は銀閣寺の停留場附近から疏水《そすい》伝いに折れて、やっと鹿ヶ谷まで辿《たど》りつく。けれど、やはり肝心の家の門はくぐらず、せかせかと素通りしてしまうのだ。そしてちょっと考えて、神楽坂の方へとぼとぼ……、その坂下のごみごみした小路のなかに学生相手の小質屋があり、いまはそこを唯一《ゆいいつ》のたのみとして坂をくだって行くわけだが、しかし、質草はない。いろいろ考えた末、ポケットにさしてある万年筆に思いあたり、そや、これで十円借りよう、とのんきな思案をする。むろん誰が考えても無暴な思案にちがいないが、あの人はしばらくその無暴さに気づかない。なんとかなるだろう、とふらふら暖簾《のれん》をくぐり、そして簡単に恥をかかされて、外に出ると、大学の時計台が見え、もう約束の時間は過ぎているのである。いつものことなのだそうだ。

あ、軽部の奴また待ち呆けくわせやがった、と相手の人がぷりぷりしている頃、当のあの人は京阪電車のなかに収まっている。といって、けっして気楽な気持からではなく、また、約束を忘れたわけでもなく、それどころか、じつは金策に疲れた果ての最後の切札に、大阪の実家へ無心に帰るその電車のなかなのである。そして、やっと金を貰《もら》って、再び京都に戻って来ると、もうすっかり黄昏《たそがれ》で、しびれを切らした相手がいつまでも約束の場所に待っている筈もない。失敗《しも》た、とあの人は約束の時間におくれたことに改めて思いあたり、京都の夜の町をかけずりまわって、その相手を探すのである。何か放浪者じみた気持で、うろうろと歩きまわり、空《むな》しく探しているうちに、ひょっくり別の友達に出くわし、××君どこにいるか知れへんかときいたのを、それより君、金持ってないかといきなり無心される。無いとも貸せぬとも、あの人は言えない。といって、はじめの友人に渡さねばならぬ金ゆえ、すぐよっしゃとはさすがに言いかねて、暫くもぐもぐためらっている。が、結局うやむやのうちに借られてしまうのである……。

と、そんな事情ははじめのうち誰も知らず、だから、待ち呆けくわされてみると、なんだか一杯くわされたような気がしたものである。いやとは言えない性質につけこんで、いわば利用してやろうという気もいくらかあったから、ますますその気持は強かったわけだ。つまり、金貸したろかというあの人の口癖は、まるでそんな、利用してやろうなどといういやしい気持を見すかしてのことではなかろうか、とまで思われたのだ。けれど、間もなくあの人にはそんな悪気は些《いささ》かもないことがわかった。自分で使うよりは友人に使ってもらう方が有意義だという綺麗な気持、いや、それすらも自分で気づいていない、いわば単なる底抜けのお人よしからだとわかった。すると、もう誰もみな安心して、平気であの人を利用するようになった。ところが、今までそんな風に人の顔さえ見れば、金貸したろか金貸したろかと言って、利用ばかりされていたあの人が、やがてだんだんに、人の顔さえ見れば、金貸してくれ金貸してくれと言うようになった。にたっと笑いながら、金もってへんかと言うのだ。変ったというより、つまりしょっちゅう人に借られているため、いよいよのっぴきならぬほど困って来たためと見るべきところだろうが、ともかくその変り方にはみんな驚いた。これまで随分馬鹿《ばか》にし切って来たから、一層驚いた。ことにその笑顔には弱った。今まで散散利用して来たこちらの醜い心を見すかすような笑顔なのだ。だから、あれば無論のこと、無くてもいやとは言えないのだ。げんにあの人はそうして来たのである。それを見て来た手前でも、そんなことは言えないのだ。けれど、誰もあの人のように振舞うことは出来ない。無ければ、無いと断る。すると、あの人はまたにたっと笑って、二度と貸してくれとは言わない。あれば貸すんだがと弁解すると、いや、かめへん、かめへんとあっさり言う。しかし、その何気ない言い方が思いがけなくみんなの心に突き刺さるのだ。みんなは自分たちの醜い心にはじめて思いあたり、もはやあの人の前で頭の上らぬ想いに顔をしかめてしまうのだった……。

そんな昔話をながながと語った挙句、理窟屋の中瀬古さんは、全く軽部君の前にいるとつくづく自分の醜さがいやになりましたよ、と言ったが、あの人に金を借られて、それであの人の立派さがわかったなんて、ほんとうにおかしなことを言う人だ。そんなにあの人は立派な人だろうか。ただ、お人よしだというだけのことではないか。私もあの人に金を借りられたが、ちっともそんな感じはしなかった。いや、むしろますますあの人に絶望したくらいだ。もっとも、私はないとは言いはしなかったが……。

それは、もう式も間近に迫ったある日のことだった。家の人にすすめられて、美容院へ行ったかえり、心斎橋筋の雑閙《ざっとう》のなかで、ちょこちょここちらへ歩いて来るあの人の姿を見つけ、あらと立ちすくんでいると、向うでも気づき、えへっといった笑声で寄って来て、どちらへとも何とも挨拶《あいさつ》せぬまえから、いきなり、ああ、ええとこで会《お》うた、ちょっと金貸してくれはれしまへんか、とにたにたするのだ。火の出る想いで、もじもじしていると、二円でよろしい。あきれながら、ぷっとしながら、渡すと、ちょっと急ぎますよってとぴょこんと頭を下げて、すーっと行ってしまった。心斎橋筋の雑鬧のなかで、ひともあろうに許嫁に小銭を借りるなんて、これが私の夫になる人のすることなのか、と地団駄ふみながら家に帰り、破約するのは今だと家の人にそのことを話したが、父は、へえ、軽部君がねえ、そんなことをやったかねえ、こいつは愉快だ、と、上機嫌に笑うばかりでてんで私の話なんか受けつけようとしなかった。私はなんだか父にまで馬鹿にされたような気がし、ああ、いやだ、いやだ、昼行燈《ひるあんどん》みたいにぼうっとして、頼りない、間の抜けた人だと悲観していたら、こんどは道の真中で金を借りるような心臓の強いことをしたり、ほんとうに私は不幸だわ、と白い歯をむきだして不貞《ふて》くされていた。すると、母は、何を言います、夫のものは妻のもの、妻のものは夫のもの、いったいあんたは小さい時から人に物を貸すのがきらいで、妹なんかにでも随分けちくさかったが、それにしてもたかだか二円じゃありませんか、と妙に見当はずれた、しかし痛いことを言い、そして、あんたは軽部さんのことそんな風にお言いだけど、あたしはなんだか素直な、初心《うぶ》な人のように思うよ、変に小才《こさい》の利いた、きびきびした人のところへお嫁にやって、苛《いじ》められやしないかと心配するより、軽部さんのような人のところへやる方が、なんぼう安心だかしれやしない云々《うんぬん》。巧《うま》い理窟もあるものだと聞いていると、母は、それにねえ、よく世間で言うじゃないか、女房の尻に敷かれる人はかえって出世するものだって……。ああ、いやらしい言い方だと私は眉をひそめたが、あとでその母の言葉をつくづく考えてみて、何故《なぜ》だかどきんとした。母はなんでも見抜いている。

そうして、二月の吉日、式を挙げて、直ぐ、軽部清正、同政子「旧姓都出」と二人の名を並べた透かし紋入りの結婚通知状を、知人という知人へ一人残らず、三百通送った。折かえし沢山来た返事のうちに、あの人宛《あて》のものに、君の結婚はそう驚かなかったが、あんなに水ももらさぬ立派な結婚通知状をもらったことはびっくりさせられたなどというのがあり、無論それは私の入智慧《いれぢえ》、というほどのたいしたことではないけれど、しかしそんな些細《ささい》なことすら、放って置けばあの人は気がつかず、紙質、文章、活字の吟味から、見本刷の校正まで私がしたのだ。しかし、そんな立派な結婚通知状を送ったからといって、何も私は贅沢なことをする気はない。家庭生活新体制叢《そう》書《しょ》といった本を読み、あの人にも読まし、お菜《さい》の苦情など言わないでいただきます、私はお料理が下手ですけれど、まずいもので我慢していただきます、ときびしくあの人に言ったくらいだ。すると、あの人は、美味《うま》いやないかと言って、にたっと笑い、ほんとうに美味そうに私の下手糞《へたくそ》な手料理を食べるのだった。勿論《もちろん》、持参の弁当以外、外での食事は許さず、酒も飲まないと誓わせた。行き当りばったりの銭湯で居眠りをする癖をきいたので、これもきびしく注意した。

それから、間もなく私は、さきに書いたような、金銭に関するあの人の悪い癖をきいたので、早速あの人に、以後絶対に他人に金を貸しませんと誓わせ、なお、毎日一円ずつあの人の財布のなかに入れてやるほかは余分な金を持たさず、月給日には私が会社の会計へ出頭して貰った。毎日あの人が帰って来ると、財布のなかを調べて仔細《しさい》に支出の内容を訊《ただ》すのは勿論《もちろん》である。そんな風に厳重にしたので、まず大丈夫だと思っていたところ、ある日あの人の留守中、見知らぬ人が訪ねて来て、いきなり、僕八木沢ですといい、あと何にも言わずにもじもじしているので、薄気味わるくなり、何か御用でございますかと訊くと、その人はちょっと妙な顔をして、奥さん、軽部君から何もおききじゃなかったんですかと言う。思わずはっとして、いいえと答えると、その人は頭をかきかき、実は軽部君からお金を借りることになっているのですが、軽部君のおっしゃるのには、女房にその旨話して置くから、金は家へ来て女房から受取ってくれということでしたので、約束どおり参ったようなわけなんですと言い、それじゃほんとうに奥さんは何にも御存知なかったんですな、と驚いた顔にいくらかむっとした色を泛《うか》べた。なるほどあの人のやりそうなことだ、と私はその人の言うことを全部信用したが、といって、聞いてもいないのに見知らぬ人に貸せるわけもなく、さまざまいいわけして帰って貰い、気まりがわるいというより、ほんとうに気の毒だった。

夜、あの人が帰って来るなり、いきなり胸倉を摑《つか》まえてそのことをきくと、案の条あの人は、言おう言おう思《おも》てるうちに言いそびれてしもてん、とぼそんとした声で言った。私は自分でもはしたないと思うくらい大きな声になり、あなたはそれで平気なんですか、八木沢さんが今日お見えになることはちゃんと分っていたんでしょう、いったい八木沢さんになんと弁解するおつもりです、そういうことがあってはいけないから、日頃私が……。わめき立てると、あの人は急に精のない顔になり、そやけど、八木沢にはいま金持って行ったたったよって、大事ない、もう済んだこっちゃと言った。私ははっとして、そのお金はどうしたんですか、どこで苦面《くめん》したんですか。そう言いながら、ぐいぐい押しつけていたあの人の胸のあたりを見ると、いつもと容子がちがう。驚いて、オーバーを脱がせた。案の条、上着もチョッキもなかった。質入したのだ、と改めてきくまでもなく判《わか》り、私ははじめてあの人を折檻《せっかん》した。ヒステリーとはこんなのじゃないかと思いながら、きつく折檻した。しかし私がそんな手荒なことをしたと言って、誰も責めないでほしい。私の身になってみたら、誰でも一度はそんな風になる筈だ。といっても、しかし、私の言っているのは、何もただ質入れだけのことではない。あの人は私に折檻されながら、酒をのんでいるわけでもないのに、いつの間にかすやすや眠ってしまった。ほんとうにそう言う人なのだ。それを私は言いたいのだ。結果があとさきになったけれど、誰だってそんな風に眠ってしまうあの人を見れば、折檻したくなるではないか。少くとも小突いたり、鼻をつまんだり、そんな苛め方をしてみたくなる筈だ。嘘と思うなら、あの人と結婚してみるがよい。いいえ、誰もあの人と結婚することは出来ない。私はあの人の妻だもの。そうして眠ってしまったあの人の寝顔を見ていると、私は急にあてどもない嫉妬《しっと》を感じた。あの人は私のもの、私だけのものだ。私は妊娠していた。

私は生れて来る子供のためにもあの人に偉くなって貰わねばと思い、以前よりまして声をはげまして、あの人にそう言うようになったが、あの人はちっとも偉くならない。女房の尻に敷かれる人はかえって出世するものだ、と母が言った言葉は出鱈目《でたらめ》だろうか。それとも、あの人はちっとも私の尻に敷かれていないのだろうか。ともかくあの人は、会社の、年に二回の恒例昇給にも、取り残されることがしばしばなのである。あの人の社には大学出の人はほかに沢山いるわけではなし、また、あの人は人一倍働き者で、遅刻も早引も欠席もせず勤勉につとめているのに、賞与までひとより少いとはどうしたことだろう、と私は不思議でならなかったが、じつはあの人は出退のタイムレコーダーを押すことをしばしば忘れていたのだ、とわかった。つまり、人一倍勤勉につとめていながら、庶務の方ではタイムレコーダーを見て、いつも無届欠勤をしているようにとっていたのだった。一事が万事、なるほど昇給に取り残されるのは無理もないと悲しくわかり、その旨あの人にきつく言うと、あの人は、そんなことまでいちいち気イつけて偉《えろ》ならんといかんのか、といつにない怖い顔をして私をにらみつけた。そして、昼間はひとの分まで仕事をひきうけて、余《よ》ほど疲れるのだろうか、すぐ横になって寝入ってしまった。

高野線

九月三日の夕刻南海電車の高野線で死者七十数名という電車事故*があった。聴けば、乗客を満載した電車が紀見峠の谷底へ墜落したということである。翌朝、同じ線の事故で数名の死者が出た。この方は私の住んでいる土地のすぐ近くの萩原天神《はぎはらてんじん》駅で起った追突事故であった。

その夕方、町へ出ようとして駅に立っていると、柩《ひつぎ》を載せた電車があわただしく通過した。柩の傍に棒のように突っ立っているのは、遺族であろうか。悄然《しょうぜん》としていなければならぬ筈《はず》を、いずれも何か興奮していて、あわただしい生ま生ましさが通り魔のように黄昏《たそがれ》の駅をかすめたのである。

その速さはまるでその遺族たちの怒りにせき立てられているかのようであった。運転手の不注意が原因か、車輛《しゃりょう》が不完全だったかは知らぬが、防ごうと思えばあるいは未然に防げた事故ではなかったかというその人たちの怒りではなかろうか。取りかえしのつかぬ想《おも》いの腹立たしさが殺気立たせもするのであろう。そう思えば、そんな風にあっけなく死んでしまった人たちや残されたその人たちへの同情に、私の胸は温まるのだが、けれども、その前に、私の想いははや亡《な》き妻の上に走るのだった。

妻が死んだのは八月の六日だから、まだ一月も経《た》っていなかった。それ故《ゆえ》、他人の柩を見てもすぐ妻のことが想われるのは当然ながら、けれども、眼前の七十いくつの柩よりも脳裡《のうり》にある一つの柩の方に涙を注ぐというのは、これは一体何であろう。妻の死は哀れとはいうものの、わが家の床《とこ》の上で私の手に抱かれて息を引き取ったのであり、紀見峠の谷底へ電車もろとも墜落して死んだその人たちに較《くら》べるとはるかに幸せな死に方には違いないが、けれども私はその七十幾人の人たちよりも妻の方が真実かわいそうでならないのである。夫婦の情の不思議さであろう。

妻はよく電車の中で居眠りをした。寝つきの悪い私は電車や汽車の中で眠るなどといった芸当は思いも寄らず、そんな妻をよく叱《しか》り飛ばしたが、今にして思えば、電車の中で居眠ったりする点が妻の魅力であったかも知れない。ひとつには、居眠るほど疲れていたのかという今更の同情であろう。一事が万事、私が叱り飛ばしたいろいろな点が今では皆妻の美点となって想い出されるのである。例えば……などと書きだせばきりがない。死んだひとのことは皆よく見えるものだとひとは言うだろう。

とにかく今は居眠った妻を叱ったことが後悔されるのである。その申訳けでもあろうか、その夜帰りの電車の中で私はついぞない居眠りをした。私はその夜幸田《こうだ》露《ろ》伴《はん》原作の映画の試写会で「猫に露伴」という洒落《しやれ》のわからぬ聴衆を相手に「幸田露伴について」などという固くるしい講演をしたことで、つくづく自分がいやになっていたので、ガラ空きの夜更《よふ》けの高野線に乗ると直《す》ぐごろりと横になった。講演の疲れもあった。それに妻の看病や葬式、仏事などの疲れがちょうど積み重って出る時期であった。更にいうならば、妻を喪《うしな》ってからの私は何もかも裸かのままで投げ出してしまうようになっていた。些細《ささい》な体裁などにこだわらなくなっていたのだ。

動きだすと、直ぐ寝入ってしまったらしい。降りる駅の二つ手前の駅の明るさで眼を覚したが、あとまたうとうとして、やがて眼を覚した時は窓の外の風景がへんに荒涼としていて、いつもの見馴《みな》れた感じがない。しまったと思ったとたんに着いた駅は私の降りる駅より数えて三つ目の滝谷不動《たきだにふどう》という駅であった。あわてて飛び降りて駅員にきくと、帰りの電車はもうないという。線路を歩いて一時間半かかるだろうと気の毒そうだった。

駅で朝の一番電車を待っても夏の短夜の五時間足らずだし、それに家には六十八歳の老婢《ろうひ》*が一人いるきり故、家を明けてももう誰も叱る者はいない。けれども、私はとぼとぼ線路を辿《たど》って行った。外出した日は帰って遺骨と写真の前に坐《すわ》ることが何よりのたのしみであり、帰りが急がれたのだ。せめて死んでからでも家を明けずに置いてやろうという気持が、妻の想いを身近かに引き寄せるわけだというこの甘さを、ひとは嗤《わら》うだろうか。ひとつには、仏前の燈明の火が消えていないだろうか、線香はどうなっているだろうかという心配もあった。死後四十九日は死者の魂が家の中にとどまっており、燈明をあげねば魂が暗闇《くらやみ》に迷うという訓《さと》しは、いずれ坊主《ぼうず》が考えだした巧妙な仏事の一つとは思えるものの、けれども、そのような仏事が今は妻と私を結ぶよすがと思えば、文句なしに信じたいのである。それに、妻はそのようなことを盲信する女であった。その信じ方に可憐《かれん》なものがあり、いじらしいばかりであった。燈明の火が消えておれば、おろおろと迷うことであろう。写真の眼は様々な表情に変るのだ。

歩いて一時間半といえば、何里の道であろうか、暗い小石の多い道をとぼとぼ行きながら、死ぬ前の夜、妻が何思ったか急に起き上って仏壇の前で合掌した時のことを私は想いだした。それは激痛の最中であった。妻の病気は癌《がん》であり、痛みは終日続いていたが、ことに日に三度か四度の発作的に来る激痛はさながらこの世の地獄であった。その都度看護婦に頼んで鎮痛剤を注射して貰《もら》っていたのだが、近頃はその鎮痛剤も入手しがたく、あちこちの医者に拝み倒すように譲って貰ったのを、身を切られる想いでチビチビ使っていたのである。けれども鎮痛剤の常で次第に使用量が増える。瞬《また》く間に使い果して、その夜は妻の激痛の始まったのを見ながら施す術《すべ》もなかったのだ。売薬のけちくさい錠剤などで停るような痛みではなかった。辛抱強い妻は泣き叫ぶようなことはなかったが、けれども、私《うち》は何も悪いことはしたことはないのに、なんぜこんなに苦しまんならんのやろと言いながら、ポロポロ涙を流していた。悲しいというより、激痛に逆《さから》うことから来る涙であったろう。もうちょっとの辛抱や、直き停まる、直き停まると乾いた声で慰めていると、妻は何思ったかむっくり起き上って仏壇の前へ行き、合掌したのである。仏にすがって痛みと病いを癒《なお》そうとしたのであろうか、それとも、翌朝までの命を虫が知らせたのだろうか……。

うしろから貨物電車が来たので、私は道を避け、それをやりすごしてから、また歩きだした。妻はことしの三月癌の手術を受け結果は良かったと思えたのに、その後レントゲンとラジウムを掛けに通院しているうちにだんだんに衰弱して、痛みも加わった。病院ではもう通わなくてもよい痛みが辛抱できなければ近くの医者に注射して貰えといったということである。私が映画の仕事のことで十日余り大船*へ行っていた留守中のことであった。その間に妻はみるかげもなくやつれて、痛々しかった。激痛のため一週間あまり殆《ほと》んど眠らなかったという。私は病院の言葉をあやしみ早速院長に会いに出掛けた。果して癌の再発で、もはやレントゲンやラジウムでは追い付かず、治療の方法がない若くて可哀相《かわいそう》だがということであった。すごすごと帰って来ると、妻はのた打ちまわるように苦しんでいた。その日から私は私なりに癌治療の勉強を始めた。一流の病院が手を放してしまった以上、もう妻の病気を癒すのは神か私のほかにはない、そう思って、私は自分の仕事を顧みず、医学書を読み、古い医学雑誌も漁《あさ》った。新聞や雑誌の広告にも注意を払い、治療書や薬や器機を取り寄せた。民間療法もやったし、超短波治療器も試みた。民間療法と科学療法を併せたような枇杷《びわ》葉の電熱療法もやってみた。食物や薬の中の造癌物質にも注意を払った。癌細胞阻止物質が含まれていると知れば、あやしげなものも煎《せん》じて服《の》ませた。例えば人間の臍帯《さいたい》である。これは妻自身のを煎じた。しおからい味がするといっていた。暫《しばら》くすると、私は癌のことでは何一つ知らぬことはないぞと思うくらいになった。けれども、妻は依然として衰弱し、激痛も日に増した。が、激痛はしらず、衰弱の方は無論癌のせいであったろうが、ひとつにはレントゲンやラジウム療法の全身的副作用であった。そして、それを制止する方法は治療中ビタミンB剤と臍帯ホルモン剤を注射すればよしと、私の読んだ医学書に書いてあったが、妻にきいたところ、病院ではそんな注射をされたことはないということであった。私は憤慨した。レントゲンやラジウムを掛けると衰弱するのは判《わか》り切ったことだのに、何らの処置をせずに、ただ癌細胞の破壊のみにうきみをやつし、いわば全身的治療を忘れて、しかもそれが失敗に終ると、もう通わなくてもいいと突っ放して、痛みが辛抱できなければ近所の医者に注射をして貰えとのみ言って、その医者への紹介状も書かず、容態も告げず、そのために、妻は私の留守中近所の医者に頼んでも医者はにわかの診断では病状も判らなかったのか注射の仕様もなく、結果空《むな》しく生きながら地獄におちたような苦しみとたたかっていたのではないか。何が一流の病院か、もう医者など信用しないと、私は地団駄踏んだ。高野線の椿《ちん》事《じ》で死んで行った人たちの遺族のあの殺気立った表情が想われる。けれども、私のこの怒りは単にその病院ばかりでなく癌という病気そのものへの怒りでもあった。そして、また私は何も悪いことをしたことはないのに、なんぜこんなに苦しまんならんのやろと妻がいったその苦しみを、妻に負わした運命に対する怒り、いや、もっと得体の知れぬあるものへの得体の知れぬ怒りにいつかそれは変じていた。

妻が死んで五日目の夜、点呼予習*があった。私の村の分会員のうち点呼だけよその分会で受ける者だけの予習で、ちょうどそういう者が六人あり、私もその一人であった。全員六名という訓練は気勢は揚らなかったが、けれども私は一番気合が掛っていて大いに宜《よろ》しいとほめられた。かねがね身体《からだ》のわるい私はこの種の訓練には医師の診断書を提出して見学するのが常であったけれども、この夜は他の五人と共に木銃《もくじゅう》を持って声を涸《か》らした。突撃練習では何かに憑《つ》かれたようにぱっと駈《か》けだして、ウアワ！　けだもののような声をだした。得体の知れぬ怒りが私をかり立てたのであろうか。妻をなくした私には自分の身体をいといたい気持などなかったことも事実だった。

………

道は依然として暗く、遠く、私はくたくたに疲れていた。ふと気がつくと、足の下の方で川の音が聴える。はっとして見ると、白く光っていた。私は知らぬ間に鉄橋の上を歩いていたのだった。線路の上は小石が多い。それ故枕木《まくらぎ》の上を拾って歩いていたのでその惰性で鉄橋の枕木の上も自然に踏み外さずに来たものらしい。鉄橋は短かったので、危い想いもなく越せた。もっとも、恐怖の念は不思議にその夜すこしも感じなかった。死者の想いと共に歩いて来た故であろう。家へ帰ったのは午前二時頃だった。二時間余り掛っていた。どこで傷ついたのか、右足の親指の爪《つめ》に血がにじんでいた。

いったん電車の中で眠ると、いつかそれが癖になってしまった。私は市電の中でもだらしなく居眠るようになった。先日もお寺へ行こうとして市電に乗り、居眠ってしまった。下寺町で眼を覚し、はっとして窓の外を見ると、坂下の薬屋の看板に大きな字で「癌」という字が書かれてあった。しまった、あの薬を知らなかったと私はふと寂しかった。

蛍

登勢《とせ》は一人娘である。弟や妹のないのが寂しく、生んで下さいとせがんで、そのたび母の耳を赧《あか》くさせながら何年かたち十四の歳《とし》に母は五十一で思いがけず妊《みご》った。母はまた赧くなり、そして女の子を生んだがその代り母はとられた。すぐ乳母《うば》を雇い入れたところ、折柄乳母はかぜけがあり、それがうつったのか赤児《あかご》は生れて十日目に死んだ。刀師の父は傷心のあまりそれから半年たたぬ内に亡《な》くなった。

泣けもせずキョトンとしているのを引き取ってくれた彦根の伯父が、お前のように耳の肉のうすい女は総じて不運になり易《やす》いものだといったその言葉を、登勢は素直にうなずいて、この時からもう自分のゆくすえというものをいつどんな場合にもあらかじめ諦《あきら》めて置く習わしがついた。が、そのために登勢はかえって屈託がなくなったようで、生れつきの眇眼《すがめ》もいつかなおってみると、思いつめたように見えていた表情もしぜん消えてえくぼの深さが目立ち、やがて十八の歳に伏見へ嫁いだ時の登勢は、鼻の上の白粉《おしろい》がいつもはげているのが可愛《かわい》い、汗かきのピチピチ弾んだ娘だった。

ところが、嫁ぎ先の寺田屋へ着いてみると姑《しゅうとめ》のお定はなに思ってか急に頭痛を触れて、祝言《しゅうげん》の席へも顔を見せない。お定は寺田屋の後妻で新郎の伊助には継母《ままはは》だ。けれども、よしんば生さぬ仲《な》*にせよ、男親がすでに故人である以上、誰よりもまずこの席に列《つらな》っていなければならぬのはこのひとだ。それを頭痛だとはなにごとかと、当然花嫁の側からきびしい、けれど存外ひそびそした苦情が持ち出されたのを、仲人《なこうど》が寺田屋の親戚《しんせき》の内からにわかに親代りを仕立ててなだめる……、そんな空気をひとごとのように眺めていると、ふとあえかな蛍火《ほたるび》が部屋をよぎった。祝言の煌煌《こうこう》たる灯りに恥じらう如《ごと》くその青い火はすぐ消えてしまったが、登勢は気づいて、あ、蛍がと白い手を伸ばした。

花嫁にあるまじい振舞いだったが、仲人はさすがに苦労人で、宇治の蛍までが伏見の酒にあくがれて三十石で上って来よった。船も三十石なら酒も三十石、さア今夜はうんと……、飲まぬ先からの酔うた声で巧《うま》く捌《さば》いてしまった。伏見は酒の名所、寺田屋は伏見の船宿で、そこから大坂へ下る淀船《よどぶね》の名が三十石だとは、もとよりその席の誰ひとり知らぬ者はなく、この仲人の洒落《しゃれ》に気まずい空気も瞬間ほぐされた。

ところが、その機を外さぬ盞事《さかずきごと》がはじまってみると、新郎の伊助は三三九度の盞をまるで汚い物を持つ手つきで、親指と人差指の間にちょっぴり挟んで持ち、なお親戚の者が差出した盞も盃洗《はいせん》*の水で丁寧に洗った後でなければ受け取ろうとせず、あとの手は晒手拭《さらしてぬぐい》で音のするくらい拭《ふ》くというありさまに、かえすがえす苦り切った伯父は夜の明けるのを待って、無理に辛抱せんでもええ、気に食わなんだらいつでも出戻って来いと登勢に言い残したまま、さっさと彦根へ帰ってしまった。

伯父は何もかも見抜いていたのだろうか。その日もまた頭痛だという姑の枕元《まくらもと》へ挨拶《あいさつ》に上ると、お定は不機嫌な唇で登勢の江州《ごうしゅう》*訛《なまり》をただ嗤《わら》った。小姑の椙も嗤い、登勢のうすい耳はさすがに真赧《まっか》になったが、しかしそれから三日もたつともう嗤われても、にこっとえくぼを見せた。

その三日の間もお定は床をはなれようとせず、それがいかにも後家の姑めいて奉公人たちにはおかしかったが、いつまでそうしているのもさすがにおとなげ無いとお定も思ってか、ひとつには辛抱も切れて、起き上ろうとすると腰が抜けて起《た》たなかった。医者に見せると中風《ちゅうふう》だ。

お定は悲しむまえに、まず病が本物だったことをもっけの倖《さいわ》いにわめき散らして、死神が舞い込んで来よった、嫁が来た日から病に取り憑《つ》かれたのだというその意味は、登勢の胸にも冷たく落ち、この日からありきたりの嫁苛《いじ》めは始まるのだと咄嗟《とっさ》に登勢は諦めたが、しかし苛められるわけは強いて判《わか》ろうとはしなかった。

けれども、寺田屋には、御寮《ごりょう》はん、*笑《わろ》うてはる場合やおへんどっせと口軽なおとみという女中もいた。お定は先妻の子の伊助がお人善しのぼんやりなのを倖い、寺田屋の家督は自身腹を痛めた椙に入聟《いりむこ》とってつがせたいらしい。ところが親戚の者はさすがに反対で、伊助がぼんやりなればしっかり者の嫁をあてがえばよいと、お定に頭痛起させてまで無理矢理登勢を迎えたのだ。してみれば登勢は邪魔者だ……。登勢は自分を憐《あわ》れむまえに先《ま》ず夫の伊助を憐れんだ。

伊助は襷《たすき》こそ掛けなかったが、明けても暮れてもコトコト動きまわっていた。しかし、客の世話や帳場の用事で動くのではなく、ただ眼に触れるものを、道具、畳、蒲《ふ》団《とん》、襖《ふすま》、柱、廊下、その他、片っ端から汚い汚いと言いながら、歯がゆいくらい几帳《きちょう》面《めん》に拭いたり掃いたり磨いたりして、一日が暮れるのである。

目に見えるほどの塵《ちり》一本見のがさず、坐《すわ》っている客を追い立てて坐《ざ》蒲《ぶ》団《とん》をパタパタはたいたり、そこらじゅう拭きまわったり、ただの綺《き》麗《れい》好きとは見えなかった。祝言の席の仕草も想《おも》い合わされて、登勢はふと眼を掩《おお》いたかったが、しかしまた、そんな狂気じみた神経もあるいは先祖からうけついだ船宿をしみ一つつけずいつまでも綺麗に守って行きたいという、後生大事の小心から知らず知らず来た業《ごう》かもしれないと思えば、ひとしお哀れさが増した。

伊助は鼻の横に目立って大きなほくろが一つあり、それに触りながら利《き》く言葉に吃《ども》りの癖も少しはあった。

伊助の潔癖は登勢の白い手さえ汚いと躊躇《ためら》うほどであり、新婚の甘さはなかったが、いつか登勢にはほくろのない顔なぞ男の顔としてはもうつまらなかった。そして、寺田屋をいつまでもこの夫のものにして置くためなら乾いた雑布から血を絞り出すような苦労もいとわぬと、登勢の朝は奉公人よりも早かったが、しかし左器用《ひだりぎっちょ》の手に重い物さげてチョコチョコ歩く時の登勢の肩の下りぐあいには、どんなに苦労してもいつかは寺田屋を追われるのではなかろうかというあらかじめの諦めが、ひそかにぶら下っていた。

その頃、西国より京・江戸へ上るには、大坂の八軒屋《はちけんや》から淀川を上って伏見へ着き、そこから京へはいるという道が普通で、下りも同様、自然伏見は京大坂を結ぶ要衝として奉行所のほかに藩屋敷が置かれ、荷船問屋の繁昌はもちろん、船宿も川の東西に数十軒、乗合の三十石船が朝昼晩の三度伏見の京橋を出る頃は、番頭女中のほかに物売りの声が喧《やかま》しかった。あんさん、お下りさんやおへんか。お下りさんはこちらどっせ。お土産《みや》はどうどす。おちりにあんぽんたんはどうどす*……。京のどすが大坂のだすと擦れ違うのは山崎あたり故《ゆえ》、伏見はなお京言葉である。自然彦根育ちの登勢にはおちりが京塵紙《ちりがみ》、あんぽんたんが菓子の名などと覚えねばならぬ名前だけでも数え切れぬくらい多かったが、それでも一月《ひと》たつともう登勢の言葉は姑も嗤えなかった。一事が万事、登勢の絞る雑布はすべて乾いていたのだ。姑は中風、夫は日が一日汚い汚いにかまけ、小姑の椙は芝居道楽で京通いだとすれば寺田屋は十八歳の登勢が切り廻していかねばならぬ。奉公人への指図は勿論《もちろん》、旅客の応待から船頭、物売りのほかに、あらくれの駕籠《かご》かきを相手の気苦労もあった。伏見の駕籠かきは褌《ふんどし》一筋で銭一貫質屋から借りられるくらい土地では勢力のある雲助《くもすけ》*だった。

しかし、女中に用事《もの》一つ言いつけるにも、先ずかんにんどっせと謝るように言ってからという登勢の腰の低さには、どんなあらくれも暖簾《のれん》に腕押しであった。もっとも女中のなかにはそんな登勢の出来をほめながら内心ひそかになめている者もあった。ところがある日登勢が大坂へ下って行き、あくる日帰って来ると、もう誰も登勢をなめることは出来なかった。

それまで三十石船といえば一艘《そう》二十八人の乗合で船頭は六人、半日半夜で大坂の八丁堀へ著《つ》いていたのだが、登勢が帰ってからの寺田屋の船は八丁堀の堺屋と組合《くみお》うて船頭八人の八挺艪《ちょうろ》で、どこの船よりも半刻速かった。自然寺田屋は繁昌したが、それだけに登勢の身体《からだ》は一層忙しくなった。

おまけに中風の姑の世話だ。登勢、尿《しし》やってんか。へえ。背中さすってんか。へえ。お茶《ぶ》のましてんか。よろしおす。半刻ごとにお定の枕元へ呼びつけられた。伊助の神経ではそんな世話は思いも寄らず、椙も尿の世話ときいては逃げるし、奉公人もいやな顔を見せたので、自然気にいらぬ登勢に抱かれねばお定は小用も催せなかった。

登勢はいやな顔ひとつ見せなかったから、痒《かゆ》いところへ届かせるその手の左利きをお定はふとあわれみそうなものだのに、やはり三角の眼を光らせて、鈍《どん》臭い、右の手使いなはれ。そして夜中用事がなくても呼び起すので、登勢は帯を解く間もなく、いつか眼のふちは黝《くろず》み、古綿を千切って捨てたようにクタクタになった。そして、もう誰が見ても、祝言の夜、あ、蛍がと叫んだあの無邪気な登勢ではなかったから、これでは御隠居も追い出せまいと人人は沙汰《さた》したが、けれどもお定はそんな登勢がかえって癪《しゃく》にさわるらしく、病気のため嫁の悪口いいふらしに歩けぬのが残念だと呟《つぶや》いていた。

ある日寺田屋へ、結い立ての細銀杏《ほそいちょう》*から伽羅油《きゃらあぶら》*の匂《にお》いをプンプンさせた色白の男がやって来て、登勢に風呂敷包を預けると、大事なものがはいっている故、開けて見てはならんぞ。脅すような口を利いて帰って行った。五十吉《いそきち》といい今は西洞院《にしのとういん》の紙問屋の番頭だが、もとは灰吹きの五十吉と異名をとった破落戸《ごろつき》でありながら寺田屋の聟はいずれおれだというような顔が癪だと、おとみなどはひそかに塩まいていたが、お定は五十吉を何と思っていたろうか。

五十吉は随分派手なところを見せ、椙の機嫌とるための芝居見物にも思い切った使い方するのを、椙はさすがに女で万更《まんざら》でもないらしかった。

五十吉は翌日また渋い顔してやって来ると風呂敷包を受け取るなり、見たな。登勢の顔をにらんだので、驚いて見なかった旨《むね》ありていに言うと、五十吉はいや見たといってきかず、二三度押し問答の末、見たか見ぬか、開けてみりゃ判ると、五十吉が風呂敷包を開けたとたん、出て来た人形が口をあいて、見たな、といきなり不気味な声で叫んだので、登勢は肝をつぶした。そして、人形が口を利いたのを見るのははじめてだと不思議がるまえに先ず自分の不運を何か諦めて、ひたすら謝ると、果して五十吉は声をはげまして、この人形はさるお大名の命でとくに阿波の人形師*につくらせたものだ、それを女風情《ふぜい》の眼でけがされたとあってはもう献上も出来ない。さア、どうしてくれると騒ぎはお定の病室へ移されて、見るなと言われたものを見て置きながら見なかったとは何と空恐しい根性だと、お定のまわらぬ舌は、わざわざ呼んで来た親戚の者のいる前でくどかった。

うなだれていた顔をふとあげると、登勢の眼に淀の流れはゆるやかであった。するとはや登勢は自分もまた旅びとのようにこの船宿に仮のやどりをしたにすぎなかったのだと、いつもの諦めが頭をもたげて来て、彦根の雪の朝を想った。

ところが、ちょうどそこへ医者が見舞って来て、お定の脈を見ながら、ご親戚の方が集っておられるようだが、まだまだそんな重態ではござらんと笑ったあと、近頃何か面白い話はござらぬか。そう言って自分から語りだしたのは、近頃京の町に見た人形という珍妙なる強請《ごうせい》*が流行《はや》っているそうな、人形を使って因縁をつけるのだが、あれは文楽のからくりの仕掛けで口を動かし、また見たなと人形がもの言うのは腹話術とかいうものを用いていることがだんだんに判って奉行所でも眼を光らせかけたようだ……というその話の途中で、五十吉は座を立ってしまい、やがて二三日すると五十吉の姿はもう京伏見界隈《かいわい》のどこにも見当らなかった。

そして、椙がなに思ってか寺田屋から姿を消してしまったのは、それから間もなくのことだったが、その行方をむなしく探しているうちに一年がたち、ある寝苦しい夏の夜、登勢は遠くで聴える赤児の泣声が耳について、いつまでも眼が冴《さ》えた。生れて十日目に死んだ妹のことを想い出したためだろうか。ひとつには登勢はなぜか赤児の泣声というものが好きだった。刀師の父も赤児の泣声ほどまじりけのない真剣なものはない、あの火のついたような声を聴いていると、しぜんに心が澄んで来て良い刀がつくれると言い言いしていたが、そんなむつかしいことは知らず、登勢は泣声が耳にはいると、ただわけもなく惹《ひ》きつけられて、ちょうどあの黙黙として無心に身体を焦《こ》がしつづけている蛍の火にじっと見入っている時と同じ気持になり、それは何か自分の指を嚙《か》んでしまいたいような自虐《じぎゃく》めいた快感であった……。

赤児の泣声はいっかな消えようとせず、降るような夏の星空を火の粉のように飛んでいた。じっと聴き入っていた登勢は急にはっと起き上ると、蚊帳《かや》の外へ出た。そして表へ出ると、果して泣声は軒下の暗がりの中に見つかった。捨てられているのかと抱いてあやすと、泣きやんで笑った。蚊に食われた跡が涙に汚れたきたない顔だったが、えくぼがあり、鼻の低いところ、おでこの飛び出ているところなど、何か伊助に似ているようであったから、その旨伊助に言い、拾って育てようとはかったところ、う、う、家《うち》の中がよ、よ、よごれるやないか。伊助は唇をとがらし、登勢がまだ子をうまぬことさえ喜んでいたくらいだったのだ。

けれど、ふだんは何ひとつ自分を主張したことのない登勢が、この時ばかりは不思議なくらいわがままだった。伊助はしぶしぶ承知した。もっとも伊助は自分が承知してもお定がうんと言う筈《はず》はないと、妙なところで継母を頼りにしていたのかも知れなかった。ところが、いつもならそんな嫁のわがままを通す筈のないお定が、なんの弱みがあってか強い反対もしなかった。

赤児はお光《みつ》と名づけ、もう乳ばなれする頃だった故、乳母の心配もいらず、自分の手一つで育てて四つになった夏、ちょうど江戸の黒船さわぎの中で登勢は千代を生んだ。千代がうまれるとお光は継子《ままこ》だ。奉公人たちはひそかに残酷めいた期待をもったが、登勢はなぜか千代よりもお光の方が可愛いらしかった。継子の夫を持てばやはり違うのかと奉公人たちはかんたんにすかされて、お定の方へ眼を配ると、お定もお光にだけは邪険にする気はないようだった。

お定は気分の良い時など背中を起してちょぼんと坐り、退屈しのぎにお光の足袋を縫うてやったりしていたが、その年の暮からはもう臥《ふせ》た切りで、春には医者も手をはなした。そして梅雨明けをまたずにお定は息を引き取ったが、死ぬ前の日はさすがに吐言《こごと》はいわず、ただ一言お光を可愛がってやと思いがけぬしんみりした声で言って、あとグウグウ鼾《いびき》をかいて眠り、翌《あく》る朝眼をさました時はもう臨終だった。失踪《しっそう》した椙のことをついに一言もいわなかったのは、さすがにお定の気の強さだったろうか。

お定の臥ていた部屋は寺田屋中で一番風通しがよかった。まる七年薬草の匂いの褐《あか》くしみこんだその部屋の畳を新しく取り替えて、蚊帳をつると、あらためて寺田屋は夫婦のものだった。登勢は風呂場で水を浴びるのだった。汗かきの登勢だったが、姑への告げ口をはばかって、ついぞこれまでそんなことをしたことはなく、今は誰はばからぬ気軽さに水しぶきが白いからだに降り掛って、夢のようであった。

蚊帳へ戻ると、お光、千代の寝ている上を伊助の放った蛍が飛び、青い火が川風を染めていた。あ、蛍、蛍と登勢は十六の娘のように蚊帳中はねまわって子供の眼を覚ましたが、やがて子供を眠らせてしまうと、伊助はおずおずと、と、と、登勢、わい、じょ、じょ、浄瑠璃《じょうるり》*習《なろ》うてもかめへんか。酒も煙草《たばこ》も飲まず、ただそこらじゅう拭きまわるよりほかに何一つ道楽のなかった伊助が、横領されやしないかとひやひやして来た寺田屋がはっきり自分のものになった今、はじめて浄瑠璃を習いたいというその気持に、登勢は胸が温まり、お習いやす、お習いやす……、あと声が出ず、咽喉《のど》の中が熱かった。

伊助の浄瑠璃は吃《どもり》の小唄ほどではなかったが、下手ではなかった。習いはじめて一年目には土地の天狗《てんぐ》番附に針の先で書いたような字で名前が出て、間もなく登勢が女の子を生んだ時は、お、お、お光があってお染《そめ》がなかったら、の、の、野崎村*になれへんさかいにと、子供の名をお染にするというくらいの凝り方で、千代のことは鶴千代と千代萩《せんだいはぎ》*で呼び汚い汚いといいながらも子供を可愛がった。宇治の蛍狩*も浄瑠璃の文句にあるといえば、連れて行くし、今が登勢は仕合せの絶頂かも知れなかった。

しかし、それだけにまた何か悲しいことが近い内に起るのではなかろうかと、あらかじめ諦めて置くのは、これは一体なんとしたことであろう。

果してお染が四つの歳のことである。登勢も名を知っている彦根の城主が大老*になった年の秋、西北の空に突然彗星《すいせい》*があらわれて、はじめ二三尺の長さのものがいつか空一杯に伸びて人魂の化物のようにのたうちまわったかと思うと、地上ではコロリ*という疫病《えきびょう》が流行《はや》りだして、お染がとられてしまった。

ところが悪いことは続くもので、その年の冬、椙が八年振りにひょっくり戻って来るとお光を見るなり抱き寄せて、あ、この子や、この子や、ねえさんこの子はあての子どっせ七年前に寺田屋の軒先へ捨子したのは今だからこそ白状するがあてどしたんえという椙の言葉に、登勢はおどろいてお光を引き寄せたが、証拠はこの子の背中に……といわれると登勢はもう弱かった。お光は背中に伊助と同じくらいのほくろがあり、そこから二本大人のような毛が抜いても抜いても生え、嫁入りまえまで直るかと登勢の心配はそれだったのだ。が、今はそんな心配どころかと顔を真蒼《まっさお》にしてきけば、五十吉のあとを追うて大坂へ下った椙は、やがて五十吉の子を生んだが、もうその頃は長町の貧乏長屋の家賃も払えなかった。致し方なく五十吉は寄席で蠟燭《ろうそく》の芯《しん》切り*をし、椙はお茶子《ちゃこ》*に雇われたが、足手まといはお光だ。寺田屋の前へ捨てればねえさんのこと故拾ってくれるだろうと思ってそうしたのだが、やっぱり育ててくれて、礼を言いますと頭を下げると、椙は、さアお母ちゃんと一緒に行きまひょ、お父ちゃんも今は堅儀《かたぎ》で、お光ちゃんの夢ばっかし見てはるえ。あっという間にお光を連れて、寺田屋の三十石に乗ってしまった。

細細《ほそぼそ》とした暮しだとうなずけるほどの椙のやつれ方だったが、そんな風にしゃあしゃあと出て行く後姿を見ればやはりもとの寺田屋の娘めいて、登勢はそんな法はないと追いついてお光を連れ戻す気がふとおくれてしまった。頼りにした伊助も、じょ、じょ、浄瑠璃にようある話やとぼそんと言うだけで、あとぽかんと見送っていた。い、い、い、おちりとあんぽんたんはどうどす……と物売りが三十石へ寄って行く声をしょんぼり聴きながら、死んだ姑はさすがに虫の知らせでお光が孫であることを薄薄かんづいていたのだろうかと、血のつながりの不思議さをぶつぶつ呟きながら、登勢は暫《しばら》く肩で息をしていたが、あ、お光といきなり立ち上って浜へかけつけた時は、もう八挺艪の三十石は淀川を下っていた。暫く佇《たたず》んで戻って来ると、伊助は帳場の火鉢をせっせと磨いていた。物も言わずにぺたりとそのそばに坐り、畳の一つ所をじっと見て、やがて左手で何気なく糸屑《いとくず》を拾いあげたその仕草はふと伊助に似たが、急に振り向くと、キンキンした声で、あ、お越しやす。駕籠かきが送って来た客へのこぼれるような愛《あい》嬌《きょう》は、はやいつもの登勢の明るさで奉公人たちの眼にはむしろ蓮《はす》っ葉《ぱ》じみて、高い笑い声も腑《ふ》に落ちぬくらいふといやらしかった。

間もなく登勢はお良《りょう》という娘を養女にした。楢崎《ならさき》という京の町医者の娘だったが、楢崎の死後路頭に迷っていたのを世話をした人に連れられて風呂敷包に五合の米入れてやって来た時、年はときけば、はい、十二どすと答えた声がびっくりするほど美しかった。

伊助の浄瑠璃はお光が去ってから急に上達し、寺田屋の二階座敷が素《そ》義《ぎ》会《かい》*の会場につかわれるなど、寺田屋には無事平穏な日日が流れて行ったが、やがて四五年すると、西国方面の志士浪人たちがひそかにこの船宿に泊ってひそびそと、時にはあたり憚《はば》からぬ大声を出して、談合しはじめるようになった。しぜん奉行所の宿調べもきびしくなる。小心な伊助は気味わるく、もう浄瑠璃どころではなかったが、おまけにその客たちは部屋や道具をよごすことを何とも思っていず、談論風発すると畳の目をむしりとる癖の者もいた。煙草盆はひっくりかえす、茶碗《ちゃわん》が転《ころが》る、銚子は割れる、昂奮《こうふん》のあまり刀を振りまわすこともあり、伊助の神経には堪えられぬことばかしであった。

登勢は抜身の刀など子供の頃から見馴《みな》れている故すこしも怖がらず、そんな客のさっぱりした気性もむしろ微笑《ほほえ》ましかったが、しかし夫がいやな顔しているのを見れば、自然いい顔も出来ず、ふと迷惑めいた表情も出た。ところが、ある年の初夏、八十人あまりの主に薩摩の志士が二階と階下とに別れて勢揃《せいぞろ》いしているところへ駈《か》けつけて来たのは同じ薩摩訛の八人で、鎮撫《ちんぶ》に来たらしかったが、きかず、押し問答の末同士討ちで七人の士がその場で死ぬという騒ぎ*があった。騒ぎがはじまったとたん、登勢はさすがに這《は》うようにして千代とお良を連れて逃げたが、ふと聴えたおいごと刺せという言葉がなぜか耳について離れなかった。

あとで考えれば、それは薄菊石《うすあばた》の顔に見覚えのある有馬新七という士の声らしく、いきなり刀を抜いて一人を斬った乱暴者を壁に押さえつけながら、この男さえ殺せば騒ぎは鎮《しず》まると、おいごと刺せ、自分の背中から二人を突き刺せ、と叫んだこの世の最後の声だったのだ。

勢一杯に張り上げたその声は何か悲しい響きに登勢の耳にじりじりと焼きつき、ふと思えば、それは火のついたような赤児の泣声の一途《いちず》さに似ていたのだ。

その日から、登勢はもう志士のためにはどんな親切もいとわぬ、三十五の若い母親だった。同じ伏見の船宿の水六の亭主などは少し怪しい者が泊れば直ぐ訴人《そにん》したが、登勢はおいごと刺せと叫んだあの声のような美しい声がありきたりの大人の口から出るものかと、泊った志士が路銀に困っているときけば三十石の船代はとらず、何かの足しにとひそかに紙に包んで渡すこともあった。追われて逃げる志士にはとくに早船を仕立てたことは勿論である。

やがてそんな登勢を見込んで、この男を匿《かくま》ってくれと、薩摩屋敷から頼まれたのは坂本龍馬《さかもとりょうま》だった。伊助は有馬の時の騒ぎで畳といわず、壁といわず、柱といわず、そこらじゅう血まみれになったあとの掃除に十日も掛った自分の手を、三月《み》の間暇さえあれば嗅《か》いでぶつぶつ言っていたくらい故、坂本を匿うのには気が進まなかったが、そんなら坂本さんのおいやす間、木屋町においやしたらどうどすといわれると、なんの弱みがあってか、もう強い反対もしなかった。

京の木屋町には寺田屋の寮があり、伊助は京の師匠のもとへ通う時は、そこで一晩泊って来る習わしだった。なお登勢は坂本のことを慮《おもんぱか》って口軽なおとみも暫く木屋町の手伝いに遣《や》った。ところが、ある日おとみはこっそり帰って来て言うのには、お寮はん、えらいことどっせ。木屋町にはちゃんと旦那《だんな》はんの妾《めかけ》が……。しかし登勢は顔色一つ変えず、そんなことを言いに帰ったのかと追いかえした。おとみは木屋町へ帰って何と報告したのか、それから四五日すると、三十余りの色の黒い痩《や》せた女がおずおずとやって来て、あの、こちらは寺田屋様の御寮人様で、あ、そうでございましたかと登勢の顔を見るなり言うのには、実は手前共はもう三年前からこちらの御主人にお世話をしていただいておりましたが、一度御寮人様にそのことでお詫《わ》びやら御礼かたがた御挨拶に上らねばと思いながらつい……。公然と出入りしようという図太い肚《はら》で来たのか、それとも本当に一言謝るつもりで来たのか、それは伊助の妾《めかけ》だった。

登勢はえくぼを見せて、それはそれは、わがまま者の伊助がいつもご厄介どした、よその人とちごて世話の掛る病のある人どすさかいに、あんたはんかてたいてやおへんどしたやろ。けっして皮肉ではなく愛嬌のある言い振りをして、もてなして帰したが、妾は暫く思案して伊助と別れてしまった。あとで思えば気の良さそうな女だった。

登勢は何かの拍子にそのことを坂本に話し色の黒いひとは気がええのんどっしゃろかと言うと、俺も黒いぞと坂本は無邪気なもので誰にも言うて貰《もら》っては困るが、俺は背中にでかいアザがあって毛が生えているので、誰の前でも肌を見せたことがない。

登勢はその話をきいてふっとお光を想い出し、もう坂本の食事は誰にも運ばせなかった。そろそろ肥満して来た登勢は階段の登り降りがえらかったが、それでも自分の手で運び、よくよく外出しなければならぬ時は、お良の手を煩《わずら》わし女中には任さなかった。

もうすっかり美しい娘になっていたお良は、女中の代りをさせるのではないが坂本さんはお国のためには大切な人だから、という登勢の言葉をきくまでもなく、坂本の世話はしたがり、その後西国へ下った坂本がやがてまた寺田屋へふらりと顔を見せるたび、耳の附根まで赧《あか》くして喜ぶのは、誰よりも先ずお良だった。ある夜お良は真蒼《まっさお》な顔で坂本の部屋から降りて来たので、どうしたのかときくと、坂本さんに怪談を聴かされたという。二十歳にもなってと登勢はわらったが、それから半年たった正月、奉行所の一行が坂本を襲うて来た気配を知ったとたん、浴室からぱっと脱け出して無我夢中で坂本の部屋へ急を知らせた時のお良は、もう怪談に真蒼になった娘とも思えず、そして坂本と夫婦にならねば生きておれないくらいの恥しさをしのんでいた。それは火のついたようなあの赤児の泣声に似て、はっと固唾《かたず》をのむばかりの真剣さだったから、登勢は一途にいじらしく、難を伏見の薩摩屋敷にのがれた坂本がやがてお良を娶《めと》って長崎へ下る時、あんたはんもしもこの娘を不仕合せにおしやしたらあてが怖おっせと、ついぞない強い眼でじっと坂本を見つめた。

けれども、お良と坂本を乗せた三十石の夜船が京橋をはなれて、とまの灯が蘆《あし》の葉かげを縫うて下るのを見送った時の登勢は、灯が見えなくなると、ふと視線を落して、暗がりの中をしずかに流れて行く水にはや遠い諦めをうつした。果して翌る年の暮近ある夜、登勢は坂本遭難の噂《うわさ》を聴いた。折柄伏見には伊勢のお札がどこからともなく舞い降って、ええじゃないか、＊ええじゃないか、淀川の水に流せばええじゃないかと人人の浮かれた声が戸外を白く走る風と共に聴えて、登勢は淀の水車のようにくりかえす自分の不幸を嚙みしめた。

ところが、翌る日には登勢ははや女中たちと一緒に、あんさんお下りさんやおへんか、寺田屋の三十石が出ますえと、キンキンした声で客を呼び、それはやがて淀川に巡航船が通うて三十石に代るまでのはかない呼び声であったが、登勢の声は命ある限りの蛍火のように勢一杯の明るさにまるで燃えていた。

四月馬鹿

はしがき

武田*さんのことを書く。

——というこの書出しは、実は武田さんの真似《まね》である。武田さんは外地*より帰って間もなく「弥生さん」という題の小説を書いた。その小説の書出しの一行を読んだ時私はどきんとした。

「弥生さんのことを書く。」

という書出しであった。

その小説は、外地へ送られる船の中で知り合った人の奥さん（弥生さん）を、作者の武田さんが東京へ帰ってから訪ねて行くという話で、淡々とした筆致の中に弥生さんというひとの姿を鮮《あざや》かに泛《うか》び上らせていた。話そのものは味が淡く、一見私小説風のものだが、私はふとこれは架空の話ではないかと思った。

武田さんが死んでしまった今日、もうその真偽をただすべもないが、しかし、武田さんともあろう人が本当にあった話をそのまま淡い味の私小説にする筈《はず》がないと思った。「私」が出て来るけれど、作者自身の体験談ではあるまい。「雪の話」以後の武田さんの小説には、架空の話を扱って「私」が顔を出す、いわゆる私小説でない「私」小説が多かったのではあるまいか。武田さん自身言っていたように「リアリズムの果ての象徴の門に辿《たど》りついた」のが、これらの一見私小説風の淡い味の短篇ではなかったか。淡い味にひめた象徴の世界を覗《うかが》っていたのであろう。泉鏡花*の作品のようにお化けが出ていたりしていた。もっとも鏡花のお化けは本物のお化けであったが、武田さんのお化けは人工のお化けであった。だから、つまらないと言う人もあったが、しかし、現実と格闘したあげく苦しまぎれのお化けを出さねばならなかったところに、永年築き上げて来たリアリズムから脱け出そうとするこの作家の苦心が認められた。そういう「弥生さん」という小説はしかし、お化けの出し方が巧《うま》く行ってなかった。そういう意味では失敗作だったが、逞《たくま》しい描写力と奔放《ほんぽう》なリアリズムの武器を持っている武田さんが、いわゆる戦記小説や外地の体験記のかわりに、淡い味の短篇を書いたことを私は面白いと思った。嘘《うそ》の話だからますます面白いと思った。しかも強いられた嘘ではない。それに、外地から帰った作家は、

「弥生さんのことを書く。」というような書き出しの文章で、小説をはじめたりしな

い。「日本三文オペラ」や「市井事《しせいじ》」や「銀座八丁」の逞しい描写を喜ぶ読者は、「弥生さん」には失望したであろう。私もそのような意味では失望した。しかし、読者の度胆《どぎも》を抜くような、そして抜く手も見せぬような巧みに凝られた書出しよりも、何の変哲もない、一見スラスラと書かれたような「弥生さんのことを書く」という淡々とした書出しの方がむつかしいのだ。

私は武田さんの小説家としての円熟を感じた。武田さんもこのような書き出しを使うようになったかと、思った。しかし、私は武田さんを模倣したい気はなかった。だから、今、武田さんの真似をした書き出しを使うのは、私の本意ではない。しかも敢《あえ》て真似をするのは、武田さんをしのぶためである。武田さんが死んだからである。してみれば、武田さんが死ななければこんな書き出しを使わなかった筈だ。ますます私の本意ではない。

一

武田さんのことを書く。

――戎橋《えびすばし》を一人の汚い男がせかせかと渡って行った。

その男は誇張していえば「大阪で一番汚い男」といえるかも知れない。髪の毛はむろん油気がなく、櫛《くし》を入れた形跡もない。乱れ放題、汚れ放題、伸び放題に任せているらしく、耳がかくれるくらいぼうぼうとしている。よれよれの着物の襟を胸まではだけているので、蘚苔《こけ》のようにべったりと溜《たま》った垢《あか》がまる見えである。不精者らしいことは、その大きく突き出た顎《あご》のじじむさいひげが物語っている。小柄だが、角力取《すもう》りのようにでっぷり肥《ふと》っているので、その汚さが一層目立つ。濡雑巾《ぬれぞうきん》が戎橋の上を歩いている感じだ。

しかし、うらぶれた感じはない。少し斜視がかった眼はぎょろりとして、すれちがう人をちらと見る視線は鋭い。朝っぱらから酒がはいっているらしく、顔じゅうあぶらが浮いていて、雨でもないのにまくり上げた着物の裾《すそ》からにゅっと見えている毛もじゃらの足は太短かく、その足でドスンドスンと歩いて行く。歩きながら、何を思いだすのか、一人でにやっと不気味な笑いを笑っている。笑うと、前歯が二本欠けているのが見える。若い身空でありながらわざと入れようとしないのは、むろん不精からだろうが、それがかえって油断のならない感じかも知れない。精悍《せいかん》な面魂《つらだましい》に欠けた前歯——これがふと曲物《くせもの》のようなのだ。いずれにしても一風変っている。

変っているといえば、彼は兵古帯《へこおび》*を前で結んで、結び目の尻尾《しっぽ》を腹の下に垂れている。結び目をぐるりとうしろへ廻すのを忘れたのか、それとも不精で廻さないのか。いや、当人に言わせると、前に結ぶ方がイキだというのである。バンドは前に飾りがついているし、女は帯の上に帯紐《おびひも》をするし、おまけにその紐は前で結んでいるではないか、男の帯だって袴《はかま》の紐のように前で結ぶべきものだというのである。しかし、いくら彼がイキだと洒落《しゃれ》ているつもりでも人はそうは受け取ってくれない。折角前で結んだ帯も彼の汚さの一つに数えてしまうのである。

なぜそんなに汚いのか。いうならば、貧乏なのである。彼は帝大の学生だった頃、制服というものを持たなかった。中学生の時分より着ているよれよれの絣《かすり》の着物で通学した。袴をはくのがきらいだったので、下宿を出る時、懐《ふところ》へ袴をつっ込んで行き、校門の前で出してはいたという。制帽も持たなかった。だから、誰も彼を学生だと思うものはなかった。労働者か地廻り*のように思っていた。貧しく育った彼は貧乏人の味方であり、社会改造の熱情に燃えていたが、学校の前でその運動のビラを配る時、彼のそんな服装が非常に役に立ったというくらい、汚い恰好《かっこう》をしていたのである。

もっとも、貧乏だけで人はそんなに汚くなるものではなかろう。わざと汚くしていたのは、お上品なプチブル*趣味への反逆でもあった。彼は小説家だが、彼の書く小説にはつねに庶民が出て来た。彼自身市井の塵埃《じんあい》や泥の中に身を横たえて書いたと思われるような小説が多かった。たまたまブルジョワが出て来てもしかしそれはブルジョワを攻撃するためであった。乗物は二等よりも三等を愛し、活動写真は割引時間になってから見た。料亭よりも小料理屋やおでん屋が好きで、労働者と一緒に一膳《いちぜん》めし屋で酒を飲んだりした。木賃宿《きちんやど》へも平気で泊った。どんなに汚いお女郎屋へも泊った。いや、わざと汚い楼をえらんで、登楼した。そして、自分を汚くしながら、自虐《じぎゃく》的な快感を味《あじわ》っているようだった。

しかし、彼とても人並みに清潔に憧《あこが》れないわけではない。たとえば、銭湯が好きだった。町を歩いていて銭湯がみつかると、行き当りばったりに飛び込んで、貸手拭《かしてぬぐい》で汗やあぶらや垢を流してさっぱりするのが好きだった。だから、一日に二度も三度も銭湯へ飛び込んだりする。そういう点では綺麗《きれい》好きだった。もっとも、潔癖症やプチブル趣味の人たちは銭湯は不潔だというだろう。銭湯好きが綺麗好きにはならないと笑うだろう。つまり彼の銭湯好きは銭湯が庶民的だからだと、言い直した方がよさそうだ。浮世風呂としての銭湯を愛しているのかも知れない。ところが、それほど銭湯好きの彼が何かの拍子に、ふと物臭さの惰性にとりつかれると、もう十日も二十日も入浴しなくなる。からだを動かすとプンといやな臭《にお》いがするくらい、異様に垢じみて来るのだが、存外苦にしない。これがおれの生活の臭いだと一寸《ちょっと》惹《ひ》かれてみたら、どうだい、この汚れ方は、これがおれの精神の垢だよ、ケッケッケッと自虐的におもしろがったりしている。大阪で一番汚い男だと、妙に反りかえったりしている。つまりは、その風体の汚さと、彼という人間との間に、大したギャップがないのだ。いわば板についた汚さだ。公園のベンチの上で浮浪者にまじって野宿していても案外似合うのだ。

そんな彼が戎橋を渡って、心斎橋筋を真直ぐ北へ、三ツ寺筋の角まで来ると、そわそわと西へ折れて、すぐ掛りにある「カスタニエン」*という喫茶店へはいって行ったから、驚かざるを得ない。「カスタニエン」は名前からしてハイカラだが、店そのものもエキゾチックな建築で、装飾もへんにモダーンだから、まるで彼に相応《ふさわ》しくない。赤暖簾《あかのれん》*のかかった五銭喫茶店へはいればしっくりと似合う彼が、そんな店へ行くのにはむろん理由がなくてはかなわぬ。女だ。「カスタニエン」の女給*の幾子に、彼の表現に従えば「肩入れ」しているのである。

もう十日も通っているのだ。いや、通うというより入りびたっているといった方が適当だろう。店があくのは朝の十一時だが、十時半からもうボックスに収まって、午前一時カンバンになるまでねばっている。ざっと十三時間以上だ。その間一歩も外へ出ない。いわば一日中「カスタニエン」で暮しているのだ。梃《てこ》でも動かぬといった感じで、ボックスでとぐろを巻いているのだ。しかし、十三時間の間、幾子と口を利《き》くのはほんの二言か三言だ。あとは幾子の顔を見ながら、小説のことを考えたり、雑誌を読んだり、客と雑談したりしているのだ。客のなかには文学青年の入山もいる。なかなかの美青年で、やはり幾子に通っているらしい。いわば二人は心ひそかに張り合っているのだ。そしてお互い自分の方に分《ぶ》があると思っているのだ。

幾子は誰からも眼をつけられていた。そしてそんな女らしく、とくに誰か一人と親しく口を利くようなことはせず、通って来る客の誰ともまんべんなく口を利いていた。ところが、そんな幾子がどうした風の吹き廻しであろうか、その日は彼にばかし話しかけて来た。彼はすっかり悦に入《い》ってしまった。

夜になると、幾子はますます彼に話しかけて来て、人目に立つくらいだった。入山は憤慨して、帰ってしまった。

入山が帰って間もなく、幾子は、

「あたし、あなたに折入って話したいことがあるんだけど……。その辺一緒に歩いて下さらない。」

耳の附根まで赧《あか》くなった。彼は入山のいないことが残念だった。二人で「カスタニエン」を出て行くところを、入山に見せてやりたかった。

彼は胸をわくわくさせ乍《なが》ら、幾子のあとに随《つ》いて出た。「カスタニエン」の主人には十分もすれば帰ると言って出たが、もしかしたら、永久に帰って来ないかも知れない。

並んで心斎橋筋を北へ歩いて行った。

「話て、どんな話や」

「…………」

幾子は黙っていた。彼も黙黙としてあるいた。もう恋人同志の気分になっていた。だから、黙黙としている方がふさわしい。

異様に汚い彼が美しい幾子を連れて歩いているのは、随分人目を惹いた。が、彼は人人が振りかえってみるたびに、得意になっていた。

心斎橋の橋のたもとまで来ると、幾子は黙って引きかえした。彼も黙って引きかえした。が、大丸の前まで来た時、彼は何か言うべきであると思った。幾子は恥しくて言えないのだから、自分が言えばそれで話は成立するわけだと思った。で、口をひらこうとした途端、いきなり幾子が、

「話っていうのはね。……あなた、入山さんとお友達でしょう?」

「うん。友達や。」

彼の顔はふと毛虫を嚙《か》んだようになった。

「あたし恥しくて入山さんに直接言えないの。あなたから入山さんに言って下さらない？」

「何をや！」

「あたしのこと。」

幾子は美しい横顔にぱっと花火を揚げた。

「じゃ、君は入山が……。」

好きなのかと皆まできかず、幾子はうなずいた。

彼は「カスタニエン」に戻ると、牛のように飲み出した。飲み出すと執拗《しつよう》だ。殆《ほと》んど前後不覚に酔っぱらってしまった。

カンバンになって「カスタニエン」を追い出されてからも、どこをどう飲み歩いたか、難波《なんば》までフラフラと来た時は、もう夜中の三時頃だった。頭も朦朧《もうろう》としていたが、寄って来た円タク*も朦朧だった。

「天下茶屋まで五円で行け！」

「十円やって下さいよ。」

「五円だと言ったら、五円だ！」

「じゃ、八円にしときましょう。」

「五円！」

「じゃ、七円！」

「行けと言ったら行け！　五円だ！」

「五円じゃ行けませんよ！」

「何ッ？　行かん？　なぜ行かん？」

「行かんと言ったら行かん！」

「行けと言ったら行け！」

そんな問答をくりかえしたあげく、摑《つか》み合いの喧嘩《けんか》になった。運転手は車の修繕道具で彼の頭を撲った。割れて血が出た。彼は卒倒した。

運転手は驚いて、彼の重いからだを車の中へかかえ入れた。

そして、天下茶屋のアパートの前へ車をつけると、シートの上へ倒れていた彼はむっくり起き上って、袂《たもと》の中から五円紙幣を摑み出すと、それをピリッと二つに千切って、その半分を運転手に渡した。そして、何ごともなかったように、アパートの中へはいって行った。……

二

この話を、私は武田さん自身の口からきいた。むろん武田さんの体験談である。武田さんが新進作家時代、大阪を放浪していた頃の話だという。

昭和十五年の五月、私が麴町《こうじまち》の武田さんの家をはじめて訪問した時、二階の八畳の部屋の片隅に蒲団《ふとん》を引きっぱなして、枕《まくら》の上に大きな顎をのせて腹ばいのまま仕事していた武田さんはむっくり起き上って、机のうしろに坐《すわ》ると、

「いつ大阪から来たの? 藤沢元気*……? 大阪はどう? 『カスタニエン』という店知ってる?」

などときいたあと、いきなり、

「――僕が大阪にごろごろしてた時の話だが……。」

と、この話をしたのである。

そして、自分からおかしそうに噴きだしてのけ反らんばかりにからだごと顔ごとの笑いを笑ったが、たった一つ眼だけ笑っていなかった。そこだけが鋭く冷たく光っていた。

私もゲラゲラと笑ったが、笑いながら武田さんの眼を見て、これは容易ならん眼だと思った。その眼は稍眇眼《ややすがめ》であった。斜視がかっていた。だから、じっとこちらを見ているようで、ふとあらぬ方向を凝視している感じであった。こんな眼が現実の底の底まで見透す眼であろうと、私は思った。作家の眼を感じたのだ。ちょっと受ける感じは、野放図で、ぐうたらみたいだが、繊細な神経が隅隅まで行きわたっている。からだで摑んでしまった現実を素早く計算する神経の細かさ——それが眼にあらわれていると思った。

その部屋には、はじめは武田さんと私の二人切りだったが、暫《しばら》くすると雑誌や新聞の記者がぞくぞくと詰めかけて来て、八畳の部屋が坐る場所もないくらいになった。彼等は居心地が良いのか、あるいは居坐りで原稿を取るつもりか、それとも武田さんの傍で時間をつぶすのがうれしいのか、なかなか帰ろうとせず、しまいには記者同志片隅に集って将棋をしたり、昼寝をしたりしていた。

武田さんはそれらの客にいちいち相手になったり、将棋盤を覗《のぞ》き込んだり、冗談を言ったり、自分からガヤガヤと賑《にぎや》かな雰囲気を作ってはしゃぎながら、新聞小説を書いていたが、原稿用紙の上へ戻るときの眼は、ぞっとするくらい鋭かった。

書き終って、新聞社の使いの者に渡してしまうと武田さんはほっとしたように机の上の時計を弄《もてあそ》んでいた。机の上には五六個の時計があった。一つずつ手に取って黙黙とネジを巻いているその手つきを見ていると、ふと孤独が感じられた。

一つ風変りな時計があった。側《がわ》は西洋銀らしく大したものではなかったが、文字盤が青色で白字を浮かしてあり、鹿鳴館《ろくめいかん》時代をふと思わせるような古風な面白さがあった。

「いい時計ですね。拝見。」

と、手を伸ばすと、武田さんは、

「おっとおっと……。」

これ取られてなるものかと、頓狂《とんきょう》な声を出して、その時計を胸に抱くようにした。

「――どうもお眼も早いが、手も早い。千円でも譲らんよ。エヘヘ……。」

胸に当てて離さなかった。浴衣《ゆかた》の襟がはだけていて、乳房が見えた。いや、たしかに乳房といってもいいくらい、武田さんの胸は肉が盛り上っていた。

そこへ、都《みやこ》新聞*の記者が来て、

「満洲へ行かれるんですか。旅行記はぜひ頼みますよ。」

「うえへッ！」

武田さんは飛び上った。

「まず、満洲へ行く感想といった題で一文いただけませんか。」

「誰が満洲へ行くんだい？」

「あなたが——。今日のうちの消息欄に出てましたよ。」

「どれどれ……。」

と、記者の出した新聞を見て、

「——なるほど、出てるね。エヘヘ……。君、こりゃデマだよ。」

「えッ？　デマですか。誰が飛ばしたんです。」

「俺だよ、俺がこの部屋で飛ばしてやったんだよ。この部屋はデマのオンドコだから ね。エヘヘ……。」

「オンドコ……？。」

「温床《おんしょう》だよ。」

そう言って、キャッキャッと笑っていた。間もなく私は武田さんの書斎を辞した。

そして、四五日たったある夜、私は大阪の難波の近くの夜店で、武田さんの机の上にあった時計とそっくりの時計を見つけた。千円でも譲らないと言ったあの時計だ。

「これはいくらだ？」

買う気もなくきくと、

「二円五十銭にしときましょう。」

「たったの……？」

私は立ったまま尻餅《しりもち》ついていた。

早速買った。いそいそとして買ったのである。そして、その時計を小包にして武田さんに送るという思いつきにソワソワしながら、おそくまで夜店をぶらついていた。

私は二円五十銭で買ったが、武田さんのことだから二円ぐらいで神田の夜店あたりで買ったのではないかと思うとキャッキャッとうれしかった。五円札を二つに千切って運転手に渡したという話も、もしかしたら武田さんの飛ばそうとしているデマではないかと思うと、一層ゆかいだった。

帰ってまず手紙を書こうと思った。男同志の恋文――言葉はおかしいが、手紙の中で一番たのしいのは、これだ。だから書いていると、つい長くなる。あまり長くなりそうだから、手紙はよして、小包だけにすることにしたがしかし、時計を送る小包というのはどうも作り方がむつかしい。それに、ふと手離すのが惜しくなって、――というのは、私もまた武田さんの驥尾《きび》に附して*その時計を机の上にのせて置きたくて、到頭送らずじまいになってしまった。

九月の十日過ぎに私はまた上京した。武田さんを訪問すると、留守だった。行方不明だという。上京の目的の半分は武田さんに会うことだった。

雑誌社へきけば判《わか》るだろうと思い、文藝春秋社へ行き、オール讀物の編輯《へんしゅう》をしているSという友人を訪ねると、Sはちょうど電話を掛けているところだった。

「もしもし、こちら文藝春秋社のSですが、武田さん……そう、武麟《たけりん》さんの居所知りませんか。え、なに？　あなたも探しておられるんですか。困りましたなア」

終りの方は半泣きの声だった。——私は改造社へ行った。改造の編輯者は大日本印刷へ出張校正に行ってみんな留守だった。*

改造社を出ると空車が通りかかったので、それに乗って大日本印刷へ行った。四階でエレヴェーターを降りると、エレヴェーターのすぐ前が改造の校正室だった。はいって行くと、きかぬ先に、

「武田さん来てますよ。」

と、Aさんが言った。

「えッ？　どこに……？」

「向うの部屋に罐詰《かんづめ》中です。」

教えられた部屋は硝子《ガラス》張りで、校正室から監視の眼が届くようになっていた。

武田さんは鉛の置物のように、どすんと置かれていた。

ドアを押すと、背中で、
「大丈夫だ。逃げやせんよ。書きゃいいんだろう。」
しかし振り向いて、私だと判ると、
「――なんだ、君か。いつ来たの？」
「鑵詰ですか。」
「到頭《とうとう》ひっくくって連れて来やがった。逃げるに逃げられんよ。何しろエレヴェータ
ーがきゃつらの前だからね。――ああ眠い」
欠伸《あくび》をして、つるりと顔を撫《な》ぜた。昨夜から徹夜をしているらしいことは、皮膚の
色で判った。
橙色《だいだいいろ》の罫《けい》のはいった半ぺらの原稿用紙には、「時代の小説家」という題と名前が書
かれているだけで、あとは空白だった。私はその題を見ただけで、反動的ファッショ
政治の嵐《あらし》の中に毅然《きぜん》として立っている小説家の覚悟を書こうとしている評論だなと思
った。このような原稿を伏字なしに書くには字句一つの使い方にも細かい神経を要す
る。武田さんが書き悩んでいるわけもうなずけるのだった。
「僕がおっては邪魔でしょう。」
と、出ようとすると、

「いや、居ってくれんと淋《さび》しくて困るんだ。なアに書きゃいいんだ。」

と、引きとめた。しかし、話はしようとせず、とろんと疲れた眼を放心したように硝子扉の方へ向けていたが、やがて想がまとまったのか、書きはじめたが、二行ばかり書くと、すぐ消して、紙をまるめてしまった。

そして、新しい紙にへのへのもへのを書きながら、

「書きゃいいんだろう。書きゃ……。」

と、ひとり言を言っていた。書き悩んでいるというより、どうしても書きたくないと、駄駄をこねているみたいだった。

Aさんがはいって来た。

「どうです。書けましたか。」

「書けるもんか。ビールがあれば書けるがね。――たのむ、一本だけ！」

指を一本出して、

「――この通りだ。」

手を合わせた。

「だめ、だめ！　一滴でもアルコールがはいったら最後、あなたはへべれけになるまで承知しないんだから折角ひっくくって来たんだから、こっちはあくまで強気で行く

よ。その代り、原稿が出来たら、生ビールでござれ、菊正《きくまさ》でござれ、御意《ぎょい》のままだ。さア、書いた、書いた。」

「一本だけ！　絶対に二本とは言わん。咽《のど》が乾いて困るんだ。脳味噌《のうみそ》まで乾いてやがるんだ。恩に着るよ。たのむ！　よし来たッといかんかね。」

「だめ！」

「じゃ、十分だけ出してくれ、一寸《ちょっと》外の空気を吸って来ると、書けるんだ。ものは相談だが、どうだ。十分！　たった十分！」

「だめ！　出したら最後、東西南北行方知れずだからね、あんたは。」

「あかんか。」

大阪弁になっていた。

「あかん。今夜中に書いて貰《もら》わんと、雑誌が出んですからね。あんたの原稿だけなんだ。」

「火野*はまだだろう？」

「いや、今着きましたよ。」

「丹羽《にわ》*君は……？」

「K君がとって来た。百枚ですよ。」

「じゃ、僕のは無くてもいけるだろう。来月にのばしちゃえよ。」

「だめ！　あんたが書くまで、僕は帰らんからね。」

「泊り込みか。ざまア見ろ。」

「ざまア見ろ！」

Aさんは笑いながら出て行った。

「書きゃいいんだろう、書きゃア。」

武田さんはAさんの背中へ毒づいていたが、やがて机の上にうつ伏したかと思うと、鼾《いびき》をかき出した。

死んだような寝顔だったが、獣のような鼾だった。

ところが、半時間ばかりたつと、武田さんははっと眼を覚して、きょとんとしていたが、やがて何思ったのか、白紙のままの原稿用紙を二十枚ばかり封筒に入れると、

「さア、行こう。」

と、起《た》ち上って出て行った。随いて行くと、校正室へはいるなり、

「出来た！」

と、封筒をAさんに突き出して、

「――出来たらいいんだろう。あとは知らねえよ。エヘへ……。」

不気味に笑っていた。

「どうもお骨折りでした。」

Aさんはにこにこして、封筒の中から原稿を取り出そうとした。

途端に武田さんは私の手を引っ張って、エレヴェーターに乗った。

白紙の原稿を見たAさんがあっと驚いた時は、エレヴェーターは動いていた。

「あれ、あれッ！」

Aさんの声はすぐ聴えなくなった。

エレヴェーターを降りると、武田さんはさア逃げようと尻《しり》をまくって、はしった。

そして、どこをどうはしったか、やっとおでん屋を見つけて、暖簾をくぐると、

「ビール！　ビール！」

腰を掛ける前から怒鳴っていた。

一本のビールは瞬《また》く間だった。

「うめえ、うめえ、これに限る。」

二本目のビールを飲み出した途端、Aさんがのそっとはいって来て、ものも言わず武田さんの傍に坐った。

武田さんはぎょっとしたらしかったが、急にあきらめたように起ち上り、

「勘定！」

袂へ手を突っ込んだが、財布が見つからぬらしい。

「――おかしいね。落したのかな。」

そう言いながら、だんだん入口の方へ寄って行ったかと思うと、いきなり逃げ出した。

「あッ！　こらッ武麟《たけりん》！」

Aさんはあわててあとを追った。

私はぽかんとして、二人のあとを見送っていた。暫らく待っていたが、二人は帰って来なかった。

それから二週間ばかりして、改造の十月号を見ると、「時代の小説家」という武田さんの文章がちゃんと載っていた。

三

一年たつと、武田さんは南方へ行った。そして間もなく、武田さんがジャワで鰐《わに》に食われて死んだという噂《うわさ》をきいた。

まさかと私は思った。武田麟太郎が鰐を食ったという噂なら信じられるが、鰐に食われたとは到底考えられないと思った。

「こりゃもしかしたら、武麟さんが自分で飛ばしたデマじゃないかな。」

そう私は友人に言った。

「武麟さんがジャワで飛ばした『武田麟太郎鰐に食われて急逝《きゅうせい》す』というデマが、大阪まで伝わって来たというのは痛快だね。」

雀《すずめ》百までおどり忘れずだと私は笑った。

とにかく死ぬものかと思った。不死身の武麟さんではないか。

果して、武田さんは元気で帰って来た。マラリヤ*にも罹《かか》らなかったということだった。さもありなんと私は思った。

武田さんのいない文壇は、そこだけがポツンと穴のあいた感じであったが、その穴がやっと埋まったわけだと、私は少しも変らない武田さんを見て喜んだ。四年も外地にいたが、武田さんは少しも報道班員*の臭みを身につけていなかった。帰途大阪へ立ち寄って、盛んに冗談口を利いて、キャッキャッと笑っている武田さんは、戦争前の武田さんそのままであった。悪童帰省すという感じであった。何か珍妙なデマを飛ばしたくてうずうずしているようだった。

案の定東京へ帰って間もなく、武田麟太郎失明せりという噂が大阪まで伝わって来た。これもデマだろうと、私はおもって、東京から来た人をつかまえてきくと、失明は嘘だが大分眼をやられているという。

「メチル*でしょう？」

と、きくと、そうだとその人は笑って、

「相変らず安ウイスキーを飲み廻ってるんですね。眼からヤニが流れ出して来ても、平気でヤニをこすりこすり、飲んでるんですね。あの人だから、もってるんですよ。無茶ですね。」

無茶だとは、武田さんも気づいているのであろう。しかし、やめられない。だから「武田麟太郎失明せり」と自虐的なデマを飛ばして、わざとキャッキャッはしゃいでいるのだろうと思った。

「あの人は大丈夫ですよ。メチルでやられるからだじゃない。不死身だ。不死身の麟太郎だ。」

私はそう言った。

武田さんはやがて罹《り》災《さい》した。避難先は新聞社にきいてもわからなかった。例によって行方をくらましたなという感じだった。

「あの人は大丈夫だ。羅災でへこたれるような人じゃない。不死身だ。」

私は再びそう言った。

それから一年たった。

四月一日の朝刊を見ると、「武田麟太郎氏急逝す」という記事が出ていた。

私はどきんとした。狐《きつね》につままれた気持だった。真っ暗になった気持の中で、たった一筋、

「あッ、凄《すご》いデマを飛ばしたな。」

という想《おも》いが私を救った。

「――今日は四月馬鹿《エープリルフール》じゃないか。」

そうだ、四月馬鹿だ、こりゃ武田さんの一生一代の大デマだと呟《つぶや》きながら、私はポタポタと涙を流した。

そして、あんなにデマを飛ばしていたこの人は寂しい人だったんだ、寂しがり屋だったんだと、ポソポソ不景気な声で呟いていた。

新聞に出ている武田さんの写真は、しかしきっとして天の一角を睨《にら》んでいた。

神経

一

今年の正月、私は一歩も外へ出なかった。訪ねて来る人もない。ラジオを掛けっ放しにしたまま、浮浪者の小説を書きながら三ヶ日を過した。土蜘蛛《つちぐも》のようにカサカサの皮膚をした浮浪者を書きながら、現実に正月の浮浪者を見るのはたまらなかった。浮浪者だけではない。外へ出れば到《いた》る所でいやでも眼にはいる悲しい世相を、せめて三ヶ日は見たくなかった。が、ラジオのレヴュ*放送を聴いていると、浮浪者や焼跡や闇《やみ》市場を見るよりも一層日本の哀《かな》しい貧弱さが思い知らされた。

近頃レヴュの放送が多い。元来が見るためのレヴュを放送で聴かせるというのがそもそも無理な話で、いかにも芸がなさ過ぎるが、放送局への投書によれば、レヴュ放送を喜んでいるファンもあるという。戦争中禁じられていたものを聴きたいという反動の現れだろうか。

しかし私は「想出《おもいで》の宝塚名曲集」などという放送を聴いて、昔見たレヴュを想い出してみたが、こんなものを禁止したのもおかしいが、あわてて復活したり放送してみたりするほどのこともあるまいと思った。女の子が短いパンツをはいて腰を振ったり足を上げたりするだけでは、大したエロティシズムもないし、豪華だとか青春の夢だとかいって騒いでいたのもおかしい。所詮《しょせん》は小供相手のチャチな、毒にも薬にもならぬみすぼらしい見世物に過ぎなかったのであるまいか。あんなものを豪華だといって誇っていた戦前の日本も、結局はけちくさい貧弱な国だったのかと、改めて情けなかった。豪華といってみたところで、宝塚のレヴュなぞたかだか阪急沿線のプチブル趣味の豪華さに過ぎない。同じ貧弱なら、新宿のムーラン・ルージュ*や浅草のオペラ館*や大阪の千日前のピエルボイズ*（これも浅草から流れて来たものだが）の方が、庶民的で取り済ましてないだけまだしも感じがよい。宝塚や松竹の少女歌劇は男の俳優は一人もいないが、思慮分別のある大の男が一生を託する仕事ではあるまい。レヴュが好きで、文芸部の仕事をしたり、作曲したり装置したりしている人も少くないが、本当に男子一生の仕事と思ってやっているのだろうか、疑わしく思う。「おお！」という感投詞を入れなければ喋《しゃべ》れないようなレヴュ俳優の科白《せりふ》廻しを聴いていると、たしかにこれは男子の仕事ではないという気がするのである。

科白廻しといえば、私は七つの歳《とし》にはじめて歌舞伎を見た時、何故《なぜ》あんな奇妙な喋り方をするのだろうかと、奇異な感がしたことを覚えている。高等学校へはいってから新劇*を見たが、この時もまた、新劇の役者は何故あんなに喧嘩《けんか》腰《ごし》の議論調子で喋ったり、誰もかれも分別のあり過ぎるような表情をしたり声を出したりするのかと、不思議に思った。ところが、レヴュ俳優の科白廻しを聴くと、この方は分別のなさ過ぎる声だったので私は辟易《へきえき》してしまった。

しかし、発声法に変梃《へんてこ》な型があるのは、歌舞伎や新劇や少女歌劇だけではない。声の芸術でそれぞれの奇妙な型に陥ることから免れた例外は一つもないのである。むしろ、それぞれの型に徹したものが一流だといわれているくらいである。新派*には新派の型があり、義太夫《ぎだゆう》*には義太夫の型、女剣劇《おんな》*や映画俳優の実演にも型があり、浪花節《なにわぶし》なども近頃は浪花節専門の声色屋《こわいろ》*が出来ている。講談、落語、漫才など、いうまでもない。ラジオと来た日には、ことに型が著しい。例えば放送員*の話術など、日本国中の人間の耳が一人残らずたこになってしまうくらい、十年一日の型を守っている。放送物語の新劇俳優は例によって分別臭い殊勝な声を、哀れっぽく出してどんな物語もすべて悲しいものにしてしまうし、名人といわれる徳川夢声《むせい》*も、仏の顔も二度三度で「風と共に去りぬ」*が宮本武蔵《むさし》*と同じ調子に聴える。放送劇の若い娘役は、いつもやけに快活で、靴下に穴のあいたような声を出し、色気があるのかないのか、いや色気などという言葉が勿体《もったい》ないくらいだ。政府の大官はいかなる場合にも屏風《びょうぶ》と植木鉢を聯想《れんそう》させるような声を出す。座談会の出席者は、討論の相手とマイクとどちらの方へ話しかけていいのかうろうろ迷っているし、共産党員は威勢ばかりで懐疑のない声だ。放送演説の名人といわれていた故永田青嵐《せいらん》*ですら、いつ聴いても「私は砕けて喋っていますよ。」といった同じ調子が見え透いてうんざりさせられるし、この人を真似《まね》た某大官の演説は、砕けすぎて気を許したのか、お国言葉の東北弁まるだしだ。

バイオリンの天才少女の辻《つじ》久子*は、八つか九つの時、豆腐屋のラッパの音を聴いただけで、もう耳を押えて、ああ耳が痛い耳が痛いと泣き叫んだということである。私は辻久子ほど音というものに敏感ではないが、声の型にはいやになるくらい敏感なのか、ラジオを聴いていて、十年一日の如《ごと》き紋切型に触れると、ああ耳が痛い耳が痛いと耳を押えたくなることが屢々《しばしば》である。

ことに戦争中はそれがひどかった。ラジオの情報放送*を毎日毎夜聴いていた頃、私は情報の内容よりも、その紋切型が気になってならなかった。毎日やっているのだから、自然に型が出来るのは当然だし、型など構っていられないという弁解も成り立ったただろうが、毎日くりかえされる同じ単語、同じ声の調子、同じ情報の型を聴いていると、うんざりさせられた。戦争が終って間もなく、ある野外音楽会の実況放送があったが、紹介の放送員はさすがに戦争中と異った型を出そうとしたらしく、「ここ何々の音楽堂の上の青空には、赤トンボが一匹スイスイと飛んでおりまして、まことに野外音楽会にふさわしい絶好の秋日和《びより》でございます。」と猫撫声《ねこなでごえ》に変っていた。私は世の中も変ったものだと感心しながら聴いていたが、その放送中赤トンボが三度も飛ばされたのには些《いささ》か閉口した。しかし放送員の新機軸は認めることにした。ところが、あとでその時の音楽会に出演した人にきくと、その日はどんより曇っていて、赤トンボなぞ一匹も飛んでいなかったということである。私は興冷めしてしまった。新機軸を出そうとした放送員は、芸もなく昔の野球放送の型を踏襲していたに過ぎなかったのだ。

新機軸というものはむつかしい。世に新しいものはないのだろうか。声の芸術家たちは十年一日の古い紋切型の殻を脱け切れず、殻の中で畳の目を数えているような細かい上手下手にかまけているのであろう。しかしこれはただ声の芸術だけではない。美術、舞踊、文学、すべて御多分に洩《も》れず、それぞれの紋切型があり、この型を逸れることはむつかしいのである。小説のような自由な形式の芸術でも、紋切型がある。ジェームスジョイス*などこの紋切型を破ろうとして大胆不敵な「ユリシイズ」を書いたが（「……」と彼は言った）などという月並みな文章がやはりはいっていて、何から何まで小説の約束から逸れるというわけには参らなかったようだ。詩人で劇作家で、作曲もしバンドの指揮もし、デザインをやるという奇術師のようなジャンコクトオ*ですら、小説を書けば極《ご》くあたり前の紋切型の小説を書いている。描写があり会話があり説明がありしめくくりがあり、ジャンコクトオも小説となると滅茶苦茶な型破りは出来なかったのであろう。

　人生もまたかくの如し。生きて行くにはいやが応でも社会の約束という紋切型を守って行かねばならない。足で歩くのが紋切型でいやだといって、逆立ちして歩けば狂人扱いにされるのだ。極道をし尽したある老人がいつか私に、「私は沢山の女を知って来たが、女は何人変えても結局同じだ。」といったことがある。「抱いてみれば、どの女の身体《からだ》も同じで、性交なんて十年一日の如き古い型のくりかえしに過ぎない。変態といっても、人間が思いつく限りの変態などたかが知れていると見えて、やはり変態には変態の型がある。」とその老人は語っていたが、数多くの女を知らない私にもその感想の味気なさは同感された。

　人生百般すべて紋切型があるのだ。型があるのがいけないというわけではないが、紋切型がくりかえされると、またかと思ってうんざりすることはたしかである。ベルグソン*は笑《わらい》の要素の一つに「くりかえし」を挙げているが、たしかにくりかえされる紋切型は笑の対象になるだろう。滑稽《こっけい》である。レヴュの女優の科白廻しなども、軽佻《けいちょう》浮薄《ふはく》めいているからいけないというのではない。私はジンメル*の日記に「人は退屈か軽佻か二つのうちの一方に陥ることなくして、一方を避けることは出来ない」という言葉を見つけた時、これあるかなと快哉《かいさい》を叫んだくらいだから、軽佻を攻撃する気は毛頭持ち合わせていない。レヴュ女優の科白廻しに辟易したのは、その紋切型が滑稽であったからである。ほかにもっと言い廻しようがあろうと思ったのである。しかし紋切型というものはファンに言わせると、紋切型であるために一層魅力があるのかも知れない。レヴュのファンはあの奇妙な科白廻しの型に憧《あこが》れているのであろう。

二

レヴュ女優の紋切型に憧れて一命を落した娘がある。

もう十年も昔のことである。千日前の大阪劇場の楽屋の裏手の溝のハメ板の中から、ある朝若い娘の屍体《したい》が発見された。検屍の結果、死後四日を経ており、暴行の形跡があると判明した。勿論《もちろん》他殺である。犯行後屍体をひきずって溝の中にかくしたものらしい。

身許《みもと》を調べると、両親のない娘で、伯母の家に引き取られていたのだが、レヴュが好きで、レヴュ通いを伯母にとがめられたことから伯母の家を飛び出し、千日前の安宿に泊って、毎日大阪劇場へレヴュを見に通っていたらしいと判《わか》った。不良少年風の男と一緒に歩いていたのを見たと言う人があり、警察では加害者をその男だと睨《にら》んで、千日前界隈《かいわい》の不良を虱《しらみ》つぶしに当ってみたが、遂《つい》に犯人は見つからず、事件は迷宮に入った。そして十年後の今日に到るも、なお犯人は見つからず、恐らく永久に迷宮に入ったままであろう。

宿屋の女将《おかみ》にいわせると、所持金ももう乏しくなっていたらしく、身なりもよれよれの銘仙《めいせん》*にちょこんと人絹の帯を結んだだけだというし、窃盗が目的でなく、また込み入った情事があったとも思えない。レヴュ小屋通いをしているところを、不良少年に目をつけられ、ひきずり廻されたあげく、暴行され、発覚をおそれて殺されたのであろう。

「うちにもチョイチョイ来てましたぜ。いや、たしかにあの娘はんだす。」

事件が新聞に出た当時、「花屋」という喫茶店の主人はそう私に言った。

「花屋」は千日前の弥生座の筋向いにある小綺麗《こぎれい》な喫茶店だった。「花屋」の隣は「浪花湯」という銭湯である。「浪花湯」は東京式流し*があり、電気風呂がある。その頃日本橋筋二丁目の姉の家に寄宿していた私は、毎日この銭湯へ出掛けていたが、帰りにはいつも「花屋」へ立ち寄って、珈琲《コーヒー》を飲んだ。「花屋」は夜中の二時過ぎまで店をあけていたので、夜更《よふ》かしの好きな私には便利な店だった。それに筋向いの弥生座はピエルボイズ専門のレヴュ小屋で、小屋がハネると、レヴュガールがどやどやはいって来るし、大阪劇場もつい鼻の先故《ゆえ》、松竹歌劇の女優たちもファンと一緒にオムライスやトンカツを食べに来る。千日前界隈の料亭の仲居も店の帰りに寄って行く。銭湯の湯気の匂《にお》いも漂うて来る。浅草の「ハトヤ」という喫茶店に似て、それよりももっとはなやかで、そしてしみじみした千日前らしい店だった。

殺された娘も憧れのレヴュ女優の素顔を見たさに、「花屋」へ来ていたのであろう。小柄で、ずんぐりと肩がいかり、おむすびのような円い顔をしたその娘は、いつも隅のテーブルに坐《すわ》って、おずおずした視線をレヴュ女優の方へ送り、サインを求めたり話しかけたりする勇気もないらしかった。女優と同じテーブルに坐ることも遠慮していたということである。そのくせ、女優たちが出て行くまで、腰を上げようとしなかった。

それほどのレヴュ好きの彼女が、死後四日間も楽屋裏の溝の中にはいっていたとは何かの因縁であろう。溝のハメ板の中に屍体があるとは知らず、女優たちは毎日その上を通っていたのである。娘としては本望であったかも知れない。

しかし、事件が新聞に出ると、大阪劇場の女優たちは気味悪がった。「花屋」へ来る女優たちは皆その娘の噂《うわさ》をしていた。いつも一階の前から三筋目の同じ席に来ていたので、いつか顔を見知っていただけに、一層実感が迫るのであろう。

「皆で金出し合《お》うて、地蔵さんを祀《まつ》ったげよか。」

「そやそや、それがええ。祀ったげぜ、祀ったげぜ。」

そんな話をしている隣のテーブルでは、ピエルボイズの男優たちが、弥生座の楽屋から見える連込《つれこみ》＊宿の噂をしていた。連込宿の二階の窓にはカーテンが掛っているが、彼等は楽屋の窓から突き出した長い竿《さお》の先で、そっとそのカーテンをあけると内部の容子《ようす》が手にとるように見えるというのであった。彼等は舞台の合間にその楽屋へ上って来ては、宿の二階を覗《のぞ》く。何にも知らぬ若いレヴュガールを無理矢理その楽屋の窓へ連れて来て、見せると、泣きだす娘がある――その時の噂をしていた。

「チャー坊はまだ子供だからな。」

「そうかな。俺ァもうチャー坊は一切合切《いっさいがっさい》知ってると思ってたんだが……。」

「しかし、まだ十七だぜ。」

「十七っていったって、タカ助の奴なんざァ、あら、今夜はシケねなんて、仰有《おっしゃ》ってやがらァ。きゃつめ、あの二階を見るのがヤミつきになりやがって、太《ふて》えアマだ。」

「太えアマは昨日の娘だ。ありゃまだ二十前だぜ。」

「二十前でも男をくわえ込むさ。」

「ところが、一糸もまとわぬというんだから太えアマだ。」

「淫売《いんばい》かも知れねえ。」

「莫迦《ばか》、淫売がそんな自堕落な、はしたないことをするもんか。素人《しろうと》にきまってらア。」

「きまってるって、ははあん、こいつ、一糸もまとわさなかった覚えがあるんだな。太え野郎だ。」

そんなみだらな話を聴いていると、ふと私は殺された娘のことが想い出された。楽屋裏の溝の中で死んでいたのは、レヴュ好きの彼女には本望であったかも知れないなどとは、いい加減な臆測だ。犯されたままの恥しい姿で横《よこた》わっているのは、殺されるよりも辛《つら》いことであったに違いない……。

「花屋」を出ると、私は手拭《てぬぐい》を肩に掛けたまま千日前の通りをブラブラ歩いて、常盤《ときわ》座《ざ》の前の「千日堂」で煙草《たばこ》を買った。

「千日堂」は煙草も売っているが、飴屋《あめや》であった。間口のだだっ広いその店の屋根には「何でも五割安」という看板が掛っていて、「五割安」という名前の方が通っていた。夏は冷やし飴も売り、冬は餡《あん》巻《ま》きを焼いて売っていたが、飴がこの店の名物になっていて、早朝から夜更《よふ》くまで売れたので、店の戸を閉める暇がなく、千日前で徹夜をしているたった一軒の店であった。

「千日堂」でも殺された娘の噂をしていた。

「毎日飴買いに来てました。いや、きっとあの娘はんに違いおまへん。」

買って来た飴をしゃぶりながら、安宿の煎餅蒲団《せんべいぶとん》にくるまって、レヴュのプログラムを眺めていたのかと、私は不憫《ふびん》に思った。

その「五割安」の飴は、私も子供の頃買ったことがある。その頃千日前で尾上《おのえ》松之助*の活動写真を上映しているのは、「千日堂」の向いの常盤座であった。上町《うえまち》に住んでいた私は、常盤座の番組の変り目の日が来ると、そわそわと源聖寺《げんしょうじ》坂を降りて、西横堀川に架った末広橋を渡り、黒門市場を抜けて千日前へかけつけると、まず「千日堂」で二銭の紫蘇《しそ》入りの飴を買うてから常盤座へはいるのだった。その飴はなめていると、ふっと紫蘇の香《こ》が漂うて、遠い郷愁のようだった。

紫蘇入りの飴には想出がある。京都の高等学校へはいった年のある秋の夜、私ははじめて宮川町《みやがわちょう》の廓《くるわ》で一夜を明かした。十二時過ぎから行くと三円五十銭で泊れると聴いたので、夜更けの京極や四条通をうろうろして時間を過し、十二時になってから南座の横の川添いの暗い横丁へ折れて行った。暗い道を一丁行き、左へ五六間折れると、もうそこは宮川町の路地で、赤いハンドバックをかかえた妓《おんな》がペタペタと無気力な草履の音を立てて青楼の中へはいって行くのを見た途端、私はよほど引き返そうと思ったが、もうその時には私の黒マントの端が、

「貫一《かんいっ》つぁん、お上りやす。」*

と摑《つか》まれていた。高等学校の生徒だから金色夜叉《こんじきやしゃ》の主人公の名で呼んだのであろうと思いながら、私はズルズルと引き上げられた。

「お馴染《なじ》みはんは……？」

「ない。」

「ほな、任しとくれやすか。」

「うん。」

私は乾いた声で言って、塩の味のする茶を飲んだ。

「ほな、おとなしい、若いええ妓《こ》呼んで来まっさかい、お部屋で待っとくれやすか。」

「うん。」

通されたのは三階の、加茂川に面した狭い三畳の薄汚い部屋だった。鈍い裸電燈が薄暗くともっている。

「ここでねンねして、待ってとくれやす。直きお出《い》やすさかい。」

垢《あか》だらけの白い敷蒲団の上に赤い模様の掛蒲団が、ぺったりと薄く汚くのっていた。まるで自動車にしかれた猫の死骸《しがい》のような寝床であった。

「うん。」

答えたものの、さすがにその中へはいる気はせず、私は川に面した廊下へ出て、煙草を吸いながら、妓《おんな》の来るのを待った。

そこからは加茂川の河原が見え、靄《もや》に包まれた四条通の灯がぼうっと霞《かす》んで、にわかに夜が更けたらしい遠い眺めだった。私はやがて汚れて行く自分への悔恨と郷愁に胸を温めながら、寒い川風に吹かれて、いつまでも突っ立っていた。京阪電車のヘッドライトが眼の前を走って行った。その時、階段を上って来る跫音《あしおと》が聴えた。

「おおけに、お待っ遠さんどした。カオルはんどす。」

という声に振り向くと、色の蒼白《あおじろ》い小柄な妓が急いで階段を上って来たのであろう、ハアハア息を弾ませて、中腰のまま、

「おおけに……。」

と頭を下げた。すえたような安白粉《おしろい》の匂いがプンとした。

「まア、廊下ィ出とういやしたんだか。寒《さむ》おっせ。はよ閉めて、おはいりやすな。」

そして、「――ほな、ごゆっくり……。」と遣手《やりて》が下へ降りると、妓はぼそんと廊下

へ来て私の傍へ並んで立つと、袂《たもと》の中から飴玉を一つ取り出して、黙って私の掌への
せた。

「なんだ、これ。――ああ飴か。」

「昼間京極で買《こ》うたんどっせ。」

「京極へ活動見に行ったの？」

「ううん。」

と、細い首を振って、

「飴買いに……行ったんどっせ。」

ふっと安心できる風情《ふぜい》だった。飴だけ買うたの？　あはは……。放蕩《ほうとう》の悔恨は消え、幼な心に温まって、私はその飴
玉を口に入れた。紫蘇の味がした。

「おや、こりゃ紫蘇入りだね。」

「美味《おいし》おっしゃろ？」

妓はすり寄って来た。私はいきなり抱き寄せて、妓の口へ飴を移した。

……川の音で眼を覚した。ふと傍を見ると、妓はまだ眠れぬらしく、飴をしゃぶり
ながら婦人雑誌の口絵を見ていた。

「君は飴が好きだね。」

「好きどっせ。こんどお出やす時、飴持って来とおくれやすか。」

「うん。持って来る。」

そう言ったが、私はそれ切りその妓に会わなかった。――

大阪劇場の裏で殺されていた娘が「千日堂」へ飴を買いに来たと聴いた時、私はその妓のことを想い出したのである。

妓の肢は痩《や》せて色が浅黒かった。殺された娘も色の黒い娘だったという。金で買うたというものの、私は妓を犯したのだ。飴をくれるような優しい妓の心を欺《だま》したのだ。私の悔恨は殺された娘の上へ乗り移り、洋菓子やチョコレエトを買わず、駄菓子の飴を買うて、それでわびしい安宿の仮寝の床の寂しさをまぎらしていたところに、その娘の悲しい郷愁が感じられるような気がし、ふと私は子守歌を聴く想いだった。

死んでから四日も人に知られず横《よこた》わっていたのも、その娘らしい悲しさだった。

大阪劇場の女優たちが間もなく楽屋裏の空地の片隅に、その娘の霊を葬《とむら》う地蔵を祀ったと聴いた時、私はわざわざ線香を上げに行った。

三

戦争がはじまると、千日前も急にうらぶれてしまった。

千日前の名物だった弥生座のピエルボイズも戦争がはじまる前に既に解散していて、その後弥生座はセカンド・ラン*の映画館になったり、ニュース館に変ったり、三流の青年歌舞伎の常打《じょううち》小屋になったりして、千日前の外れにある小屋らしくうらぶれた落ちぶれ方をしてしまった。

小綺麗な「花屋」も薄汚い雑炊食堂に変ってしまった。「浪花湯」も休んでいる日が多く、電気風呂も東京下りの流しも姿を消してしまった。

「千日堂」はもう飴を売らず、菱《ひし》の実を売ったり、とうもろこしの菓子を売ったり、間口の広い店の片隅を露天商人に貸して、そこではパンツのゴム紐《ひも》や麻の縄紐を売ったりしていた。向いの常盤座は吉本興業の漫才小屋になっていた。

大阪劇場の裏の地蔵には、線香の煙の立つことが稀《まれ》になり、もう殺された娘のことも遠い昔の出来事だった。

夜は警防団員*のほかに猫の子一匹通らぬ淋しい千日前だった。私は戦争のはじまる前から大阪の南の郊外に住んでいたが、もうそんな千日前は何か遠すぎた。

ところが去年の三月十三日の夜、弥生座も「花屋」も「浪花湯」も大阪劇場も「千日堂」も常盤座も焼けてしまったが、地蔵だけは焼け残った。しかし焼け残ったのがかえって哀れなようだった。

その日から十日程たって、千日前へ行くと「花屋」の主人がせっせと焼跡を掘りだしていて、私の顔を見るなり、

「わては焼けても千日前は離れまへんねん。」

防空壕《ごう》の中で家族四人暮している というのである。

「――鰻《うなぎ》の寝間みたいな狭いとこでっけど、庭は広おまっせ。」

千日前一面がうちの庭だと、「花屋」の主人は以前から洒落《しゃれ》の好きな人だった。暫《しば》らく立ち話して「花屋」の主人と別れ、大阪劇場の前まで来ると、名前を呼ばれた。振り向くと、「波屋」の参《さん》ちゃんだった。「波屋」は千日前と難波を通ずる南海通りの漫才小屋の向いにある本屋で、私は中学生の頃《こ》から「波屋」で本を買うていて、参ちゃんとは古い馴染だった。参ちゃんはもと「波屋」の雇人だったが、その後主人より店を譲って貰《もら》って「波屋」の主人になっていた。芝本参治という名だが、小僧の時から参ちゃんの愛称で通っていた。参ちゃんも罹災《りさい》したのだ。

私は参ちゃんの顔を見るなり、罹災の見舞よりも先に、

「あんたとこが焼けたので、もう雑誌が買えなくなったよ。」

と言うと、参ちゃんは口をとがらせて、

「そんなことおますかいな。今に見てとくなはれ。また本屋の店を出しまっさかい、うちで買うとくなはれ。わては一生本屋をやめしめへんぜ。」

と、言った。

「どこでやるの。」

と、きくと、参ちゃんは判ってまっしゃないかと言わんばかしに、

「南でやりま。南でやりま。」

と、即座に答えた。南というのは、大阪の人がよく「南へ行く」というその南のことで、心斎橋筋、戎橋《えびすばし》筋、道頓堀、千日前界隈をひっくるめていう。

その南が一夜のうちに焼失してしまったことで、「亡《ほろ》びしものはなつかしきかな」という若山牧水*の感傷に陥っていた私は、「花屋」の主人や参ちゃんの千日前への執着がうれしかったので、丁度ある週刊雑誌からたのまれていた「起《た》ち上る大阪*」という題の文章の中でこの二人のことを書いた。しかし、大阪が焦土の中から果して復興出来るかどうか、「花屋」の主人と参ちゃんが「起ち上る大阪」の中で書ける唯一《ゆいいつ》

の材料かと思うと、何だか心細い気がして、「起ち上る大阪」などという大袈裟《おおげさ》な題が空《から》念仏みたいに思われてならなかった。

ところが、一月ばかりたったある日、難波で南海電車を降りて、戎橋筋を真《ま》っ直《す》ぐ北へ歩いて行くと、戎橋の停留所へ出るまでの右側の、焼け残った標札屋の片店が本屋になっていて、参ちゃんの顔が見えた。

「やア、到頭《とうとう》はじめたね。」

と、はいって行くと、参ちゃんは、

「南で新刊を扱ってるのは、うちだけだす。日配でもあんたとこ一軒だけや言うて、激励してくれてまンねん。」

と言い、そして南にあった大きな書店の名を二つ三つあげて、それらの本屋が皆つぶれてしまったのに、「波屋」だけはごらんの通りなっているという意味のことを、店へはいっている客がびっくりするほどの大きな声で、早口に喋った。

しかし、パラパラと並べられてある書物や雑誌の数は、中学生の書棚より貧弱だった。店の真中に立てられている「波屋書房仮事務所」という大きな標札も、店の三分ノ二以上を占めている標札屋の商品の見本かと見間違えられそうだった。

「あ、そうそう、こないだ、わてのこと書きはりましたなァ。殺生だっせェ。」

参ちゃんは思いだしたようにそう言ったが、べつに怒ってる風も見えず、

「――花屋のおっさんにもあの雑誌見せたりました。」

「へえ？　見せたのか。」

「花屋も防空壕の上へトタンを張って、その中で住んだはりま。あない書かれたら、もう離れとうても千日前は離れられんいうてましたぜ。」

そう聴くと、私はかえって「花屋」の主人に会うのが辛くなって、千日前は避けて通った。焼け残ったという地蔵を見たい気も起らなかった。もう日本の敗北は眼の前に迫っており、「波屋」の復活も「花屋」のトタン張り生活も、いつ何時《なんどき》くつがえってしまうかも知れず、私は首を垂れてトボトボ歩いた。

帰りの電車で夕刊を読むと、島ノ内復興聯盟《れんめい》が出来たという話が出ていて、「浪花ッ子の意気」いう見出しがついていたが、その見出しの文句は何か不愉快であった。私は江戸ッ子という言葉は好かぬが、それ以上に浪花ッ子という言葉を好かない。焦土の中の片隅の話をとらえて「浪花ッ子の意気」とは、空景気もいい加減にしろといいたかった。「起ち上る大阪」という自分の使った言葉も、文章を書く人間の陥り易《やす》い誇張だったと、自己嫌悪《けんお》の念が湧《わ》いて来た。

四

ところが、戦争が終って二日目、さきに「起ち上る大阪」を書いた同じ週刊雑誌から、終戦直後の大阪の明るい話を書いてくれと依頼された時、私は再び「花屋」の主人と参ちゃんのことを書いた。言論の自由はまだ許されておらなかったし、大阪復興の目鼻も終戦後二日か三日の当時ではまるきり見当がつかず、永い戦争の悪夢から解放されてほっとしたという気持よりほかに書きようがなかったので「花屋」のトタン張りの壕舎《ごうしゃ》にはじめて明るい電燈がついて、千日前の一角を煌々《こうこう》と照らしているとか、参ちゃんはどんな困苦に遭遇しても文化の糧《かて》である書籍を売ることをやめなかったとか、毒にも薬にもならぬ月並みな話を書いてお茶をにごしたのである。

そして、そんな話しか書けぬ自分に愛想がつきてしまった。私は元来実話や美談を好かない。歴史上の事実を挙げて、現代に照応させようとする態度や、こういう例があるといって、特殊な例を持ち出して、全体を押しはかろうとする型の文章や演説を毛嫌いする。ところが、私は「花屋」の話や参ちゃんの話を強調して、無理矢理に大阪の前途の明るさをほのめかすというバラック建《だて》のような文章を書いてしまったのだ。

はっきり言えば、ものの一方しか見ぬリアリティのない文章なのだ。「花屋」の壕舎も「波屋」の軒店もただ明るいというだけでは済まされぬ。むしろ悲しい大阪の姿かも知れない。私はその悲しさを見て見ぬ振りした自分の美談製作気質にいや気がさしたのである。

それから四ヶ月がたち、浮浪者とインフレと闇市場の噂に昭和二十年が慌《あわただ》しく暮れて行き、奇妙な正月が来た。

三ヶ日は一歩も外へ出なかった私も、三ヶ日が済むと、はじめて外出し、三月《み》振りに南へ出掛けた。レヴュの放送を聴いて、大阪劇場の裏で殺されていた娘のことを思いだしたためだろうか、一つには「波屋」へ行って、新しく出た雑誌の創刊号が買いたかったのだ。

難波へ出るには、岸ノ里で高野線を本線に乗りかえるのだが、乗りかえが面倒なので、汐見橋の終点まで乗り、市電で戎橋まで行った。

戎橋の停留所から難波までの通りは、両側に闇商人が並び、屋号に馴染みのないバラックの飲食店が建ち、いつの間にか闇市場になっていた。雑閙《ざっとう》に押されて標札屋の前まで来た時、私はあっと思った。標札屋の片店を借りていた筈《はず》の「波屋」はもうなくなっていたのである。中学生の本箱より見すぼらしい本屋ではとても立ち行かぬと思って、商売がえでもしたのだろうかと、私はさすがに寂しく雑閙に押されていた。

戎橋筋の端まで来て、私は南海通へ折れて行った。南海通にもあくどいペンキ塗りのバラックの飲食店や闇商人の軒店や街頭賭博《とばく》屋の屋台が並んでいて、これが南海通かと思うと情けなく急ぎ足に千日前へ抜けようとすると、続けざまに二度名前を呼ばれた。声のする方をひょいと見ると、元「波屋」があった所のバラックの中から、参ちゃんがニコニコしながら呼んでいるのだ。元の古巣へ帰って、元の本屋をしているのだった。バラックの軒には「波屋書房芝本参治」という表札が掛っていた。

「やァ、帰ったね。」

さすがになつかしく、はいって行くと、参ちゃんは帽子を取って、

「おかげさんでやっと帰れました。二度も書いてくれはりましたさかい、頑張らないかん思て、戦争が終ってすぐ建築に掛って、やっと去年の暮ここィ帰って来ましてん。うちがこの辺で一番はよ帰って来たんでっせ。」

と、嬉《うれ》しそうだった。お内儀《かみ》さんもいて、「雑誌に参ちゃん、参ちゃんて書きはりましたさかい、日配《にっぱい》ィ行っても、参ちゃん参ちゃんでえらい人気だっせ。」

そしてこちらから言いだす前に「改造」や「中央公論」の復刊号を出してくれた。

「文春*は……?」

「文藝春秋は貰ったからいい。」

「あ、そうそう、文春に書いたはりましたな。グラフの小説も読みましたぜ。新何とかいうのに書いたはりましたンは、あ、そうそう、船場の何とかいう題だしたな。」

お内儀さんは小説好きで、昔私の書いたものが雑誌にのると、いつもその話をしたので、ほかの客の手前赤面させられたものだったが、しかし、今そんな以前の癖を見るのもなつかしく、元の「波屋」へ来ているという気持に甘くしびれた。本や雑誌の数も標札屋の軒店の時よりははるかに増えていた。

「波屋」を出て千日前通へ折れて行こうとすると、前から来た男からいきなり腕を掴まれた。みると「花屋」の主人だった。

「花屋」の主人は腕を離すと妙に改まって頭を下げ、

「頑張らせて貰いましたおかげで、到頭元の喫茶をはじめるところまで漕《こ》ぎつけましてん。今普請《ふしん》してる最中でっけど、中頃には開店させて貰いま。」

そして、開店の日はぜひ招待したいから、住所を知らせてくれと言うのである。住所を控えると、

「――ぜひ来とくれやっしゃ。あんさんは第一番に来て貰わんことには……。」

雑誌のことには触れなかったが、雑誌で激励された礼をしたいという意味らしかっ

た。

二つとも私自身想いだすのもいやな文章だったが、ひょんなところで参ちゃんと「花屋」の主人を力づける役目をしたのかと思うと、私も、

「ぜひ伺います。」

と、声が弾んで、やがて「花屋」の主人と別れて一人歩く千日前の通はもう私の古里のようであった。この二人に同時に会えたというのも偶然といえば偶然だが、しかしそれだけに千日前が身近かに寄って来たという感じだった。

焼けた大阪劇場も内部を修理して、もう元通りの映画とレヴュが掛っていた。常盤座もう焼けた小屋とは見えず、元の姿にかえって吉本の興行が掛っていた。

その常盤座の前まで、正月の千日前らしい雑閙に押されて来ると、またもや呼び停められた。

見れば、常盤座の向いのバラックから「千日堂」のお内儀さんがゲラゲラ笑いながら私を招いているのだった。

「やァ。あんたとこも……。」

帰って来たのかとはいって行くと、

「素通りする人がおますかいな。あんたはノッポやさかい、すぐ見つかる。」

首だけ人ごみの中から飛び出ているからと、「千日堂」のお内儀さんは昔から笑い上戸だった。

「あはは……。ぜんざい屋になったね。」

「一杯五円、甘おまっせ。食べて行っとくれやす。」

「よっしゃ。」

「どないだ、おいしおますか。よそと較《くら》べてどないだ？　一杯五円で値打おますか。」

「ある。甘いよ。」

しかし砂糖の味ではなかった。そのことをいうと、

「ズルチン*つこてまんねン。五円で砂糖つこたら引き合えまへん。こんなちっちゃな餅《もち》でも一個八十銭つきまっさかいな。小豆も百二十円になりました。」

京都の闇市場では一杯十円であった。

「あんたとこは昔から五割安だからね。」

というと、お内儀さんはうれしそうに、

「千日堂の信用もおますさかいな、けったいなことも出来しめへん。――まアこの建物見とくなはれ。千日前で屋根瓦のあるバラックはうちだけだっせ。去年の八月から掛って、やっと暮の三十一日に出来ましてん。元日から店びらきしょ思て、そら転手《てんて》

古舞《こまい》しましたぜ。」

場所がいいのか、老舗《しにせ》があるのか、安いのか、繁昌していた。

「珈琲も出したらどうだね。ケーキつき五円。——入口の暖簾《のれん》は変えたらどうだ、ありゃまるでオムツみたいだからね。」

私は出資者のような口を利《き》いて「千日堂」を出た。

「チョイチョイ来とくなはれ。」

「うん。来るよ。」

千日前へ来るのがたのしみになったよと、昔馴染に会うたうれしさに足も軽く私は帰った。

ところが、四五日たったある朝の新聞を見ると、ズルチンや紫蘇《しそ》糖*は劇薬がはいっているので、赤血球を破壊し、脳に悪影響がある、闇市場で売っている甘い物には注意せよという大阪府の衛生課の談話がのっていた。

私は「千日堂」はどうするだろうか、砂糖を使うだろうか、砂糖を使って引き合うだろうか、第一そんなに沢山砂糖が入手できるだろうかと心配した。「花屋」も元の喫茶店をやるそうだが、やはり、ズルチンを使うのだろうかと、ついでに「花屋」のことも気になった。

しかし翌日、再び千日前へ行くと、人々はそんな新聞の記事なぞ無視して、甘いものにむらがっていた。「千日堂」のぜんざいも食べてみると後口は前と同じだった。しかし人々は平気で食べている。私もズルチンの危険を惧《おそ》れる気持は殆《ほと》んどなかった。私たちはもうズルチンぐらい惧れないような神経になっていたのか。ズルチンが怖いような神経ではもう生きて行けない世の中になっているのか。

千日前へ行くたびに一度あの娘の地蔵へ詣《まい》ってやろうと思いながら、いつもうっかりと忘れてしまうのだった。

郷愁

夜の八時を過ぎると駅員が帰ってしまうので、改札口は真っ暗だ。大阪行のプラットホームにぽつんと一つ裸電燈を残したほか、すっかり灯を消してしまっている。いつもは点《とも》っている筈《はず》の向い側のホームの灯りも、なぜか消えていた。

駅には新吉のほかに誰もいなかった。

たった一つ点された鈍い裸電燈のまわりには、夜のしずけさが暈《かさ》のように蠢《うごめ》いているようだった。まだ八時を少し過ぎたばかしだというのに、にわかに夜の更《ふ》けた感じであった。

そのひっそりとした灯りを浴びて、新吉はちょぼんとベンチに坐《すわ》り、大阪行きの電車を待っていると、ふと孤独の想《おも》いがあった。夜の底に心が沈んで行くようであった。眼に涙がにじんでいたのは、しかし感傷ではなかった。四十時間一睡もせずに書き続けた直後の疲労がまず眼に来ているのだった。眠かった。——

睡魔と闘うくらい苦しいものはない。二晩も寝ずに昼夜打《ぶ》っ通しの仕事を続けていると、もう新吉には睡眠以外の何の欲望《よくぼう》もなかった。情慾も食慾も。富も名声も権勢もあったものではない。一分間でも早く書き上げて、近所の郵便局から送ってしまうと、そのまま蒲団《ふとん》の中にもぐり込んで、死んだようになって眠りたい。ただそのことだけを想い続けていた。締切を過ぎて、何度も東京の雑誌社から電報の催促を受けている原稿だったが、今日の午後三時までに近所の郵便局へ持って行けば、間に合うかも知れなかった。

「三時、三時……」

三時になれば眠れるぞと、子供をあやすように自分に言いきかせて、――しまいには、隣の部屋の家人《かじん》が何か御用ですかとはいって来たくらい、大きな声を出して呟《つぶや》いて、書き続けて来たのだった。

ところが、三時になってもまだ机の前に坐っていた。終りの一枚がどう書き直しても気に入らなかったのだ。

これまで新吉は書き出しの文章に苦しむことはあっても、結末のつけ方に行き詰るようなことは殆《ほと》んどなかった。新吉の小説はいつもちゃんと落ちがついていた。書き出しの一行が出来た途端に、頭の中では落ちが出来ていた。いや結末の落ちが泛《うか》ばぬうちは、書き出そうとしなかった。落ちがあるということは、つまりその落ちで人生が割り切れるということであろう。一葉《いちよう》落ちて天下の秋を知る*とは古人の言だが、一行の落ちに新吉は人生を圧縮出来ると思っていた。いや、己惚《うぬぼ》れていた。そして、迷いもしなかった。現実を見る眼と、それを書く手の間にはつねに矛盾はなかったのだ。

ところが、ふとそれが出来なくなってしまったのだ。おかしいと新吉は首をひねった。落ちというのは、いわば将棋の詰手のようなものであろう。どんな詰将棋にも詰手がある筈だ。詰将棋の名人は、詰手を考える時、まず第一手の王手から考えるようなことはしない。盤のどのあたりで玉《ぎょく》が詰まるかと考える。考えるというよりも、最後の詰み上った時の図型がまず直感的に泛び、そこから元へ戻って行くのである。そして最初の王手を考えるのだが、落ちが泛んでから書き出しの文章を考えるという新吉のやり方がやはりこれだった。ところが、今は勝手が違うのだ。詰み上った図型が全然泛んで来ない。書き出しの文章は案外すらすらと出て来たのだが、しかし、行き当りばったりの王手に過ぎない。いや、王手とも言えないくらいだ。これはどういうわけであろうと考えて、新吉はふと、この詰将棋の盤はいつもの四角い盤でなく、円形の盤であるためかなとも思った。実は新吉の描こうとしているのは今日の世相であった。

世相は歪《ゆが》んだ表情を呈しているが、新吉にとっては、世相は三角でも四角でもなかった。やはり坂道を泥まみれになって転《ころが》って行く円い玉であった。この円い玉をどこまで追って行っても、世相を捉《とら》えることは出来ない。目まぐるしく変転する世相の逃足の早さを言うのではない。現実を三角や四角と思って、その多角形の頂点に鉤《かぎ》をひっかけていた新吉には、もはや円形の世相にひっかける鉤を見失ってしまったのだ。多角形の辺を無数に増せば、円に近づくだろう。そう思って、新吉は世相の表面に泛んだ現象を、出来るだけ多く作品の中に投げ込んでみたのだが、多角形の辺を増せば円になるというのは、幾何学の夢に過ぎないのではなかろうか。しかし、円い玉子も切りようで四角いということもあろう。が、その切りようが新吉にはもう判《わか》らないのだ。新聞は毎日世相を描き、政治家は世相を論じ、一般民衆も世相を語っている。そして、新聞も政治家も一般民衆もその言う所はほとんど変らない。いわば世相の語り方に公式が出来ているのだ。敗戦、戦災、失業、道義心の頽廃《たいはい》、軍閥の横暴、政治の無能。すべて当然のことであり、誰が考えても食糧の三合配給*が先決問題であるという結論に達する。三歳の童子もよくこれを知っているといいたいところである。円い玉子はこのように切るべきだと、地球が円いという事実と同じくらい明白である。しかし、この明白さに新吉は頼っておられなかったのだ。よしんば、その公式で円い玉子が四角に割り切れても、切れ端が残るではないかと考えるのだ。

新吉は世相を描こうとしたその作品の結末で、この切れ端の処理をしなければならなかった。が、三時になっても、それが出来なかった。一つには、もうすっかり頭が疲れ切っていた。考える力もなく、よろよろと迷いに迷うて行く頭が、ふと逃げ込んで行く道の彼方《かなた》には、睡魔が立ちはだかっている。

新吉の心の中では火のついたような赤ん坊の泣声が聴えていた。三時になれば眠れると思ったのに、眠ることの出来ない焦躁の声であった。苦しい苦しいと駄駄をこねていた。どうせ間に合わないのだから、一月《ひと》のばして貰《もら》って、次号に書くことにしようと、新吉は赤い眼をこすりながら、しょんぼり考えた。しかし、新吉は今朝東京のその雑誌社へ「ゲンコウイマオクッタ」オマチコウ」とうっかり電報を打ってしまったのだ。もう断るにしては遅すぎる。しかし間に合わない、三時を過ぎた。編輯者《へんしゅうしゃ》の怒った顔を想像しながら、蒲団のなかにもぐり込んで、眼を閉じた途端、新吉はふと、今夜中に書き上げて、大阪の中央郵便局から速達にすれば、間に合うかも知れないと思った。近所の郵便局から午後三時に送っても結局いったん中央局へ廻ってからでなければ、汽車には乗らないのだ。

そう思うと、新吉はもう寝床から這《は》い出していた。そしてまず注射の用意をした。

覚醒昂奮剤《かくせいこうふん》のヒロポン*を打とうとしたのだ。最近まで新吉は自分で注射をすることは出来なかった。医者にして貰う時も、針は見ないで、顔をそむけていたくらいである。ところが、近頃のように仕事が忙しくて、眠る時間がすくなくなって来ると、もうヒロポンが唯一《ゆいいつ》の頼りだった。夜中、疲労と睡魔が襲って来ると、以前はすぐ寝てしまったが、今は無理矢理神経を昂奮させて仕事をつづけねば、依頼された仕事の三分の一も捗《はかど》らないのである。背に腹は代えられず、新吉はおそるおそる自分で注射をするようになった。ヒロポンは不思議に効いたが、心臓をわるくするのと、あとの疲労が激しいので、三日に一度も打てない。しかし、仕事のことを考えると、そうも言っておれないので、結局悪いと思い乍《なが》ら、毎日、しかも日によっては二回も三回も打つようになる。その代り、葡萄糖《ぶどうとう》やヴィタミン剤も欠かさず打って、辛うじてヒロポン濫《らん》用《よう》の悪影響を緩和している。

新吉は左の腕を消毒すると、針を突き刺そうとした。ところが一昨日から続けざまにいろんな注射をして来たので、到《いた》る所の皮下に注射液の固い層が出来て、針が通らない。思い切って入れようとすると、針が折れそうに曲ってしまう。注射で痛めつけて来たその腕が、ふと不憫《ふびん》になるくらいだった。

新吉は左の腕は諦《あきら》めて、右の腕をまくり上げた。右の腕には針の跡は殆んどなかったが、その代り、使いにくい左手を使わねばならない。新吉はふと不安になったが、針が折れれば折れた時のことだと、不器用な手つきで針の先を当てた。そして顔を真赤にして唇を尖《とが》らせながら、ぐっと押し込んでいると、何か悲しくなった。こんなにまでして仕事をしなければならない自分が可哀相《かわいそう》になった。しかし、今は仕事以外に何のたのしみがあろう。戦争中あれほど書きたかった小説が、今は思う存分書ける世の中になったと思えば、可哀相だといい乍ら、ほかの人より幸福かも知れない。よしんば、仕事の報酬が全部封鎖されるとしても、引き受けた仕事だけは約束を果さねばならないと、自虐《じぎやく》めいた痛さを腕に感じながら、注射を終った。

書き上げたのは、夜の八時だった。落ちは遂《つい》に出来なかったが、無理矢理絞り出した落ちは「世相は遂に書きつくすことは出来ない。世相のリアリティは自分の文学のリアリティをあざ嗤《わら》っている」という逆説であった。何か情けなくて、一つの仕事を仕上げたという喜びはなかった。こんなに苦労して、これだけの作品しか書けないのかと、寂しかった。

そして、その原稿を持って、中央局へ行くために、とぼとぼと駅まで来たのだった。郵便局行きは家人にたのんで、すぐ眠ってしまいたかったが、女に頼むには余りにも物騒な時間である。それに、陣痛の苦しみを味《あじわ》った原稿だと思えば、片輪に出来たとはいえ、やはりわが子のように可愛《かわい》く、自分で持って行って、書留の証書を貰って来なければ、安心出来ないという気持もあった……。電車はなかなか来なかった。

新吉はベンチに腰掛けながら、栓抜き瓢簞《ひょうたん》がぶら下ったようなぽかんとした自分の姿勢を感じていた。

新吉はよく「古綿《ふるわた》を千切って捨てたようにクタクタに疲れる」という表現を使ったが、その古綿の色は何か黄色いような気がしてならなかった。

四十時間一睡もせずに書き続けて来た荒行《あらぎょう》は、何か明治の芸道の血みどろな修業を想わせるが、そんな修業を経ても立派な芸を残す人は数える程しかいない。たいていは二流以下のまま死んで行く。自分もまたその一人かと、新吉の自嘲《じちょう》めいた感傷も、しかしふと遠い想いのように、放心の底をちらとよぎったに過ぎなかった。

ただ、ぼんやりと坐っていた。うとうとしていたのかも知れない。電車のはいって来た音も夢のように聴いていた。一瞬あたりが明るくなったので、はっと起《た》ち上ろうとした。が、はいって来たのは宝塚行きの電車であった。新吉の待っているのは、大阪行きの電車だ。

がらんとしたその電車が行ってしまうと、向い側のプラットホームに人影が一つ蠢いていた。今降りたばかりの客であろう。女らしかった。そわそわとそのあたりを見廻しながら、改札口を出て暫《しばら》く佇《たたず》んでいたが、やがてまた引きかえして新吉の傍へ寄って来た。四十位のみすぼらしい女で、この寒いのに素足に藁《わら》草履をはいていた。げっそりと痩《や》せて青ざめた顔に、落ちつきのない表情を泛べ乍ら、

「あのう、一寸《ちょっと》おたずねしますが、荒神口《こうじんぐち》はこの駅でしょうか。」

「はあ――？」

「ここは荒神口でしょうか。」

「いや、清荒神《きよしこうじん》です、ここは。」

新吉は鈍い電燈に照らされた駅名を指さした。

「この辺に荒神口という駅はないでしょうか。」

「さア、この線にはありませんね。」

「そうですか。」

女はまた改札口を出て行って、きょろきょろ暗がりの中を見廻していたがすぐ戻って来て、

「たしかここが荒神口だときいて来たんですけど……。」

「こんなに遅く、どこかをたずねられるんですか。」

「いいえ、荒神口で待っているように電報が来たんですけど……。」

女は半泣きの顔で、ふところから電報を出して見せた。

「コウジングチヘスグコイ。——なるほど。差出人は判ってるんですか。」

新吉が言うと、女は恥しそうに、

「主人です。」と言った。

「じゃ、荒神口に御親戚《しんせき》かお知り合いがあるわけですね。」

「ところが、全然心当りがないんです。荒神口なんて一度も聴いたことがないんです。」

「しかし、おかしいですね。荒神口に心当りがあれば、たぶんそこで待っておられるわけでしょうが、そうでないとすれば、駅で待っておられるんでしょうね。しかしスグコイといったって、この頃の電報は当てにならないし、待ち合わす時間が書いてないし、電報を受け取られたあなたが、すぐ駈《か》けつけて行かれるにしても、荒神口というところへ着かれるのが何時になるか、全然見当がつかないでしょう。それまで駅で待っているというのはなかなか……。せめて何時に待つと時間が書いてあれば、あれでしょうが……。」

「私もおかしいなと思ったんですけど、とにかく主人が来いというのですから、子供に晩御飯を食べさせている途中でしたけど、あわてて出て来たんです。」

乱れた裾《すそ》をふと直していた。

「御主人だということは判ったんですね。」

新吉はふと小説家らしい好奇心を起していた。

「近所の人に見て貰いましたら、これは大阪の中央局から打っているから、行って調べて貰えと教えて下すったので、中央局で調べて貰いましたら、やっぱり主人が打ったらしいんです。」

「お宅は……?」

「今里《いまざと》です。」

今里なら中央局から市電で一時間で行けるし、電報でわざわざ呼び寄せなくともと思ったが、しかし、それを訊《き》くのは余りに立ち入ることになるので新吉は黙っていると、女は、

「――ウナで打っているんですけど、市内で七時間も掛ってますから、間に合わないと思いましたが、とにかく探して行こうと思って、いろいろ人にききましたら、荒神口という駅はないが、それならきっと清荒神だろうと言って下すったので、乗って来たんですけど……。」

ほかに荒神口という駅があるのでしょうかと、また念を押すのだった。

「さア、ないと思いますがね。」

と新吉が言っているところへ、大阪行きの電車がはいって来た。

「――ここで待っておられても、恐らく無駄でしょうから……。」

この電車で帰ってはどうかと、新吉はすすめたが、女は心が決らぬらしくもじもじしていた。

結局乗ったのは、新吉だけだった。動き出した電車の窓から見ると女は新吉が腰を掛けていた場所に坐って、きょとんとした眼を前方へ向けていた。夜が次第に更けて来るというのに、会える当てもなさそうな夫をそうやっていつまでも待っている積りだろうか。諦《あきら》めて帰る気にもなれないのは、よほど会わねばならぬ用事があるのだろうか。それとも、来いと言う夫の命令に素直に従っているのだろうか。

電車の中では新吉の向い側に乗っていた二人の男が大声で話をしていた。

「旧券*の時に、市電の回数券を一万冊買《こ》うた奴がいるらしい。」

「へえ、巧《うま》いことを考えよったなァ。一冊五円だから、五万円か。今、ちびちび売って行けば、結局五万円の新券がはいるわけだな。」

「五十銭やすく売れば羽根が生えて売れるよ。四円五十銭としても、四万五千円だからな。」

「市電の回数券とは巧いこと考えよったな。僕は京都へ行って、手当り次第に古本を買い占めようと思ったんだよ。旧券で買い占めて置いて、新券になったら、読みもしないで、べつの古本屋へ売り飛ばすんだ。」

「なるほど、一万円で買うて三割引で売っても七千円の新券がはいるわけだな。」

「しかし、とてもそれだけの本は持って帰れないから、結局よしたよ。市電の回数券には気がつかなかった。」

「もっとも新券、新券と珍らしがって騒いでるのも、今のうちだよ。三月《みつき》もすれば、前と同じだ。新券のインフレになる。」

「結局金融措置というのは人騒がせだな。」

「生産が伴わねば、どんな手を打っても同じだ。しかもこんどの手は生産を一時的にせよ停めるようなもんだからな。生産を伴わねば失敗におわるに極まっている。方法自体が既に生産を停めているのだからお話にならんよ。」

二人はそこで愉快そうに笑った。その愉快そうな声が新吉には不思議だった。しかし、新吉はもうそんな世相話よりも、さっきの女の方に関心が傾いていた。

あんな電報を打った女の亭主は、余程無智な男に違いない。電報の打ち方をまるで知らないのかと思われる。しかしまた思えば、そんな電報を打つところに、その男の何かせっぱ詰まったあわて方があるのかも知れない。そしてまた、普通の女ならさっさと帰ってしまうだろうに、いつまでも清荒神の駅に佇んでいる女の気持も、従順とか無智とかいうよりも、何か思いつめた一途《いちず》さだった。

新吉の勘は、その中年の男女に情痴《じょうち》のにおいをふと嗅《か》ぎつけていた。情痴といって悪ければ、彼等の夫婦関係には、電報で呼び寄せて、ぜひ話し合わねばならぬ何かが孕《はら》んでいるに違いない。子供に飯を食べさせている最中に飛び出して来たという女のあわて方は、彼等の夫婦関係がただごとでない証拠だと、新吉は独断していた。夜更けの時間のせいかも知れない。

しかし、ふと女が素足にはいていた藁草履のみじめさを想いだすと、もう新吉は世相に引き戻されて情痴のにおいはにわかに薄らいでしまった。

どうしても会わねばならないと思いつめた女の一途さに、情痴のにおいを嗅ぐのは、昨日の感覚であり、今日の世相の前にサジを投げ出してしまった新吉にその感覚がふと甦《よみがえ》ったのは当然とはいうものの、しかし女の一途さにかぶさっている世相の暗い影から眼をそむけることはやはり不可能だった。

しかし、世相の暗さを四十時間想い続けて来た新吉にとっては、もう世相にふれることは反吐《へど》が出るくらいたまらなかった。新吉はもうその女のことを考えるのはやめて、いつかうとうとと眠っていた。

揺り動かされて、眼がさめると、梅田の終点だった。

原稿を送って再び阪急の構内へ戻って来ると、急に人影はまばらだった。さっきいた夕刊売りももういない。新吉は地下鉄の構内なら夕刊を売っているかも知れないと思い、階段を降りて行った。

阪急百貨店の地下室の入口の前まで降りて行った時、新吉はおやっと眼を瞠《みは》った。一人の浮浪者がごろりと横になっている傍に、五つか六つ位のその浮浪者の子供らしい男の子が、立膝《たてひざ》のまままちょぼんとうずくまり、きょとんとした眼を瞠《みひら》いて何を見るともなく上の方を見あげていた。

そのきょとんとした眼は、自分はなぜこんな所で夜を過さねばならないのか、なぜこんなひもじい想いをしなければならないのか、なぜ夜中に眼をさましたのか、なぜこんなに寒いのか、不思議でたまらぬというような眼であった。

父親はグウグウ眠っている。その子供も一緒に眠っていたのであろう。がふと夜中に眼を覚ましてむっくり起き上った。そして、泣きもせず、その不思議でたまらぬというような眼をきょとんと瞠いて、鉛のようにじっとしているのだ。きょとんとした眼で……。

新吉は思わず足を停めて、いつまでもその子供を眺めていた。その子供と同じきょとんとした眼で……。そして、あの女と同じきょとんとした眼で……。

それはもう世相とか、暗いとか、絶望とかいうようなものではなかった。虚脱とか放心とかいうようなものでもなかった。

それは、いつどんな時代にも、どんな世相の時でも、大人にも子供にも男にも女にも、ふと覆《おお》いかぶさって来る得体の知れぬ異様な感覚であった。

人間というものが生きている限り、何の理由も原因もなく持たねばならぬ憂愁の感覚ではないだろうか。その子供の坐りかたはもう人間が坐っているとは思えず、一個の鉛が置かれているという感じであったが、しかし新吉はこの子供を見た時ほど人間が坐っているという感じを受けたことはかつて一度もなかった。

再び階段を登って行ったとき、新吉は人間への郷愁にしびれるようになっていた。そして、「世相」などという言葉は、人間が人間を忘れるために作られた便利な言葉に過ぎないと思った。なぜ人間を書こうとせずに、「世相」を書こうとしたのか。新吉ははげしい悔いを感じながら、しかしふと道が開けた明るい想いをゆすぶりながら、やがて帰りの電車に揺られていた。

一時間の後、新吉が清荒神の駅に降り立つと、さっきの女はやはりきょとんとした眼をして、化石したように動かずさっきと同じ場所に坐っていた。

注解・編者解説

斎藤理生（さいとう・まさお）
一九七五年、高松市生まれ。千葉、東京、名古屋などを転々とした後、大阪府豊中市で育つ。大阪大学を卒業後、同大学大学院で博士課程を修了。博士（文学）。群馬大学准教授等を経て、二〇二一年より大阪大学大学院教授。太宰治や織田作之助の小説を中心に日本近現代文学を研究している。著書に『太宰治の小説の〈笑い〉』『小説家、織田作之助』。共編著に『太宰治単行本にたどる検閲の影』などがある。

注解

放浪

ページ

一〇　*現糞《げんくそ》　験《げん》すなわち縁起が悪いことを忌《い》み嫌って、罵《ののし》りを現す「くそ」をつけて強めている言葉。

一三　*浪花節《なにわぶし》　明治時代以降に盛んになった、大衆的な語り芸。義理人情を主とした物語を、三味線を伴奏にして歌い、語る。浪曲。

一五　*坊《ぼ》んち　関西地方で男子、特に良家の若い子息を呼ぶ語。坊ちゃん。「坊《ぼ》ん坊《ぼ》ん」は同様の、もう少し丁寧な表現。

一五　*棒ねじ　棒ねじは螺旋《らせん》状に粗《あら》く巻いて作られたアメ菓子。犬の糞《くそ》とどんぐりは、それぞれ似た形状の豆入り餡《あん》およびアメ玉。

一五　*艶歌師《えんかし》　流行歌をうたった大道芸人。明治後期から昭和初期に、盛り場や街頭に人を集め、多くは男女二人組で、男がバイオリンやアコーディオンを弾きながら新しい流行歌をうたい、女が歌詞を印刷した本を売った。

一六　＊中風　脳卒中発作の後遺症。身体《からだ》が麻痺《まひ》して半身不随になったり、言語障害を起こしたりする。

一六　＊ぼろい　楽で、割がよい。物事が簡単にうまくいき、たいした元手をかけずに利益を得られること。

一七　＊沖仲仕《おきなかし》　港湾労働者。主に、船・はしけ・波止場それぞれの間で、荷物の積み下ろしなどの力仕事に従事する。

一七　＊夜泣きうどん　夜中に屋台を引き、売り声を上げたり、音を鳴らしたりして客を呼ぶうどん屋。

一七　＊関東煮《かんとだき》　おでん。東京から大阪に伝わったとされる関東風の煮込みのおでんを、味噌《みそ》だれの豆腐田楽をおでんと呼んでいた関西ではこのように呼んだという。

一八　＊念仏講　信者が集まって念仏を行うこと。共同体の親睦《しんぼく》を深める目的もあった。

二〇　＊尻振《しりふ》りダンス　軽演劇などで演じられた南洋風の腰を振る踊り。

二〇　＊レートクリーム　レートクレーム。スキンケア用の化粧品。化粧品メーカーの平尾賛平商店によって、一九〇九年に販売開始。以来、新聞や雑誌などで積極的に広告され、流行した。

二二　＊赤新聞　低俗な新聞。興味本位の暴露記事や事実無根の捏造《ねつぞう》などで、読者の好奇心を煽《あお》る内容を売り物にした。明治中期の大衆紙「万朝報《よろずちょうほう》」が淡い赤色の用紙を使ったことに由来する。

二三　＊にらみ鯛《だい》　大阪や京都で、正月に床の間や膳《ぜん》の前に供えた鯛の塩焼き。三が日の間は食べずに見るだけなので「にらみ」と言われた。

二三　＊四尺七寸　一尺は約三〇・三センチメートル。一寸はその一〇分の一。四尺七寸は約一四二センチ。『放浪』が発表された時期における二〇歳の日本人男性の平均身長が約一六四センチであった。

二四　＊まむし　関西で、鰻《うなぎ》めしのこと。三センチ程度に切った蒲焼《かばやき》を幾切れか、温かい米飯に掛け汁（ダシ）と共にまぶし（混ぜ）ながら食べることから、この名が出たと言われる。

二四　＊鮒《ふな》の刺身　かつての関西の鰻屋における定番メニュー。三枚に下ろして細く切り、酢味噌を付けて、鰻の前に食べる。

二五　＊村雨羊羹《むらさめようかん》　古くから泉州岸和田の名物として知られていた、小豆・砂糖・米粉を練り合わせて蒸した菓子。

二八　＊ゴーストップ　交通整理の信号機、または信号機が設けられた交差点。かつては警察官の手信号によって交通整理が行われていたが、昭和初期から都市の交差点に電気式の自動交通整理信号機が据えられるようになった。一九三一年には大阪の戎橋《えびすばし》にも電気による自動交通整理信号機が設置されている。

二八　＊下肥《しもごえ》　人の糞尿《ふんにょう》を腐熟させ、肥料にしたもの。

二八　＊中座《なかざ》　大阪の道頓堀《どうとんぼり》で、歌舞伎や演劇を上演していた劇場。初代中村鴈治郎《がんじろう》が拠点にしていた。一七世紀以来の歴史を持ち、「浪花座」「角座《かどざ》」「朝日座」「弁天座」と共に「道頓堀五座」と呼ばれた。一九九九年閉館。

二九　＊楽天地　レジャー施設。一九一四年に大阪の千日前で開業。地下一階・地上三階。大劇場・小劇場・キネマ館をはじめ、展望台やメリーゴーランド、水族館なども備え、夜のイルミネーションも有名だった。織田作之助の長編『青春の逆説』（一九四一）には、主人公が祖父に連れられて行ったり、地下で見世物を観《み》たりする場面がある。一九三〇年閉館。

二九　＊フライビンズ　(fried beans 英語)　空豆を油で揚げた菓子。活動写真館で、セロファンの袋に入れて売られていた。

三〇　＊線香　芸者の揚げ代。花街《かがい》では、線香が一本燃え切る時間を単位として、芸妓《げいぎ》の接客の時間を計算したことに由来する。

三〇　＊書生下駄　明治末期から昭和初期に学生たちの間で流行した、桐《きり》材の台に、朴《ほお》の木の歯を差して作った厚手の丈夫な高下駄。

三〇　＊鳥打帽子　前びさしのついた、平らな帽子。元は狩猟などに用いたことで鳥打の名があるが、商人や職人が多くかぶった。ハンチング。

三〇　＊胸すかし　千日前の竹林寺の門前で売っていた鉄冷鉱泉。炭酸水のこともいう。『夫婦善哉《めおとぜんざい》』（一九四〇）、『わが町』（一九四二）など、織田作之助の他作品にも登場する。

三〇　＊猫××　猫イラズ。戦前、殺鼠剤《さっそざい》として広く使用されたが、自殺用にも用いられることがあった。伏字は、著者が検閲を憚《はばか》ったか。

三四　＊オイチョカブ　花札を使ったカブ賭博《とばく》のこと。手札と引き札との合計数を競い、下一桁《けた》（一の位）が九（カブ）、または九に最も近い数が勝ちとなる（役を除く）。「質屋の外に荷が降り」は、七と二でカブができたということ。

三四　＊でん公　大阪で、町の不良、博打《ばくち》打ち、暴力団の下っ端《ぱ》などのこと。「でんこ」ともいう。

三五　＊¬又《かねまた》　大阪の食堂。昭和初期に松島新地付近で開業した後、のれん分けで大阪各地に出店。戦後に開店した最後の一店が、天神橋筋六丁目で二〇二三年まで営業していた。タマネギ・ジャガイモ・牛バラ肉を煮込み、塩で味付けした半透明の「特製シチュー」が有名。織田作之助の短編『アド・バルーン』（一九四六）の主人公は、「かね又という牛めし屋へ『芋ぬき』というシュチューを食べに行く。かね又は新世界にも千日前にも松島にも福島にもあったが、全部行きました」と語る。

三五　＊半しま　半分のライス。「しま」は堂島の「島」。堂島で米相場が立っていたことに由来する。

三五　＊仁《じん》が寄って　大勢の人を呼び寄せること。

三六　＊大阪パック　漫画雑誌。一九〇五年に東京で創刊された風刺漫画専門誌「東京パック」に刺激され、一九〇六年に大阪の輝文館が創刊。その後も出版社や名称の変更を経ながら、一九五〇年まで発行されていた。織田作之助も一九四一年から四三年にかけて『写真の人』などの作品を発表している。

三六　＊泣きたん　「たん」が賄賂《わいろ》授受の隠語なので、泣きたてることで不正に金を得ること。あるいは、泣いて嘆願することから来ているか。

三六　＊昼夜銀行　日中働いている人などのために、夜間も営業した銀行。普通の銀行が午前九時から午後三時までの営業のところ、昼夜銀行は午後八時から一〇時まで営業した。

三七　＊目交《めまぜ》　目くばせ。目つきやまばたきによって、自分の意志を伝えたり、合図したりすること。

三八　＊玉ノ井　現在の東京都墨田区東向島《ひがしむこうじま》付近にあった私娼《ししょう》街。浅草十二階（凌雲閣《りょううんかく》）下にいた私娼たちが、関東大震災と私娼撲滅《ぼくめつ》運動によって東京市外のこの地に拠点を移し、交通網の整備と連動するようにして、一九二〇年代から三〇年代にかけて隆盛した。永井荷風の代表作『濹東綺譚《ぼくとうきたん》』（一九三七）に描かれたことで有名。織田作之助の一九三八年の日記には時々「濹東」を訪れたことが記されている。一九四五年三月、東京大空襲によって焼失。

三九　＊あんまの笛　按摩《あんま》は多く盲人の仕事で、町中を流し歩く際に、小笛を吹くことで客を引いた。穴の三つある男笛と、穴のない女笛があり、音色と吹き方で区別された。

四〇 *追廻《おいまわ》し 追い回されるように、あれこれ言いつけられて仕事をする人。掃除や走り使いなどをする雑役夫。

四一 *タンチー 昆布茶。細かく刻んだ、または粉末にした昆布を熱湯に溶かした飲み物。

四一 *バット 紙巻煙草《たばこ》の銘柄「ゴールデンバット」の略。一九〇六年発売。安価で労働者を中心に愛好された。

四五 *河豚《てつ》「ふぐ(河豚)」および、ふぐを料理したふぐなべ、ふぐ汁などのこと。ふぐは、毒素を持つ肝臓や卵巣を除いて調理する必要がある。当たれば死ぬ、ということから「てっぽう」と言ったのを略したもの。

四七 *尻はまくらなかった 「尻をまくる」は、追い詰められたときなどに急に態度を変えて、居直ったり、喧嘩《けんか》腰になったりすること。

四八 *編笠《あみがさ》 菅《すげ》、藺草《いぐさ》、木の皮、竹の皮などを編んで作った笠。陽射《ひざ》しから頭部を保護したり、顔を隠したりする用途がある。当時は後者の目的で、犯罪者を護送するときにも用いられた。

四八 *紀元節の大赦《たいしゃ》 紀元節は一八七二年、神武天皇即位の日に基づいて制定された祝日で、二月一一日(一九四八年に廃止)。「大赦」は恩赦のひとつで国家的な慶事などの際に行われる。作品が発表された一九四〇年は、神武天皇即位以来の「皇紀二六〇〇年」とされ、広範囲にわたって恩赦による減刑がなされた。

四九 ＊人絹《じんけん》 人造絹糸《けんし》の略。レーヨン。天然の絹糸の代用として作られた化学繊維。価格が安かった。

四九 ＊コーヒ コーヒーを短く縮めた、関西特有の表記。一九一三年、道頓堀にできたカフェ・パウリスタは「コーヒ」と書いた看板を掲げていた。コーヒの方がコーヒーより、字を大きくできて目立つからであったという。

四九 ＊大阪劇場 一九三三年に千日前で「東洋劇場」として開業、翌年から「大阪劇場」と改称した大型施設。千日前では歌舞伎座に次ぐ大劇場で、三〇〇〇人を収容すると言われた。OSSK（大阪松竹少女歌劇）の本拠地であり、歌劇に加えて映画も上映していた。地下にはスポーツランドがあり、ジャズが演奏され、射的、将棋クラブなど、各種遊技場があった。大阪では一九二〇年代からジャズが流行していた。当時の道頓堀川周辺では、カフェ、キャバレー、ダンスホール、屋形船など、さまざまな場所でジャズ・バンドが演奏しており、少年音楽隊や、芸妓によるバンドなども組織された。大阪劇場地下室で専属の少女バンドが演奏していたのも、この流れを汲《く》んだものであろう。織田作之助は小説『続夫婦善哉』（生前未発表）『聴雨』（一九四三）などでもこの地下室の様子をくわしく描いている。一九六七年閉館。

五〇　＊別府音頭　「別府音頭」は西条八十《やそ》作詞、中山晋平《しんぺい》作曲で一九三四年にビクターレコードから発売。順平が口ずさんだ「別府通いの汽船の窓で～」は、一九三七年にコロムビアから発売された西条八十作詞・江口夜詩《よし》作曲「別府行進曲」の一節。ただし「別府行進曲」では「別府通《がよ》いの汽船の上でちらり見交《みかわ》す顔と顔」となっており、少し異なる。

雪の夜

ページ

五五　＊お召《めし》　御召縮緬《ちりめん》の略称。先染めの強撚糸《きょうねんし》を使って織られる生地で、上品でシャリ感のある風合が特長。江戸時代から高級和服地として愛好されている。

五五　＊上海《シャンハイ》くずれ　国際色豊かな大都市であった上海の歓楽街で経験を積んだものの、落ちぶれて今はここにいる者。

五六　＊向革《むこ》　むこうがわ。下駄の前部に、雨水、泥土、埃《ほこり》などを防ぐために付けるカバー。爪掛《つまがけ》、爪革《つまかわ》とも言う。

五六　＊丹前《たんぜん》　防寒着の一種。綿を入れた広袖《ひろそで》仕立ての厚手の部屋着で、寒い季節などに衣服の上に着用する。どてら。

五八　＊赤玉　一九二七年、道頓堀にできた大型カフェー店。地上二階、地下一階。店内にはシャンデリアがきらめき、バンドが演奏する中、「女給」と呼ばれた和服にエプロン姿の女性がソファーに座った客を接待した。店外では屋上に赤いネオンの風車をつけて、夜空を彩《いろど》った。織田作之助の『青春の逆説』には、主人公が夕方「道頓堀の赤玉のムーラン・ルージュが漸《ようや》くまわり出して、あたりの空を赤く染めた」さまを眺める場面がある。

五八　＊ミルクホール　牛乳やコーヒー、パン、ドーナツなどを提供する、洋風の飲食店。新聞や官報が置いてあり、学生や若い勤め人の客が多かった。一八九七年、東京の神田にできたのを皮切りに、昭和初期にかけて流行した。

五九　＊大島　大島紬《つむぎ》の略称。鹿児島県奄美《あまみ》大島でつくられる、絣《かすり》織りの高価な紬。のちに産地は島外にも広まった。菊池寛『大島が出来る話』（一九一八）には、当時の人々の大島への憧《あこが》れが描かれている。

六〇　＊商業学校　ここでは高等商業学校を指すと思われる。高等商業学校は、旧制の実業専門学校のひとつ。商業に関する専門的な教育を施した。多くは三年制。四年制は東京高等商業学校と、神戸高等商業学校のみなので、坂田は神戸高商出身か、大阪高等商業学校で研究科（一年制）まで進学していたと推測される。

六一　＊松竹座　道頓堀にあった洋式の大劇場。洋画の封切館として広く知られた。一九二三年開場。鉄骨鉄筋コンクリートで、収容人員は一〇〇〇人を超えたという。一九演劇、コンサートなども上演した。一九九四年に閉館したが、九七年に外観を残して新築され、歌舞伎や演劇が上演されている。

六一 ＊活動《かつどう》写真 映画の旧称。主に一九一〇〜二〇年代に使われた。

六二 ＊無尽《むじん》 無尽講。相互に金銭を融通しあう目的の組織。世話人の募集に応じた加入者が、一定の掛金を持ち寄って定期的に集会を催し、抽籤《ちゅうせん》や入札などの方法で、順番に掛金の給付を受ける、庶民金融の互助組織。頼母子《たのもし》講。

六七 ＊一高 第一高等学校。旧制高校のひとつ。一八七七年設立の東京大学予備門が前身。一八八六年から一八九四年までの第一高等中学校を経て一八九四年に第一高等学校と改称。主に帝国大学に進学する若者を教育した。一九四九年、新制東京大学の教養学部に統合。本郷から駒場《こまば》に移転したのは一九三五年。

七〇 ＊地下鉄 大阪では、一九三〇年に地下鉄御堂筋《みどうすじ》線の工事が始まり、一九三三年に梅田〜心斎橋間が開業。二年後に難波《なんば》、その三年後には天王寺へと延伸した。

七一 ＊事変 ここでは「支那《しな》事変」を指す。まず、一九三七年七月七日の盧溝橋《ろこうきょう》事件に端を発する日本軍と中国軍の衝突が「北支事変」と命名された。八月に第二次上海事変が起こると、日中両国は全面戦争へと突入。同年九月二日、閣議で「北支事変」は「支那事変」と改称された。

七二 ＊亀ノ井ホテル 別府温泉の亀の井ホテル。一九一一年に油屋熊八《くまはち》が創業した亀の井旅館が前身。一九二四年開業。洋館を備えた一流ホテルであった。

七三 ＊五町 「町」は距離の単位。一町は約一〇九メートル。『天衣無縫』に出てくるように「丁」と書くこともある。

馬地獄

ページ

七九　＊惻隠《そくいん》　同情し、あわれむこと。いたましく、かわいそうに思うこと。

八〇　＊市電　ここでは大阪市営電気鉄道のこと。一九〇三年開業の路面電車。二〇世紀の初頭から半ばにかけて、大阪の庶民の足として愛された。一九六九年廃止。

八〇　＊大鉄《だいてつ》電車「大鉄」は大阪鉄道のこと。大正から昭和初期に、阿部野《あべの》橋を中心に、主に大阪南部を走っていた鉄道。現在の近畿日本鉄道（近鉄）の前身のひとつ。

俗臭

ページ

八四　＊魚島時《うおじまどき》　八十八夜前後の豊漁期。上方《かみがた》の語。産卵のため、銀色の鱗《うろこ》の魚が群れをなして水面まで浮き上がってくるさまが島のように見えるために「魚島」と言われたという。春の季語。

八四　＊一万円　物によって価格の上昇率は変わるため、単純な比較は困難であるが、白米一〇キロが大正二年には約一円五〇銭だったのが、二〇二四年現在、約四五〇〇円とすると三〇〇〇倍なので、一万円は三〇〇〇万円に相当することになる。

八五　＊青楼《せいろう》　遊女のいる場所。妓楼《ぎろう》。

八六　＊土左衛門《どざえもん》　おぼれて死んだ者の骸《むくろ》。溺死体《できしたい》。
八七　＊冷やしあめ　大阪で夏によく飲まれる、冷たい飲み物。麦芽水飴《みずあめ》を湯で溶き、生姜《しょうが》の搾《しぼ》り汁を加えてよく冷やしたもの。
八七　＊お午《うま》の夜店　午の日ごとに開かれた夜店。午の日は、十二支の午にあたる日で、一二日に一度巡ってくる。織田作之助は『わが町』や『アド・バルーン』で、「道頓堀の朝日座の角から千日前の金刀比羅《こんぴら》通りまでの南北の筋に出」たこの夜店を描いている。
八七　＊カーバイト（carbide 英語）　ここでは炭化カルシウムのこと。夜店の照明になるアセチレン灯をともすために用いる。
八八　＊口入屋《くちいれや》　奉公人などの周旋をする店や人。
八八　＊ハネ　芝居などで、その日の興行が終わること。芝居小屋の外囲いの蓆戸《むしろど》を上へはね上げて客を出したところからいう。
八八　＊朝日座　道頓堀にあった劇場。道頓堀五座のひとつ。江戸時代には角丸芝居と呼ばれていたが、焼失。明治初期に復興され、壮士芝居や新派劇が上演された。一九一一年以降、映画上映中心の劇場となった。一九四五年に空襲で焼失。
八八　＊一六《いちろく》の夜店　一と六がつく日ごとに開かれた夜店。大阪では、平野町の夜店が有名で、お午の夜店とともに『アド・バルーン』でも言及されている。
九三　＊請印《うけはん》　請判。うけいん。保証人の印。また、保証人が印を押すこと。

九五　＊コークス（Koks ドイツ語、coke 英語）石炭を乾留し、炭素部分だけを残した固体燃料。種々の用途があるが、製鉄では、鉄鉱石から鉄を取り出すにあたって、酸素を取り除くために使われる。

九八　＊麦飯に塩鰯《しおいわし》一匹　麦飯も鰯も安価なことに加え、関西では麦飯を炊《た》くことを「麦をよます」と言い、「ようまわす」に通じるので、世の中がよく回るようにとの願いをこめて節分に食べられるようになったという。鰯には魔除《まよ》けの意味があり、節分にはその頭を柊《ひいらぎ》の枝に刺したものを戸口に飾る習慣がある。

九九　＊折れて曲る　原価の二倍半、あるいは三倍以上に売れること。「折れ」で原価の二倍もうかることを意味した。

一〇〇　＊看貫《かんかん》　品物の重さを量ること。検量すること。

一〇〇　＊欧州大戦　一九一四年から一八年まで続いた第一次世界大戦。三国同盟（ドイツ・オーストリア・イタリア）と三国協商（イギリス・フランス・ロシア）との対立を背景として起こった。日本は日英同盟を理由に後者の一員として参戦し、中国のドイツ権益などを得た。本土が戦地にならず、商品輸出が急増したため、空前の好景気を享受《きょうじゅ》することになった。

一〇〇　＊安来節《やすぎぶし》　島根県安来地方で江戸中期にかたちづくられた民謡。酒席で歌われてきた騒ぎ歌で、「どじょうすくい」の踊りを伴うことが多い。一九一六年に、安来町出身の渡辺糸が東京浅草鈴本亭で歌って以来、全国的に流行した。

一〇〇　＊紋日《もんび》　祝い事や祭り、葬儀などが行われる特別な日。「物日《ものび》」が関西で変化したとも、祝祭日、年中行事や冠婚葬祭には紋付の着物を着ることが多かったため、このように言われるようになったともいう。

一〇一　＊不注意者《よんぼり》　関西方言で、ぼんやりしている者を指す。ヨンボはヨボの変化したもので、ヨボヨボとのろいさまから来ているという。

一〇一　＊馬力《ばりき》挽き　馬を引いて荷を運ぶ人。

一〇二　＊苦力《クーリー》　過酷な肉体労働に従事する中国やインドを中心としたアジア系の下層労働者に対して、外国人が用いた呼び方。

一〇二　＊万寿山《まんじゅさん》　中国・北京《ペキン》の北西の頤和園《いわえん》内にある、高さ六〇メートルの人工の山。もとは甕山《おうざん》といったが、一七五〇年、清の乾隆《けんりゅう》帝が母の長寿を祝って清漪園《せいいえん》（頤和園の旧称）を拡張し、甕山は「万寿山」と改称された。景勝地として有名。

一〇三　＊京城《けいじょう》　韓国・ソウルの旧称。李朝《りちょう》時代の漢城を、一九一〇年の日本の韓国併合により京城に改称し、一九四五年の日本の敗戦まで用いられた。

一〇三　＊玉突屋　料金を払って、ビリヤード（玉突）をする店。日本では、ビリヤードは明治時代後半から西洋風の遊びとして広まり、玉突屋が社交の場ともなった。正《まさ》宗白鳥《むねはくちょう》『玉突屋』（一九〇八）に、当時の店や客の様子が描かれている。

一〇四　＊洲崎《すさき》　東京都江東区の有名な遊郭があった地名。遊郭は一八八八年に根津から移転してきた。同じく遊郭で有名な吉原《よしわら》よりも、庶民的な場所として賑《にぎ》わったという。戦時下の空襲で焼失したものの、戦後も再建されて「洲崎パラダイス」として一九五八年まで続いた。

人情噺

ページ

一一一 ＊三助　銭湯における男の使用人。釜《かま》を焚《た》いて湯を沸かしたり、下足番や客の背中を流すなどの接客をしたり、さまざまな仕事に携わった。

一一三 ＊ダットサン　国産の小型自動車。日産自動車製の車名・商標名だが、作品が発表された当時は半ば小型車の総称になっていた。

一一六 ＊お正午《ひる》のサイレン　明治以降、大阪では陸軍が大阪城で正午に打つ空砲を時報にしていた。しかし「お城のドン」は経費節減のため一九二二年九月一五日になくなった。そこで三越が屋上から強いサイレンを鳴らして正午を報じた。一九二五年五月には大阪放送局ができて、三越の仮放送室から正午が報じられた。

一一六 ＊雀《すずめ》百まで　ことわざ「雀百まで踊り忘れず」の略。雀が死ぬまで飛びはねるような動作を行うことから、若い頃からくり返し身についた習性は、年を重ねても変わらないということ。

一一六 ＊入浴時間が改正　戦争が長期化するにつれ、銭湯は燃料の不足に悩まされるようになったため、入浴開始時間が午後二時になった。

天衣無縫

ページ

一二三　＊おんべこちゃ　大阪弁で、同じであること。おあいこ。

一二八　＊文楽　人形浄瑠璃《じょうるり》の芝居。義太夫《ぎだゆう》節に合わせて演じられる。一九世紀初頭に植村文楽軒によって大坂の高津《こうづ》橋南詰に開かれた一座が人気を博し、のちに「文楽」が人形浄瑠璃の代名詞となった。戦前は一九三〇年に四ツ橋文楽座が開場、多くの名人も輩出し、大阪の芸能として親しまれた。織田作之助は小説『文楽の人』（一九四六）や評論「二流文楽論」（一九四六）などで積極的に文楽を取りあげている。随筆「わが文学修業」（一九四三）では、小説を書く上で「文楽で科白《せりふ》が地の文に融け合う美しさに陶然としていたので会話をなるべく地の文の中に入れて、全体のスタイルを語り物の形式に近づけた」とも述べている。

一二九　＊文五郎と栄三《えいざ》　吉田文五郎（一八六九～一九六二）と吉田栄三（一八七二～一九四五）。共に文楽の人形遣い。文五郎は女形《おんながた》人形遣いの名手。一九五九年、文化功労者として顕彰された。栄三も初めは女形であったが、後には立役《たちやく》に転じ、晩年は荒物もやった。一九二七年、文楽座の人形座頭となった。織田作之助はそれぞれを小説化した『文楽の人』の「あとがき」で、両者を「国宝級の人形使い」としている。

一二九　＊帝国大学　旧制の国立総合大学。一八八六年の帝国大学令による官立学校で、東京・京都・東北・九州・北海道・京城・台北・大阪・名古屋にあった。戦後、京城・台北以外は、学校教育法による新制の国立大学となった。

一三〇　＊花月《かげつ》　千日前の法善寺横丁にあった寄席《よせ》。元は金沢亭という寄席だったが、一九一五年に吉本興行部に買収されて「花月」となった。『夫婦善哉』では、柳吉と蝶子《ちょうこ》がここに桂春団治《はるだんじ》の落語を聴きに行く。戦災で焼失。

一三〇　＊かき船　船上で広島産の牡蠣《かき》料理が食べられる店。道頓堀のほか、土佐堀川、堂島川などにあった。当時の案内書によれば、客が橋のたもとから石段を降りて板橋を渡り、座敷船に入ると、中は衝立《ついたて》で小間が作られており、窓から川岸が眺められ、夜になると川面《かわも》に映った灯が美しく見られたという。

一三一　＊京都の高等学校　第三高等学校。京都府京都市にあった旧制高校。主に旧帝国大学に進学する若者を教育した。現在の京都大学の前身のひとつ。織田作之助も一九三一年に入学している（三六年に退学）。

高野線

ページ

一四六　＊電車事故　一九四四年九月五日付「朝日新聞」大阪版二面には、「百七十余名死傷す　高野線で満員電車顚覆《てんぷく》大破」という記事が掲載されている。記事によれば、三日午後六時ごろ、高野山電気鉄道紀伊細川〜上古《かみこ》沢《さわ》駅間を走行中の列車が突然火を噴いたので急停車し、修理していたところ制動機が突然きかなくなって電車が滑り出して顚覆大破。即死六四名、重軽傷者一一一名（うち三名死亡）の大事故になったという。続いて「死傷八十名　萩原天神《はぎはらてんじん》で追突」という記事も掲載されている。記事では四日朝七時四六分ごろ、高野線萩原天神駅構内で、プラットホームから行き過ぎてしまった電車が戻ろうとしたところに別の電車が来て激突、死者五名、重軽傷者七五名を出したという。なお、翌日の新聞には「無理な速力を出すな　頻発する電鉄事故の原因を衝《つ》く」という記事が載り、高野線最近の乗り心地について、当時「朝日新聞」紙上に小説を連載していた藤沢桓夫《たけお》が「定期乗客」としてコメントしている。織田作之助は一九三九年から妻・一枝と、萩原天神駅の隣の、北野田駅近くに居住していた。

一四八　＊老婢《ろうひ》　年老いた下働きの女性。

一五〇　＊大船　神奈川県鎌倉市大船にあった、松竹大船撮影所。織田作之助は一九四四年七月上旬、長編『清楚《せいそ》』を原作とした映画『還《かえ》って来た男』（川島雄三監督、同月二〇日封切）に関わる用務のために訪れていた。一枝夫人が永眠したのは同年八月六日。

一五二　＊点呼予習　旧日本軍で、予備役・後備《こうび》役などの下士官や兵卒を召集して、点呼、査閲《さえつ》、訓練などをすることを簡閲点呼といったが、そのために前もって指示を仰いだり、修練を積んだりすること。織田作之助は、一枝の初七日である一九四四年八月一一日の日記に、「夜、点呼予習訓練を受く。木銃を持ち空を仰げば降るような星空なりき。色即是空《しきそくぜくう》」と記している。

蛍

ページ
一五七　＊生《な》さぬ仲　血のつながりのない親子の関係。
一五七　＊盃洗《はいせん》　酒宴において一つの盃《さかずき》を複数人でやり取りするとき、洗いすすぐために用いる器。あらかじめ水を入れておき、盃をその中で洗う。
一五八　＊江州《ごうしゅう》　近江国（滋賀県）の別称。
一五八　＊御寮《ごりょう》はん　御寮人《ごりょうにん》さま。関西で、中流町家の若奥様や娘をいう。
一六〇　＊あんぽんたん　かきもちの膨れたものに、砂糖の衣をかけた菓子。
一六一　＊雲助《くもすけ》　江戸時代に、街道の宿駅や渡し場などにいた、住所不定の肉体労働者。重い荷物の運搬、川渡し、駕籠《かご》かきなどの力仕事に従事した。中には客を侮《あなど》って、無理やりに駕籠に乗せ、後で大金を求める輩《やから》もあった。
一六二　＊細銀杏《ほそいちょう》　江戸時代の男子の髪形の一つ。銀杏の葉のような形に結った髷《まげ》を銀杏《いちょう》頭《がしら》といい、その細いもの。
一六二　＊伽羅油《きゃらあぶら》　鬢《びん》付け油の一種。胡麻《ごま》油に生蠟《きろう》、丁子《ちょうじ》を加えて練ったもの。近世初期に京都室町で売られ始め、中期以降は男女ともに整髪に欠かせないものになった。

一六三　＊阿波の人形師　現在は重要無形民俗文化財にも指定されている伝統芸能、阿波人形浄瑠璃の人形を作る職人。

一六四　＊強請《ごうせい》　無理に求めること。ゆすること。

一六七　＊浄瑠璃　三味線の伴奏で語る、音曲語り物のひとつ。平曲《へいきょく》・謡曲《ようきょく》・説教などを源流とする。文楽座が創設されて以来、明治期の大阪で特に流行。町内に一人は師匠が住んでいて、毎晩どこかで素人《しろうと》浄瑠璃会が催されていたという。織田作之助の初期の短編『雨』（一九三八）の主人公は、浄瑠璃本の写本師の娘と、浄瑠璃好きの校長に取り入るために浄瑠璃を習った教員との間に生まれる。『夫婦善哉』の柳吉も浄瑠璃の稽古《けいこ》に行っている。

一六七　＊野崎村　近松半二作の世話浄瑠璃『新版歌祭文《うたざいもん》』上巻後半の通称。油屋の丁稚《でっち》・久松の故郷の野崎村では、許嫁《いいなずけ》のお光《みつ》が祝言《しゅうげん》をあげる準備をしているが、そこに油屋の娘で久松と恋仲のお染が現れる。お光は、お染と久松の関係を知って嫉妬《しっと》するが、二人の想《おも》いの強さを知って自ら身を引き、尼になる。

一六七　＊千代萩《せんだいはぎ》　浄瑠璃『伽羅先代萩《めいぼくせんだいはぎ》』の通称。一七世紀半ばの、仙台藩伊達《だて》家のお家騒動に取材し、脚色した作品。元は歌舞伎の演目。奸臣《かんしん》たち一味が謀《はか》る幼い主君・鶴千代《つるちよ》の暗殺を、乳母・政岡《まさおか》が実子の犠牲に耐えて阻止する場面が有名。

一六七　＊宇治の蛍狩《ほたるがり》　蛍狩は、水辺などで、光る蛍を眺めたり捕えたりして遊ぶこと。宇治のような蛍の名所では殊《こと》に楽しまれた。浄瑠璃『生写朝顔話《しょううつしあさがおばなし》』に「宇治川蛍狩の段」がある。

一六八 ＊彦根の城主が大老　彦根藩第一三代藩主であった井伊直弼《なおすけ》（一八一五〜一八六〇）は、一八五八年に大老に就任。日米修好通商条約に調印した。

一六八 ＊彗星《すいせい》　一八五八年八月から九月に観測された、ドナティ彗星。日本では、京都の土御門《つちみかど》家、江戸の幕府天文方、大坂の間《はざま》家において観測され、記録が残されている。

一六八 ＊コロリ　コレラ（激しい下痢と嘔吐《おうと》で脱水症状を起こす腸管感染症）は一九世紀に世界中でくり返し流行した。日本でも一八二二年以来、複数回はやり、特に一八五八年には長崎から侵入し、全国的に蔓延《まんえん》する大流行になった。死に至るまで早く、コロリと死ぬことからコレラとかけてコロリと呼ばれた。「虎狼痢」「狐狼痢」などとも書く。

一六八 ＊蠟燭《ろうそく》の芯《しん》切り　照明に用いられる蠟燭の芯を、上演中に火を絶やさないように、時間を見計らって切る仕事。

一六九 ＊お茶子《ちゃこ》　京阪の芝居茶屋や寄席で、客を案内したり、座布団《ざぶとん》やお茶を運んだりして、接客にあたった女性。

一七〇 ＊素義会《そぎかい》　素人の義太夫同好会。あるいは、その発表会。

一七一 ＊その場で死ぬという騒ぎ　寺田屋騒動（事件）。一八六二年四月二三日深夜、京都伏見の寺田屋で、薩摩《さつま》藩士有馬新七（一八二五～一八六二）以下、尊皇攘夷《そんのうじょうい》の過激派の志士が、藩主の父・島津久光の命令を受けた藩士に殺害された。

一七五　＊ええじゃないか　一八六七年の夏から冬にかけて、近畿・東海・四国など江戸以西の各地に広まった民衆騒動。天から神符が降ったという噂《うわさ》をきっかけに、大勢の人々が「ええじゃないか」と高唱し、踊り狂った。

四月馬鹿

ページ
一七八　＊武田　武田麟太郎《りんたろう》（一九〇四～一九四六）。小説家。大阪出身。昭和初期にプロレタリア作家として地位を築き、後には市井《しせい》の風俗に題材を採った作品を多く発表し、流行作家となる。代表作に『日本三文オペラ』『銀座八丁』など。戦時下には陸軍報道班員としてジャワに赴いた。

一七八　＊外地　明治以降に獲得し、第二次世界大戦敗戦まで日本の支配下にあった地域。台湾、朝鮮、満州、樺太《からふと》、南洋諸島を指す。

一七九　＊泉鏡花　一八七三～一九三九。小説家。尾崎紅葉門下で、明治中期から昭和初期にかけて活躍。独自の神秘的・浪漫《ロマン》的・唯美《ゆいび》的な世界を構築し、その流麗な文体も含めて、後代の多くの作家に影響を与えた。代表作に『外科室』『高野聖《こうやひじり》』『婦系図《おんなけいず》』など。

一八一　＊兵古帯《へこおび》　兵児帯とも書く。主に男性や子供が浴衣《ゆかた》などに用いる軽装の帯。明治維新のころに、薩摩の青年（兵児）が帯刀のため軍装の上に締めていたことに由来する。

一八二　＊地廻り　ここでは、特定の盛り場を縄張りにし、徘徊《はいかい》しているならず者。

一八二　＊プチブル　プチブルジョア（petit-bourgeois　フランス語）の略。小市民階級。資本主義社会において、ブルジョアジーとプロレタリアートの中間にあたる階級。また、日本においては、その階層の人々を軽蔑《けいべつ》的に呼ぶ語。

一八四　＊カスタニエン　心斎橋にあった喫茶店「カスターニア」のこと。武田麟太郎が一九三二年ごろに入り浸っていた。武田が常駐していたため、「カスターニア」は文学青年の溜《た》まり場になった。

一八四　＊赤暖簾《あかのれん》　安価な飲食店。安い飲食店の門口の多くに、赤く染められた暖簾が掛けられていたことに由来する。

一八四　＊女給　女子給仕人の略称。特に、カフェー、バー、キャバレーなどの飲食店で、客の給仕・接待にあたった女性を指す。林芙美子《ふみこ》『放浪記』（一九二八～二九）、広津和郎《かずお》『女給』（一九三〇～三二）など、昭和初期の小説にしばしば描かれた。

一八七　＊円タク　一円タクシーの略称。走行距離にかかわらず、市内料金を一円と定めたタクシー。運賃のわかりにくさを解消するために一九二四年に大阪市で始まり、一九三六年に全国に広まった。一円ではかえって割高になることもあったため、なると距離メーターの設置が義務づけられたが、この呼び名はタクシーの通称としてその後も使われることがあった。なお、法外な料金を貪《むさぼ》り取ろうとするものを「朦朧《もうろう》自動車」「朦朧円タク」などと呼んだ。

一八九　＊藤沢　藤沢桓夫《たけお》（一九〇四〜一九八九）。小説家。大阪文壇の中心的存在で、織田作之助が兄事した先輩。旧制大阪高校在学中から新進作家として知られ、昭和一〇年代以降は新聞小説等で活躍するかたわら、司馬遼太郎《しばりょうたろう》ら多くの後進を育てた。武田麟太郎とは学生時代からの文学仲間だった。代表作に『新雪』など。

一九一　＊都新聞《みやこしんぶん》　明治から昭和初期にかけて東京で発行されていた新聞。仮名垣魯文《かながきろぶん》主筆の夕刊紙「今日《こんにち》新聞」（一八八四〜八八）が一八八八年に黒岩涙香《くろいわるいこう》主筆の朝刊紙「みやこ新聞」となり、翌年「都新聞」に改題。芸能関係の記事や花柳《かりゅう》界の広告の多さに特徴があった。文芸作品も充実しており、社員にも作家が少なくなかった。武田麟太郎は一九三五年から翌年にかけて長編『下界の眺め』を連載。織田作之助も一九四〇年以来たびたびこの新聞にコントや随筆を発表していた。一九四二年に「国民新聞」と統合されて「東京新聞」となった。

一九三　＊驥尾《きび》に附して　自身の力では遠くまで飛べない蠅《はえ》が名馬の尾にとまりついて一日に千里も行ったという故事から、愚かな者でも、賢い者について行けば何事かはやりとげられるというたとえ。すぐれた人を見習うことを謙遜《けんそん》していう。

一九四　＊改造社　出版社。山本実彦《さねひこ》が一九一九年に創業。看板雑誌の『改造』は、『中央公論』と並び戦前を代表する総合誌であったが、戦争末期の言論弾圧で四四年六月に休刊。戦後、四六年に復刊したが、五五年に廃刊し、改造社も解散した。昭和初期の円本ブームの火付け役としても有名。改造社の文芸誌『文藝』で賞を得て文壇に地歩を築いた織田作之助は、晩年の評論「二流文楽論」「可能性の文学」（一九四六）をはじめ、『改造』にも多くの作品を発表した。

一九七　＊火野　火野葦平《あしへい》（一九〇七～一九六〇）。小説家。一九三八年、『糞尿譚《ふんにょうたん》』によって、日中戦争に従軍中に芥川《あくたがわ》賞を受賞。『麦と兵隊』をはじめとする兵隊三部作が大きな反響を呼び、戦時下に兵隊作家としてメディアの寵児《ちょうじ》となったが、戦後は厳しく戦争責任を問われた。

一九七　＊丹羽《にわ》　丹羽文雄《ふみお》（一九〇四～二〇〇五）。小説家。一九三〇年代から活躍。生母や酒場の女性との関係、市井の風俗などをリアリズムの筆致で描いた。戦時中には海軍報道班員として従軍し、負傷した体験を元にした『海戦』（一九四二）が評価された。戦後も『厭《いや》がらせの年齢』（一九四七）を皮切りに、旺盛《おうせい》な執筆活動を継続。一九五六年に日本文芸家協会の理事長、のち会長となる。

二〇一　＊マラリヤ　マラリア。感染症。体内にマラリア病原虫をもったハマダラカに刺されることで感染する。高熱と悪寒《おかん》が主症状で、高熱は原虫の種類によって一定のサイクルで繰り返す。重い合併症を伴い、死に至ることも多い。

二〇一　＊報道班員　戦時下、陸軍または海軍の報道部に徴用され、従軍報道に携わった者。

新聞記者や画家、カメラマンなどと共に、多くの作家たちも報道班員として従軍した。

二〇二 ＊メチル（Methylalkohol ドイツ語）。一酸化炭素と水素からなるアルコール。メタノール。刺激臭のある無色透明の液体。燃料、工業用、合成原料など幅広い用途があるが、有毒で、摂取すると目に障害が現れ、失明し、死亡するおそれがある。ところが、物資不足の敗戦直後には闇市《やみいち》などに多く流通して飲まれ（「バクダン」と呼ばれた）、社会問題となっていた。織田作之助は同時期に発表した追悼文「武田麟太郎追悼」で、「メチルアルコールを飲み過ぎた」武田について、「やにが出て、眼がかすんだ。が、そのやにを拭《ふ》きながら、やはり好きなアルコールをやめなかった。自分でも悪いと思っていたのだろう。だから自虐《じぎゃく》的に、武田麟太郎失明せりなどというデマを飛ばして、腹の中でケッケッと笑っていた。そんな武田さんが私は何ともいえず好きだった」と書いている。

神経

ページ
二〇六 ＊レヴュ（revue フランス語・英語）歌とダンスを主体に、寸劇なども組み合わせ、話題の出来事を取り入れて演じる娯楽性の高いショー。一九世紀末から二〇世紀にかけて、フランスやイギリスで隆盛した。日本では、宝塚歌劇団や松竹歌劇団によるものが有名。戦前には、一九二九年に東京で旗揚げされた「カジノ・フォーリー」を出発点に、レビュー風の軽演劇が流行した。

二〇七　＊ムーラン・ルージュ　一九三一年に東京・新宿で旗揚げされた劇団および劇場。名称は、パリ・モンマルトルのダンスホール、ムーラン・ルージュ（Moulin Rouge ＝赤い風車）の名を模している。劇場の屋上には赤い電飾を灯した大きな風車が回り、目印となっていた。明日待子《あしたまつこ》をはじめとするスターを擁《よう》し、伊馬鵜平《いまうへい》（春部《はるべ》）など新しい感覚の作家の手になる喜劇、風刺劇、抒情《じょじょう》劇が上演され、特に学生やサラリーマンたちから支持された。最盛期は一九三三年から三五年ごろ。一九四五年の空襲で焼失。戦後復活するが、五一年に解散した。日記によると、織田作之助は一九三六年一〇月八日にムーラン・ルージュを訪れている。また、三八年五月一四日にはムーラン・ルージュに出入りしていた批評家の十返肇《とがえりはじめ》に戯曲作品の斡旋《あっせん》を頼んでいる。

二〇七　＊オペラ館　一九〇九年に、東京・浅草に開業した映画館、劇場。関東大震災で崩壊するが、すぐに再建。一九三一年には新築された。「浅草オペラ」と呼ばれたオペラ、ミュージカル、レビューなどの大衆娯楽を上演した。日記によると、織田作之助は一九三八年五月一三日に友人たちと訪れている。

二〇七　＊ピエルボイズ　ピエル・ボーイズ。一九三四年に旗揚げしたレビュー劇団。千日前にあった劇場・弥生座の興行師である黒川志津也が作った。岸田一夫、森川信《しん》らが活躍。三七年、弥生座がニュース映画専門館になったために解散。織田作之助の『青春の逆説』には彼らをモデルとしたと思《おぼ》しき軽演劇と、「ピエロ・ガールス」というレビュー団が登場する。

二〇七 ＊新劇 明治後期以降に、欧米の近代劇を積極的に参照し、摂取することから生まれた芝居。歌舞伎のような伝統的な演劇や新派劇に対して、より写実的に、同時代の思想や生活、感情に即したテーマを扱う。劇作家志望であった織田作之助は、三高時代に「感想録―戯曲と新劇に就《つい》て」（一九三四）という評論を書いている。

二〇八 ＊新派 新派劇。明治中期に生まれた、当時の新しい時代や社会を映した大衆的な芝居。人気を集めるにしたがって、「旧派」の歌舞伎に対する「新派」と呼ばれるようになった。織田作之助は評論「大阪の可能性」（一九四七）でも「新派の芝居や喜劇や放送劇や浪花節や講談や落語や通俗小説」の「紋切型」を批判している。

二〇八 ＊義太夫 浄瑠璃の代表的な流派である義太夫節のこと。話の展開や台詞《せりふ》を受け持つ「太夫」の語りと、三味線弾きによる太棹《ふとざお》の演奏とが一体になって物語を盛り上げる。人形芝居や歌舞伎で用いられるほか、素人の稽古事としても愛好された。『夫婦善哉』には、柳吉が蝶子の三味線で語り、素義《そぎ》（素人義太夫）大会の二等賞をもらうエピソードがある。

二〇八 ＊女《おんな》剣劇 女性を主役とした剣劇。戦前から昭和中期まで、浅草を中心に親しまれた大衆演劇。

二〇八　＊声色《こわいろ》屋　役者などの声や台詞まわしをまねて演じる芸人。

二〇八　＊放送員　アナウンサー。日本では、一九二五年三月開始のラジオ放送と共に始まった職業。昭和初期に東京六大学野球を実況した松内則三《のりぞう》は、情景描写あふれるアナウンスで人気を博し、その語りは一九三〇年にレコード化もされた。

二〇八　＊徳川夢声《むせい》　一八九四〜一九七一。活動写真の弁士を経て俳優となる。並行して、ラジオの漫談や物語朗読で新しい話芸のスタイルを切り開き、全国的な人気を得た。戦後もラジオはもちろん、クイズ番組やテレビへの出演、随筆の執筆など、多方面で活躍した。日記によれば、織田作之助は一九三八年三月二六日に、文学座の試演会で徳川夢声の演技を観《み》ている。

二〇八　＊風と共に去りぬ（原題 Gone with the Wind）マーガレット・ミッチェル作の長編小説。一九二六〜三六年に成立。ピューリッツァー賞受賞。南北戦争前後の米国南部を舞台に、没落した大農場主の娘スカーレット・オハラが、混乱した社会を強い意志と情熱で生き抜くさまを軸として、彼女を愛するレット・バトラーほか多くの登場人物を通じて波乱に満ちた時代を描いた世界的ベストセラー。

二〇八　＊宮本武蔵《むさし》　吉川英治作の長編小説。一九三五〜三九年に「朝日新聞」に連載。一七歳の武蔵《たけぞう》が修行の旅に出て、数々の出会いを経て剣豪宮本武蔵となるまでの半生が、その精神的な成長を軸に描かれ、多くの人々の共感を呼んだ。織田作之助は小説『十五夜物語』（一九四五）に武蔵を登場させている。

二〇九　＊永田青嵐《せいらん》　一八七六〜一九四三。「ホトトギス」に拠《よ》った俳人。本名は永田秀次郎《ひでじろう》。三高時代から高浜虚子《きょし》と交友があった。政治家として、三重県知事、貴族院議員、東京市長、拓務大臣、鉄道大臣、陸軍軍政顧問など、多くの要職を務めた。

二〇九　＊辻《つじ》久子　一九二六〜二〇二一。大阪出身のバイオリニスト。父・辻吉之助《きちのすけ》の指導のもと、一九三八年に日本音楽コンクール一位となり、天才少女と評判になった。父子と面識のあった織田作之助は、短編『道なき道』（一九四五）で、その厳しい稽古の様子を描いている。

二〇九　＊情報放送　戦時下において、ラジオを通して空襲警報などを知らせた放送。

二一〇　＊ジェームスジョイス　James Augustine Joyce（一八八二〜一九四一）。アイルランドの小説家。新しい散文の文体や形式を試み、英語圏以外の文学にも大きな影響を与えた。『ユリシーズ』は代表作。織田作之助は評論「二流文楽論」および「土足のままの文学」（一九四六）でもこの作品に言及している。代表作に『ダブリナーズ』『若い芸術家の肖像』『フィネガンズ・ウェイク』など。

二一〇　＊ジャンコクトオ　Jean Cocteau（一八八九〜一九六三）。フランスの芸術家。詩・小説・戯曲などを執筆するかたわら、映画、批評、絵画など、領域を横断して活躍した。代表作に小説『恐るべき子供たち』、映画『美女と野獣』『オルフエ』など。

二一一 ＊ベルグソン　Henri Bergson（一八五九〜一九四一）。ベルクソンとも書く。フランスの哲学者。一九二七年ノーベル文学賞受賞。著書『笑い』では、言葉や場面の「くりかえし」におかしみを生む働きがあると指摘している。代表的な著書に『時間と自由』『物質と記憶』『創造的進化』など。

二一一 ＊ジンメル　Georg Simmel（一八五八〜一九一八）ドイツの社会学者、哲学者。代表的な著書に『歴史哲学の諸問題』『哲学の根本問題』など。ジンメル『断想—日記抄—』（清水幾太郎訳、岩波文庫、一九三八）には「軽薄と退屈以外のことなら何であろうと我慢出来る。併《しか》しながら大多数の人々にとっては何《いず》れか一方に陥ることなくして他方を避けることは全く不可能である」とある。織田作之助は短編『中毒』（一九四六）でも同じ言葉を引用している。

二一三 ＊銘仙《めいせん》　平織りの絹織物。安価で丈夫なうえ、華やかな色や柄が工夫されていたので、大正から昭和にかけて、女性の普段着として日本中で流行した。

二一三 ＊東京式流し　かつて銭湯では湯船から湯をすくって体を洗っていた。しかしそれでは湯の清潔が保てないとして、東京では一九二七年以降、洗い場に一つ一つ蛇口が設置され、小桶《こおけ》に汲んで体を流す方式になっていた。

二一五 ＊連込宿《つれこみ》　ラブホテルの前身。情交を結ぶための客を専門に営業する旅館。

二一七 ＊尾上《おのえ》松之助　一八七五〜一九二六。日本最初の映画スターと言われる俳優。牧野省三監督に見出《みいだ》され、旅役者から映画に転向し、明治末期から大正時代にかけて膨大な数の時代劇に主演した。敏捷《びんしょう》な立ち廻りが得意で、忍術ものなどで脚光を浴び、大きく目をむいて見得《みえ》を切るところから「目玉の松ちゃん」の愛称で親しまれた。

二一八　＊貫一《かんいち》　尾崎紅葉《こうよう》の長編『金色夜叉《こんじきやしゃ》』の主人公の名前。高等中学生の間貫一《はざま》は、婚約者の鴫沢宮《しぎさわみや》が資産家の富山唯継《とみやまただつぐ》と結婚することを知って絶望し、冷酷な高利貸になる。一八九七年から「讀賣新聞」に連載されるとベストセラーになり、原作は未完ながら演劇、映画、流行歌などでも人気を博した。

二二二　＊セカンド・ラン（second run 英語）　二度目の上映。ある映画館で公開した新作を、翌週以降に別の館で上映すること。

二二二　＊警防団員　第二次大戦中に、主に地域の警察および消防、防空の補助組織として作られた団体・警防団のメンバー。警防団は一九三九年に設立。日本の敗戦に伴って存在意義が薄くなったため一九四七年に廃止。消防団に改組移行された。

二二四　＊若山牧水　一八八五～一九二八。旅と酒を愛した歌人。引用されている歌は「かたはらに秋ぐさの花かたるらくほろびしものはなつかしきかな」。織田作之助は随筆「永遠の新人」（一九四五）でもこの歌を引いている。

二二四　＊「起《た》ち上る大阪」「週刊朝日」一九四五年四月二二日号に掲載された織田作之助の随筆。「戦災余話」の副題を持つ。同年三月一三日深夜から行われた空襲で大きな被害を受けたものの、再興しようとする大阪の喫茶店や書店（波屋）を描いた。玉音放送から二日後に書かれ、「週刊朝日」一九四五年九月九日号に掲載された随筆が「永遠の新人」。「大阪人は灰の中より」の副題を持つ。再び千日前の喫茶店や波屋書房に触れながら、大阪人は持ち前の粘り強さと新しい事態への適応性を活《い》かすべきだと説いた。

二二九　＊文春　織田作之助は「文藝春秋」一九四五年十二月号に『表彰』、「アサヒグラフ」一九四六年一月五日号に『奇妙な手記』、「新生活」一九四六年一月号に『船場の娘』と、それぞれの雑誌に短編小説を発表している。

二三二　＊ズルチン（Dulzin ドイツ語）人工甘味料のひとつ。蔗糖《しょとう》の約二五〇倍の甘さがある。甘味料不足だった敗戦直後の日本において比較的安全性が高いと判断され、広く流通したが、のちに毒性が強いことが確認され、一九六九年に全面使用禁止。

二三三　＊紫蘇《しそ》糖　人工甘味料。青紫蘇《あおじそ》の精油の主成分から作る。蔗糖の約二〇〇〇倍の甘さがある。煙草の甘味剤として用いられた。戦争末期に不足した砂糖の代わりとして一時配給されたが、毒性が問題になり使用が禁止された。

郷愁

ページ
二三八　＊一葉《いちよう》落ちて天下の秋を知る　わずかな前兆を見て、後に起きる大きな物事を予知すること。前漢時代の思想書『淮南子《えなんじ》』「説山訓」の、落葉の早い青桐《あおぎり》の葉が一枚落ちるのを見て、秋が来たことに気づく話に基づく故事成語。

二三九　＊三合配給　当時の日本人の平均的な米消費量は一日三合。ところが一九四一年から始まった米穀の成人一人あたりの配給量は二合三勺《じゃく》であったため、三合の配給が切実に求められた。

二四一　＊ヒロポン　(Philopon)　覚醒剤《かくせいざい》。大日本製薬は塩酸メタンフェタミンを「ヒロポン」という商品名で販売した。脳を刺激し、覚醒作用をもたらす。疲労を回復したり、気分を爽快《そうかい》にしたりすると広告されたが、依存性があり、中毒になると不眠・幻覚・震えなどの症状を引き起こす。戦場で用いられたが、戦後に民間に安く流れた結果、蔓延。織田作之助が晩年に注射で常用したことは有名。敗戦直後には、錠剤は薬局でも購入できたため、他にも多くの文学者が使用していた。一九四九年に薬事法で劇薬に指定、五一年に「覚せい剤取締法」が施行された。

二四六　＊ウナ　至急電報。「ウナ」は英語の urgent（至急）に由来する。モールス信号では、アルファベットのuとカナのウ、rとナが、それぞれ同じ符号になるため、ｕｒｇｅｎｔの最初の二文字ｕｒに「ウ」「ナ」をあてたもの。

二四七　＊旧券　そのままでは使えなくなった、過去に発行された日本銀行券。旧円とも言う。一九四六年二月、幣原喜重郎《しではらきじゅうろう》内閣は、戦後の急激なインフレを抑制するために経済危機緊急対策を実施した。金融緊急措置令（一七日公布、即日施行）により、貨幣の切り替えが行われ、金融機関の預貯金の現金引き出しは極度に制限された（世帯主は月三〇〇円、家族一人につき一〇〇円まで）。それまでの日銀券は三月二日をもって流通を禁止、新券（新円）に切り替えられることになった。旧券も暫定措置として証紙を貼《は》り付けることで新券とみなされたが、やがて新券に換えられた。織田作之助は短編『鬼』（一九四六）でも、この問題を取り上げている。

編者解説

斎藤理生

織田作之助は大阪の作家として知られる。とりわけ『夫婦善哉《めおとぜんざい》』が有名である。この出世作は映画やドラマ、舞台などを通じて、小説以外の形でも世に名高い。物語の背景を成す法善寺、夫婦善哉、自由軒などは観光地にもなっている。

作之助は今も大阪を代表する作家として、「オダサク」と呼ばれ親しまれている。苗字《みょうじ》や名前ではなく、漱石《そうせき》や鷗外《おうがい》のような号でもなく、氏名を縮めた愛称で、没後も呼ばれ続けている作家は珍しい。

文学史の本を開くと、作之助は「無頼派《ぶらいは》」に位置づけられている。敗戦直後に人気を博した、既成の権威に強く反発した作家の一人。混乱した世相を背景に、節制を好まず、ヒロポンを打ちながら書き飛ばし、道半ばにして倒れた放蕩《ほうとう》無頼の作家。晩年に、太宰治および坂口安吾と座談会を二度おこなって意気投合していることや、林忠《ただ》彦《ひこ》がバー「ルパン」で撮影した有名な写真も、こうしたデカダンなイメージを支えている。

もっとも「無頼派」は、彼らが没したあと、戦後十年ほど経《た》ってから広まった言葉である。一九四七年一月に他界した作之助は、自分が「無頼派」と呼ばれたことを知らない。作之助が自称したのは「軽佻派《けいちょうは》」だった。相棒は、新進気鋭の映画監督だった川島雄三である。戦時下の生真面目《きまじめ》な風潮に背を向け、軽佻浮薄《ふはく》に映ることを怖れず、自らの心の動くままにふるまった。

作家は自画像を演出する。創作活動の初期から大阪を前面に押し出した作品を書き、晩年には人前でこれ見よがしに注射器をかまえてみせた。その作之助にとって、大阪の作家、デカダンな作家というイメージが浸透していることは、思惑《おもわく》どおりの成果であったろう。ただ、イメージばかりが先行したことは、誤算だったかもしれない。広く長く記憶され続けている割に、作品そのものは読まれてこなかった節があるからだ。

しかも、すでに没後八十年近くが経過した。町並みは変わり、戦争や焼跡の記憶も遠くなった。現代と、作之助が生きた時空との間には距離がある。小説内には、注解なしには理解できない言葉も少なくない。

ただ、その距離がもたらす恩恵もある。『文豪ストレイドッグス』『文豪とアルケミスト』といったマンガやアニメ、ゲームなどを通じて、以前には考えられなかった作家像ももたらされている。作家生前から根づいていたイメージだけに囚《とら》われずに済む今日だからこそ、先入観なく作品と向き合いやすいという面もあるのではなかろうか。

　作之助と安吾と太宰とは、作品の共通性に着目して、「新戯作派《しんげさくは》」とまとめられることも多い。いずれも標準的な文壇小説の型に馴染《なじ》まず、サービス精神にあふれた、読んで面白い小説を追い求めていたためである。むろん三人はそれぞれ個性も際立《きわだ》っている。私見では、安吾はその自在さと、幅の広さが特徴である。いわゆる純文学的な小説だけでなく、歴史小説や探偵小説、エッセイ、ルポルタージュなど、さまざまなジャンルを横断した。活動期間も、一九三一年から五五年までと、作之助の約三倍も長かった。太宰の特徴は、その感性と、したたかさにある。一読してダザイとわかる独特の語り口に乗せて、繊細な心理や人間関係を描いた。と同時に、戦前・戦中・戦後、それぞれの時代にふさわしい話題を取りあげつつ、世の主流からは慎重に距離を取る短編を多く生み出した。

　では、作之助の特徴は何だろうか。ひとつには、達者すぎて若さが感じられない、とまで批判された、物語作家としての巧みさがある。くわえて、小説や文壇の枠組みを問い直す強い意欲を抱いていたことも見逃せない。

　作之助は、もともとは劇作家志望で、途中から小説に手を染めた。そのためだろうか、小説という表現手段を当たり前のものとせず、外から眺めているところがある。デビュー直後に発表した随想では、「小説の中の思想」よりも「小説の思想」が大事だ、と記していた。小説の中にどのような思想を持つ人物が描かれているのかよりも、小説という表現手段を作家がどのように把握して書くのかの方が重要だ、と考えていたのだ。

また、晩年の評論「可能性の文学」では、志賀直哉《なおや》に代表される伝統的な小説を批判して、もっと面白い小説を書くべきだと訴えていた。日本の文学には偶然や嘘《うそ》が足りなさすぎる、もっと小説というジャンルで冒険してよいのではないか、と文壇を煽《あお》った。

では、作之助は具体的にどのような作品を書いていたのだろうか。また、執筆にあたってどのような工夫を凝らしていたのだろうか。

作之助は約八年間に、全集にして八巻分の作品を書いた。そのうち全国の同人雑誌に発表された小説中の最優秀作品として「文藝推薦」賞を受賞し、文壇デビューの足がかりとなった『夫婦善哉』、作之助を一躍敗戦直後の流行作家に押し上げた『世相』といった代表作は、新潮文庫『夫婦善哉　決定版』に収録されている。一方、本書に収められたのは、作之助の多彩な作風が味わえる、佳品、名品である。

なお、これまでに刊行された『織田作之助全集』は、本文の校訂がやや杜撰《ずさん》に感じられる。この本では、原則として作家が最初に単行本に収録した初刊本の本文に拠《よ》り、必要に応じて初出や再刊本、全集などを参照する方針を採った。大阪弁をはじめ、細部の言い回しにちがいがあるため、全集で読んだことのある読者も、異なる味わいを楽しめるはずである。

巻頭に収録した『放浪』は、スピード感あふれる小説。順平という一人の男の半生が、足早に語られる。この形式を、作之助は「年代記小説」と呼んで多用した。大阪の婿《むこ》入り先から出奔したあと、頼るべき相手を求めて各地をさまよう順平の姿は哀愁を誘う。また、兄の文吉が横領した所持金を、あたかも大阪という街の欲望に飲みこまれてゆくように失ってゆく場面の切迫感は類例がない。学生時代以来の作家仲間であった青山光二も、『夫婦善哉』以上の作品だと高く評価している。

収録順は前後するが、『俗臭』も、権右衛門という男の成り上がりの人生を、一気《いっき》呵成《かせい》に語っていく年代記小説である。実は、最初に発表されて芥川賞候補になったバージョンは、登場人物たちの俗物ぶりが、脱線を交えてくどくどと、より生々しく描かれていた。単行本収録にあたって三分の一に圧縮されたこのバージョンは、一直線に編み直され、強欲な成金男の金を稼ぐことだけに徹した姿勢が、清々《すがすが》しささえ感じさせる。

本書に収録した他の作品にも言えるが、これらの作品を読むと、作之助が描いた大阪が、狭い意味でのオオサカではなかったことがわかる。『俗臭』の権右衛門も『人情噺《ばなし》』の夫婦も、紀州から大阪に出て来た人間である。たしかに作之助その人は、大阪に生まれ、大阪に生き、大阪を描いた。しかし、というより、だからこそ、作之助の小説は、大阪の人間やないとわかれへんで……というような、地元出身者だけで構成される排他的な世界ではない。近隣から人が集まり、身を立ててゆく都会としての大阪であり、それゆえの残酷さが描かれているのである。

『雪の夜』は、大阪にも東京にもいられなくなった男女の物語である。男二人、女一人の間にまつわる嫉妬《しっと》。それは『競馬』『土曜夫人』などの他の代表作でも取りあげられた、作之助が強くこだわったテーマである。その上で、『雪の夜』には嫉妬の昇華までが描かれている。借金が清算される大晦日《おおみそか》。すべてを白く包みこむ雪。特別な時間と空間において、坂田も松本も互いへの嫉妬を過去にしていく。舞台には、『放浪』でも使われている、大分県の別府が選ばれた。別府は作之助にとって、次姉夫婦が働き暮らしたことがあり、自身も訪れたことのある土地であった。

ちなみにこの小説は、作之助が敬愛した元禄《げんろく》時代の大坂の作家・井原西鶴《いはらさいかく》の作品「人には棒振虫同然に思はれ」を下敷きにしている。『雪の夜』と近い時期に書かれた太宰治の『新釈諸国噺《しんしゃくしょこくばなし》』の一編「遊興戒《ゆうきょうかい》」も、同じ作品を元にしている。読み比べると、原典の筋をおおむね忠実にたどりながら細かな心理のひだに分け入っていく太宰と、大胆に現代風にリメイクした作之助、という両作家の個性のちがいが浮かびあがってくる。

『馬地獄』は、『動物集』という掌編集《しょうへんしゅう》の中の一編である。作之助の作品は、大阪の中でも心斎橋・難波《なんば》周辺の「ミナミ」と呼ばれる一帯を背景にしていることが多い。しかしここでは珍しく「キタ」の中之島が描かれている。ただし冒頭からフォーカスされるのは、世界屈指の大都市であり、美しい大建築が威容を誇る「大大阪《だいおおさか》」の中心部からは外れた、薄暗い世界である。自分より困窮《こんきゅう》する馬や男を憐《あわ》れむことで、辛《かろ》うじて救われていた「彼」。行きずりの人々からわずかな金を借りて踏み倒す、いわゆる寸借詐欺《すんしゃくさぎ》をする男。橋の勾配《こうばい》に苦しむ馬。三者が重ね合わされる、技巧がギュッと詰まったショートショートである。

実は、この寸借詐欺のエピソードも、ジャーナリストの北尾《きたお》鐐之助《りょうのすけ》が書いた『近代大阪』という名ルポルタージュの一節を借用している。勝手知ったる大阪を描く上でも、他の人の眼を積極的に参考にして書いたところに、作家としての貪欲《どんよく》な姿勢がうかがえる。

『人情噺』は一転して、心温まる短編である。三平夫婦は、もともとお互いを好きだったわけではない。主人の命じるままに一緒になっただけである。しかしその働き者の夫婦が、長い時間を共に過ごす中で情愛をはぐくみ、むつまじくなる。その姿は、もう一つの『夫婦善哉』だと言える。

なお、クライマックスの三平が逐電しかける場面は、江戸時代の『耳袋《みみぶくろ》』という随筆集の一つを踏まえている。やはり比較すると、作家がいかに現代大阪風にアレンジしているのかがわかる。作之助は、おもろいもんは何でも使ったれ、とばかりに、読んだ本や見たり聞いたりした出来事を、次々に創作に活《い》かしていったのである。

『天衣無縫《てんいむほう》』は、作之助の小説としては例外的に、女性一人称独白体で語られる。見合い、婚約、新婚と、それぞれの時期に、底抜けの弱気とお人好《ひとよ》しぶりを発揮する清正に対し、政子は不満を訴える。清正の数々の奇行は滑稽《こっけい》だが、政子の怒りももっともである。ただ、打ち消しや言い直しが多い政子の語りを読み続けていると、夫への愛情も見え隠れする。夫に負けないほど、政子自身も強い個性の持ち主であることもわかってくる。結果、夫婦漫才を聞いているような味わいがにじみ出てくるのである。

『高野線《こうやせん》』は、亡《な》き妻への想《おも》いあふれる哀切な短編である。発表された一九四四年、作之助は最初の妻・一枝を亡くしている。南海電車の事故も実際にあったものだ。そのため、作家が自身の体験をそのまま描いた、私小説的な作品に見える。私小説は、晩年の作之助が評論で強く批判した伝統的なスタイルである。しかしよくよく見ると、鮮やかで、それゆえにいっそう切なさを感じさせる結末は、事実を写し取っただけには思われない。体験に基づいていたとしても、巧みに構成した手つきは明らかである。つまり、この作品はフィクションとして練りあげられているのである。

『蛍《ほたる》』には、ストーリー・テラーとしての作之助の力量が存分に発揮されている。得意とした女性の一代記でもある。バイタリティあふれる登勢は、『夫婦善哉』の蝶子《ちょうこ》に似ている。ただし、大阪のミナミを放浪する蝶子とちがって、登勢は伏見の寺田屋に来てからはピタリと動かない。むしろ、坂本龍馬をはじめ、さまざまな人々を見送る側として生きる。登勢は『俗臭』や『人情噺』と同じように、巷《ちまた》で懸命に働く無名の人々として描かれるのかと思いきや、途中から歴史上よく知られた事件や人々に巻きこまれていく。作之助は『五代友厚《ごだいともあつ》』など、同時期に歴史小説をしばしば執筆していた。それは、書きたいことを制限され、同時代の世相を書くことが難しくなった戦時下における身の処し方でもあった。しかし、少なくとも『蛍』は、素材を歴史に借りただけの小説ではない。個人が懸命に生きてゆく過程で、否応《いやおう》なく時代に影響される。ただ一方的に影響を受けるばかりではない。時代を形作っていく一員ともなる。幕末や戦時下に限った話ではあるまい。だから時代を超えた共感を呼び起こす。その共感を支えているのは、市井《しせい》の庶民と、歴史上の著名人とを同じ高さに見る作家の視線である。

『四月馬鹿《ばか》』は、兄事《けいじ》した先輩作家の死を悼《いた》んだ、追悼文のような作品である。武田《たけだ》麟太郎《りんたろう》は大阪出身であることに加え、『夫婦善哉』を「文藝推薦」賞に強く推し、文壇デビューへの足がかりを作ってくれた恩人でもあった。また、純文学作家でありながら、新聞小説をはじめとするエンターテインメントの領域でも活躍した、作之助にとってお手本となる先輩でもあった。その人の死を悼む作品で、やはりオチをつけてみせる。ともすれば湿っぽくなりがちな追悼的な作品を、あえて笑いを交えたものに仕立て上げている。「軽佻派」の面目躍如《めんもくやくじょ》である。と共に、そうすることが最もこの奇特な先輩への追悼になるはずだ、という作家同士の信頼が垣間《かいま》見える。

『神経』は、一九四五年の歳末を描いた代表作『世相』の裏バージョンのような作品である。敗戦直後の大阪の風景を切り取り、現代まで続く波屋書房のようなミナミを支える人々の姿を書きとどめている。一方で、特に序盤には、小説の書き方に対する迷いが長々と記されている。そこで作家が気にしているのは紋切り型である。戦争に敗れた。何もかもが変わってしまった。そうした世の中において、文学は従来通りの表現のままでかまわないのか？　その疑いは、一九四六年に書かれた作之助の作品を太く貫いている。だから紋切り型への抵抗を、作品そのもので演じてみせる。作中で紋切り型批判を、随筆か評論かと見まがうほど延々と行うことで、小説をありがちなパターンからほど遠いものにしているのである。

紋切り型批判は『郷愁』でもくり返される。ここに描かれている、無理に無理を重ねながら、小説を書くことだけに喜びを見出す作家の姿は、いかにも「無頼派」らしいものである。しかし見逃せないのは、その彼が、十八番である世相を描いた作品、オチのある構成を疑い、最後には、これから新たに書くべきテーマに目覚めていることである。その気づきは、深夜の梅田の地下道で目を覚ました少年が見せる視線に誘われている。どうしてこうなったのだろう？　なぜ自分は今ここにいるのだろう？　それは、先が見えない時代を生きる、誰もが不意に襲われる問いである。

だからこそ読者としては、この先に「人間」そのものを描いた、新しい作之助の世界があった可能性を想わせられる。それは、戦後の「日本人」にまず「人間」であることの自覚を迫った安吾の「堕落論」や、世に言う「人間」なるものを問い直した太宰の『人間失格』と、どのように共振しただろうか。しかし、作家にはあと半年しか時間は残されていなかった。

作之助はもっと書きたかったことだろう。ただ同時に、この少年のような視線は、彼の作品にすでに備わっていた、とも考えられないだろうか。橋の上で立ち尽くした『放浪』の順平。三十石船を見送った『蛍』の登勢。彼や彼女の眼差《まなざ》しも、『郷愁』の少年の遠い目を想わせるからだ。それはまた、織田作之助の小説を読み終えたわたしたちが、ふと息をつき、目前に広がる光景にそそぐ視線とも似ているはずである。

（二〇二四年一月、大阪大学大学院教授）

底本一覧

「放浪」「俗臭」……『夫婦善哉』創元社、一九四〇年八月刊
「雪の夜」「馬地獄」「天衣無縫」……『漂流』輝文館、一九四二年十月刊
「人情噺」……『人情噺』ぐらすぷ・らいぶらり、一九四六年五月刊
「高野線」……「新文学」一九四四年十一月号
「蛍」……「文藝春秋」一九四四年九月号
「四月馬鹿」「郷愁」……『世相』八雲書店、一九四六年十二月刊
「神経」……『六白金星』三島書房、一九四六年九月刊

原則として右記底本に拠ったが、『織田作之助全集』全八巻（講談社、一九七〇年刊）を適宜参照した。

【読者の皆様へ】

本選集収録作品には、今日の人権意識に照らし、不適切な語句や表現が散見され、それらは、現代において明らかに使用すべき語句・表現ではありません。

しかし、著者が差別意識より使用したとは考え難い点、故人の著作者人格権を尊重すべきであることという点を踏まえ、また個々の作品の歴史的文学的価値に鑑み、新潮文庫編集部としては、原文のまま刊行させていただくことといたしました。

決して差別の助長、温存を意図するものではないことをご理解の上、お読みいただければ幸いです。

（新潮文庫編集部）

織田作之助著

夫婦善哉《めおとぜんざい》　決定版

思うにまかせぬ夫婦の機微、可笑しさといとしさ。心に沁みる傑作「夫婦善哉」に、新発見の「続 夫婦善哉」を収録した決定版！

芥川龍之介著

奉教人の死

殉教者の心情や、東西の異質な文化の接触と融和に関心を抱いた著者が、近代日本文学に新しい分野を開拓した〝切支丹もの〟の作品集。

芥川龍之介著

侏儒《しゅじゅ》の言葉《ことば》・西方《さいほう》の人

著者の厭世的な精神と懐疑の表情を鮮やかに伝える「侏儒の言葉」、芥川文学の総決算ともいえる「西方の人」「続西方の人」など4編。

有島武郎著

小さき者へ・生れ出づる悩み

病死した最愛の妻が残した小さき子らに、歴史の未来をたくそうとする慈愛に満ちた「小さき者へ」に「生れ出づる悩み」を併録する。

有島武郎著

或る女

近代的自我の芽生えた明治時代に、封建的な社会に反逆し、自由奔放に生きようとして敗れる一人の女性を描くリアリズム文学の秀作。

伊藤左千夫著

野菊の墓

江戸川の矢切の渡し付近の静かな田園を舞台に、世間体を気にするおとなに引きさかれた政夫と二つ年上の従姉民子の幼い純愛物語。

井伏鱒二著
駅前旅館
昭和30年代初頭。東京は上野駅前の旅館を舞台に、番頭たちの奇妙な生態や団体客が巻き起こす珍騒動を描いた傑作ユーモア小説。

井伏鱒二著
荻窪風土記
時世の大きなうねりの中に、荻窪の風土と市井の変遷を捉え、土地っ子や文学仲間との交遊を綴る。半生の思いをこめた自伝的長編。

石川啄木著
一握の砂・悲しき玩具
―石川啄木歌集―
処女歌集「一握の砂」と第二歌集「悲しき玩具」。貧困と孤独の中で文学への情熱を失わず、歌壇に新風を吹きこんだ啄木の代表作。

稲垣足穂著
一千一秒物語
少年愛・数学・星・飛行機・妖怪・A感覚……近代文学の陰湿な風土と素材を拒絶して、時代を先取りした文学空間を構築した短編集。

泉鏡花著
歌行燈・高野聖
淫心を抱いて近づく男を畜生に変えてしまう美女に出会った、高野の旅僧の幻想的な物語「高野聖」等、独特な旋律が奏でる鏡花の世界。

泉鏡花著
東雅夫編
外科室・天守物語
伯爵夫人の手術時に起きた事件を描く「外科室」。姫路城の妖姫と若き武士――「天守物語」。名アンソロジストが選んだ傑作八篇。

小林秀雄著

批評家失格

―新編初期論考集―

近代批評の確立者、批評を芸術にまで高めた小林秀雄22歳から30歳までの鋭くも瑞々しい論考。今文庫で読めない貴重な52編を収録。

小林秀雄著

ゴッホの手紙

読売文学賞受賞

ゴッホの絵の前で、「巨《おお》きな眼」に射竦《すく》められて立てなくなった小林。作品と手紙から生涯をたどり、ゴッホの精神の至純に迫る名著。

坂口安吾著

堕落論

『堕落論』だけが安吾じゃない。時代をねめつけ、歴史を嗤い、言葉を疑いつつも、書かずにはいられなかった表現者の軌跡を辿る評論集。

坂口安吾著

不連続殺人事件

探偵作家クラブ賞受賞

探偵小説を愛した安吾。著者初の本格探偵小説は日本ミステリ史に輝く不滅の名作となった。「読者への挑戦状」を網羅した決定版！

斎藤茂吉著

赤（しゃっこう）光

「死にたまふ母」「悲報来」――大正初期の刊行から今もなお、人生の一風景や叙述の深処に宿る強烈な人間感情に心震える処女歌集。

西東三鬼著

神戸・続神戸

戦時下の神戸、奇妙な国際ホテル。エジプト人がホラを吹き、ドイツ水兵が恋をする。数々の作家を虜にした、魔術のような二篇。

志賀直哉著
小僧の神様・城の崎にて

円熟期の作品から厳選された短編集。交通事故の予後療養に赴いた折の実際の出来事を清澄な目で凝視した「城の崎にて」等18編。

志賀直哉著
暗夜行路

母の不義の子として生れ、今また妻の過ちにも苦しめられる時任謙作の苦悩を通して、運命を越えた意志で幸福を模索する姿を描く。

島崎藤村著
破戒

明治時代、被差別部落出身という出生を明かした教師瀬川丑松を主人公に、周囲の理由なき偏見と人間の内面の闘いを描破する。

島崎藤村著
千曲川のスケッチ

詩から散文へ、自らの文学の対象を変えた藤村が、めぐる一年の歳月のうちに、千曲川流域の人びとと自然を描いた「写生文」の結晶。

谷崎潤一郎著
鍵・瘋癲《ふうてん》老人日記
毎日芸術賞受賞

老夫婦の閨房日記を交互に示す手法で性の深奥を描く「鍵」。老残の身でなおも息子の妻の媚態に惑う「瘋癲老人日記」。晩年の二傑作。

谷崎潤一郎著
陰翳礼讃・文章読本

闇の中に美を育む日本文化の深みと、名文を成すための秘密を明かす日本語術。文豪の精神の核心に触れる二大随筆を一冊に集成。

太宰治著
津軽

著者が故郷の津軽を旅行したときに生れた本書は、旧家に生れた宿命を背負う自分の姿を凝視し、あるいは懐しく回想する異色の一巻。

太宰治著
お伽《とぎ》草紙

昔話のユーモラスな口調の中に、人間宿命の深淵をとらえた表題作ほか「新釈諸国噺」「清貧譚」等5編。古典や民話に取材した作品集。

高村光太郎著
智恵子抄

情熱のほとばしる恋愛時代から、短い結婚生活、夫人の発病、そして永遠の別れ……智恵子夫人との間にかわされた深い愛を謳う詩集。

田山花袋著
蒲団・重右衛門の最後

蒲団に残るあの人の匂いが恋しい――赤裸々な内面を大胆に告白して自然主義文学の先駆をなした「蒲団」に「重右衛門の最後」を併録。

武田泰淳著
ひかりごけ

雪と氷に閉ざされた北海の洞窟で、生死の境に追いつめられた人間同士が相食むにいたる惨劇を直視した表題作など全4編収録。

立原正秋著
冬の旅

少年院に孤独な青春を送る行助――社会復帰を願う非行少年たちの温かい友情と苛烈な自己格闘を描き、〈非行〉とは何かを問う力作。

夏目漱石著

硝子戸の中

漱石山房から眺めた外界の様子は？　終日書斎の硝子戸の中に坐し、頭の動くまま気分の変るままに、静かに人生と社会を語る随想集。

夏目漱石著

文鳥・夢十夜

文鳥の死に、著者の孤独な心象をにじませた名作「文鳥」、夢に現われた無意識の世界を綴り、暗く無気味な雰囲気の漂う、「夢十夜」等。

長塚節著

土

鬼怒川のほとりの農村を舞台に、貧しい農民たちの暮し、四季の自然、村の風俗行事などを驚くべき綿密さで描写した農民文学の傑作。

中島敦著

李陵・山月記

幼時よりの漢学の素養と西欧文学への傾倒が結実した芸術性の高い作品群。中国古典に取材した4編は、夭折した著者の代表作である。

河上徹太郎編

萩原朔太郎詩集

孤独と焦燥に悩む青春の心象風景を写し出した第一詩集「月に吠える」をはじめ、孤高の象徴派詩人の代表的詩集から厳選された名編。

樋口一葉著

にごりえ・たけくらべ

明治の天才女流作家が短い生涯の中で残した名作集。人生への哀歓と美しい夢が織りこまれ、詩情に満ちた香り高い作品8編を収める。

福永武彦著

忘却の河

中年夫婦の愛の挫折と、その娘たちの直面する愛の不在……愛と孤独を追究して、今も鮮烈な傑作長編。池澤夏樹氏のエッセイを収録。

福永武彦著

愛の試み

人間の孤独と愛についての著者の深い思索の跡を綴るエッセイ。愛の諸相を分析し、愛の問題に直面する人々に示唆と力を与える名著。

深沢七郎著

楢山節考

中央公論新人賞受賞

雪の楢山へ老母を背板に乗せて捨てに行く孝行息子の胸つぶれる思い――棄老伝説に基づいて悲しい因習の世界を捉えた表題作等4編。

福田恆存著

人間・この劇的なるもの

「恋愛」を夢見て「自由」に戸惑い、「自意識」に悩む……「自分」を生きることに迷っているあなたに。若い世代必読の不朽の人間論。

堀辰雄著

風立ちぬ・美しい村

高原のサナトリウムに病を癒やす娘とその恋人の心理を描いて、時の流れのうちに人間の生死を見据えた「風立ちぬ」など中期傑作2編。

堀辰雄著

大和路・信濃路

旅の感動を率直に綴る「大和路」「信濃路」など、堀文学を理解するための重要な鍵であり、その思索と文学的成長を示すエッセイと小品。

三島由紀夫著

宴《うたげ》のあと

政治と恋愛の葛藤を描いてプライバシー裁判でかずかずの論議を呼びながら、その芸術的価値を海外でのみ正しく評価されていた長編。

三島由紀夫著

春の雪
（豊饒の海・第一巻）

大正の貴族社会を舞台に、侯爵家の若き嫡子と美貌の伯爵家令嬢のついに結ばれることのない悲劇的な恋を、優雅絢爛たる筆に描く。

森鷗外著

ヰタ・セクスアリス

哲学者金井湛なる人物の性の歴史。六歳の時に見た絵草紙に始まり、悩み多き青年期を経ていく過程を冷静な科学者の目で淡々と記す。

森鷗外著

阿部一族・舞姫

許されぬ殉死に端を発する阿部一族の悲劇を通して、権威への反抗と自己救済をテーマとした歴史小説の傑作「阿部一族」など10編。

柳田国男著

遠野物語

日本民俗学のメッカ遠野地方に伝わる民間伝承、異聞怪談を採集整理し、流麗な文体で綴る。著者の愛と情熱あふれる民俗洞察の名著。

夢野久作著

死後の恋
―夢野久作傑作選―

謎の男が、ロマノフ王家の宝石にまつわる奇怪な体験を語る「死後の恋」ほか、甘美と狂気の奇才、夢野ワールドから厳選した全10編。

T・ウィリアムズ
小田島雄志訳
欲望という名の電車

ニューオーリアンズの妹夫婦に身を寄せたブランチ。美を求めて現実の前に敗北する女を、粗野で逞しい妹夫婦と対比させて描く名作。

B・ヴィアン
曾根元吉訳
日々の泡

肺に睡蓮の花を咲かせ死に瀕する恋人クロエ。愛と友情を語る恋人たちの、人生の不条理への怒りと幻想を結晶させた恋愛小説の傑作。

J・オースティン
小山太一訳
自負と偏見

恋心か打算か。幸福な結婚とは何か。十八世紀イギリスを舞台に、永遠のテーマを突き詰めた、息をのむほど愉快な名作、待望の新訳。

カフカ
前田敬作訳
城

測量技師Kが赴いた〝城〟は、厖大かつ神秘的な官僚機構に包まれ、外来者に対して決して門を開かない……絶望と孤独の作家の大作。

カミュ
宮崎嶺雄訳
ペスト

ペストに襲われ孤立した町の中で悪疫と戦う市民たちの姿を描いて、あらゆる人生の悪に立ち向うための連帯感の確立を追う代表作。

カポーティ
佐々田雅子訳
冷血

カンザスの片田舎で起きた一家四人惨殺事件。事件発生から犯人の処刑までを綿密に再現した衝撃のノンフィクション・ノヴェル！

G・G＝マルケス
野谷文昭訳
予告された殺人の記録

閉鎖的な田舎町で三十年ほど前に起きた幻想とも見紛う事件。その凝縮された時空に共同体の崩壊過程を重層的に捉えた、熟成の中篇。

G・グリーン
上岡伸雄訳
情事の終り

「私」は妬心を秘め、別れた人妻サラを探偵に監視させる。自らを翻弄した女の謎に近づくため――。究極の愛と神の存在を問う傑作。

E・ケストナー
池内紀訳
飛ぶ教室

元気いっぱいの少年たちが学び暮らすギムナジウムにも、クリスマス・シーズンがやってきた。その成長を温かな眼差しで描く傑作小説。

コンラッド
高見浩訳
闇の奥

船乗りマーロウはアフリカ大陸の最奥で不気味な男と邂逅する。大自然の魔と植民地主義の闇を凝視し後世に多大な影響を与えた傑作。

サン＝テグジュペリ
堀口大學訳
夜間飛行

絶えざる死の危険に満ちた夜間の郵便飛行。全力を賭して業務遂行に努力する人々を通じて、生命の尊厳と勇敢な行動を描いた異色作。

ジョイス
柳瀬尚紀訳
ダブリナーズ

20世紀を代表する作家がダブリンに住む人々を描いた15編。『フィネガンズ・ウェイク』の訳者による画期的新訳。『ダブリン市民』改題。

H・ジェイムズ
小川高義訳
ねじの回転
イギリスの片田舎の貴族屋敷に身を寄せる兄妹。二人の家庭教師として雇われた若い女が語る幽霊譚。本当に幽霊は存在したのか？

A・シリトー
丸谷才一
河野一郎 訳
長距離走者の孤独
優勝を目前にしながら走ることをやめ、感化院長らの期待にみごとに反抗を示した非行少年の孤独と怒りを描く表題作等8編を収録。

チェーホフ
神西清訳
かもめ・ワーニャ伯父さん
恋と情事で錯綜した人間関係の織りなす日常のなかに、絶望から人を救うものは忍耐であるというテーマを展開させた「かもめ」等2編。

ドストエフスキー
工藤精一郎訳
死の家の記録
地獄さながらの獄内の生活、凄惨目を覆う笞刑、野獣のような状態に陥った犯罪者の心理――著者のシベリア流刑の体験と見聞の記録。

トルストイ
原卓也訳
人生論
人間はいかに生きるべきか？　人間を導く真理とは？　トルストイの永遠の問いをみごとに結実させた、人生についての内面的考察。

ナボコフ
若島正訳
ロリータ
中年男の少女への倒錯した恋を描く誤解多き問題作にして世界文学の最高傑作が、滑稽でありながら哀切な新訳で登場。詳細な注釈付。

E・ブロンテ
鴻巣友季子訳
嵐が丘
狂恋と復讐、天使と悪鬼――寒風吹きすさぶ荒野を舞台に繰り広げられる、恋愛小説の恐るべき極北。新訳による〝新世紀決定版〟。

フォークナー
加島祥造訳
サンクチュアリ
ミシシッピー州の町に展開する醜悪陰惨な場面――ドライブ中の事故から始まった、女子大生をめぐる異常な性的事件を描く問題作。

ブコウスキー
青野聰訳
町でいちばんの美女
救いなき日々、酔っぱらうのが私の仕事だった。バーで、路地で、競馬場で絡まる淫猥な視線。伝説的カルト作家の頂点をなす短編集！

ヘミングウェイ
高見浩訳
移動祝祭日
一九二〇年代のパリで創作と交友に明け暮れた日々を晩年の文豪が回想する。痛ましくも麗しい遺作が馥郁たる新訳で満を持して復活。

S・モーム
金原瑞人訳
英国諜報員アシェンデン
国際社会を舞台に暗躍するスパイが愛と裏切りと革命の果てに立ち現れる人間の真実を目撃する。文豪による古典エンターテイメント。

ワイルド
西村孝次訳
幸福な王子
死の悲しみにまさる愛の美しさを高らかに謳いあげた名作「幸福な王子」。大きな人間愛にあふれ、著者独特の諷刺をきかせた作品集。

放浪《ほうろう》・雪《ゆき》の夜《よる》

織田作之助傑作集

新潮文庫　お－2－2

令和六年四月一日発行

著者　織《お》田《だ》作《さく》之《の》助《すけ》

発行者　佐藤隆信

発行所　株式会社　新潮社

郵便番号　一六二―八七一一
東京都新宿区矢来町七一
電話　編集部(〇三)三二六六―五四四〇
　　　読者係(〇三)三二六六―五一一一
https://www.shinchosha.co.jp

価格はカバーに表示してあります。

乱丁・落丁本は、ご面倒ですが小社読者係宛ご送付ください。送料小社負担にてお取替えいたします。

印刷・株式会社光邦　製本・株式会社大進堂
Printed in Japan

ISBN978-4-10-103703-5 C0193